L'héritage de Tata Lucie

L'héritage de Tata Lucie

PHILIPPE SAIMBERT

City
Poche

ISBN : 978-2-8246-0192-2
Code Hachette : 50 9657 3

Couverture : Studio City/Shutterstock
Rayon : Roman
Collection dirigée par Christian English et Frédéric Thibaud

Catalogue et manuscrits : www.city-editions.com

Dépôt légal : deuxième trimestre 2012
Achevé d'imprimer en août 2012
par CPI Brodard et Taupin - La Flèche (France)
N° d'impression : 70206

1

Tata Lucie était une garce !... Une vieille garce, même ! » précisait mon père. Et il avait l'air de s'y connaître en « vieilles garces », car cela faisait trois bonnes heures qu'il dissertait sur le sujet tout en assassinant Tata Lucie... verbalement, bien sûr ! Remarquez, elle n'avait plus grand-chose à craindre vu que l'on se rendait à son enterrement. Pourtant, deux jours plus tôt, il avait accueilli l'annonce du décès de notre tante avec la gravité qui sied à pareil évènement, mais aussi, et sur le coup, presque, presque... une certaine tristesse. D'ailleurs, pour preuve, son œil droit s'était humidifié ; ma mère avait bien remarqué ce détail... elle est si sensible.

Mon père avait absolument tenu à rendre un dernier hommage à Tata Lucie, argumentant qu'il ne l'avait pas revue depuis des années (c'était effectivement une bonne occasion de retrouvailles). Il était également désireux de s'occuper de la maison de notre tante jusqu'à ce que la succession soit établie. Louable intention.

Ma mère avait bien un peu tiqué en apprenant qu'il faudrait sacrifier une partie des vacances du mois de juillet, surtout pour se rendre au village de Moncaubet, dans les Pyrénées-Atlantiques, distant de huit cents kilomètres de Paris. Mais mon père, usant de certains arguments convaincants, murmurés à l'oreille maternelle – la pudeur, sans doute –, avait réussi à la décider... Je dirais même plus, à l'enthousiasmer.

Comme je m'étonnais à vive voix de nous voir ainsi faire un tel détour – nous avions initialement décidé de passer le mois à Hossegor, sur le littoral atlantique – pour assister aux obsèques de Tata Lucie que mon père, rappelais-je, avait toujours traitée de « vieille toquée » – entre autres termes –, ce dernier avait tapé des deux poings sur la table de la cuisine où nous achevions de souper en rugissant :

« Et le sentiment familial !... Qu'est-ce que tu en fais du sentiment familial ?... »

Je dois ajouter que, le lendemain matin, une lettre recommandée venant des Pyrénées et adressée à mon père par Me Gérard Lafarge, notaire à Lembeye, n'avait fait qu'encourager le « sentiment familial ».

Je ne saurais préciser le contenu de la lettre, mais il sembla combler de joie son destinataire ; celui-ci, fendu d'un large sourire, le regard rempli d'une gratitude et d'une tendresse subitement retrouvée, avait ordonné que l'on précipite le départ pour Moncaubet.

Je maugréais et traînais les pieds en préparant mes bagages, car je n'avais nulle envie de finir mes vacances dans ce village que j'imaginais comme un trou perdu en pleine cambrousse... Un trou où nous allions enterrer Tata Lucie. Réjouissante perspective ! En plus, moi, la défunte, je ne la connaissais même pas si ce n'est à travers le parfum de scandale qui semblait entourer sa vie.

Les adultes évitaient d'ailleurs soigneusement d'évoquer ce sujet devant les enfants lors des repas familiaux, mais j'avais néanmoins réussi à me faire une vague idée du personnage en saisissant quelques bribes de phrases la concernant : « Quelle honte pour la famille !… Comment a-t-elle pu en arriver là ?... Si cela venait à se savoir !… Chaque famille porte sa croix ! »

Telles étaient les réflexions habituelles que ma mère et mes tantes lâchaient avec force contrariété et mines désolées. Fort curieusement, il suffisait que leurs époux se mêlent à la conversation et celle-ci se terminait toujours en bruyantes démonstrations de rires grivois et de clins d'œil entendus.

Alors qu'un jour, profitant perfidement d'une fin de repas arrosée, je demandais, du haut de mes treize ans, quelque éclaircissement à mon oncle Émile, j'appris plusieurs faits surprenants de sa bouche.

Il m'informa que : « Maintenant j'étais un homme avec du poil sous le nez, sous les bras (et dans des endroits moins avouables de mon anatomie) et qu'en conséquence, cette pilosité envahissante m'autorisait à entrer dans le monde des adultes et à savoir que Tata Lucie... avait fait la vie ! Et, d'après lui, elle devait même être morte d'avoir TROP fait la vie ! »

J'avoue que, sur le moment, mon jeune esprit avait buté devant ces sibyllines déclarations ; comme j'invitais mon oncle à préciser sa pensée, il éclata de rire et répondit en me tapant sur le dos : « Si tu veux l'exacte vérité, mon garçon, notre chère tante, elle avait toujours eu le feu au cul et aucun besoin des pompiers pour l'éteindre ! Un feu qu'elle propageait chez toute la gent masculine du coin ! »

Malencontreusement, ma mère avait saisi la fin de sa phrase et, d'un avertissement impérieux de la tête adressé à Tonton Émile, avait interrompu notre discussion.

Je m'étais fait une idée assez précise du personnage, mais, voulant avoir quelques éclaircissements (curiosité malsaine de mon adolescence, bien entendu), je m'étais donc tourné vers mon frère, alors âgé de vingt ans et donc certainement plus au fait des aptitudes pyromanes de Tata Lucie.

À l'énoncé de ma question, Yves m'avait regardé d'un air navré en me traitant, je le cite, de « puceau » et d'« artichaut » !

Puis il avait lui aussi fini par éclater de rire. Humilié, j'avais décidé une fois pour toutes de ne plus m'intéresser à Tata Lucie : paix à son postérieur. Un an plus tard, Me Lafarge convoquait mon père à son étude, le deux juillet, juste après l'enterrement de notre tante. Ah ! il fallait voir le paternel se répandre en soupirs attendris et reconnaissants ; ma mère elle-même admit que Tata Lucie, malgré une existence marginale, avait cependant gardé le sens de la famille.

« Le sentiment familial, c'est ce que je disais ! commenta mon père ; et dans la vie, il n'y a rien de plus important... Il est vrai que, de ses quatre neveux, j'ai toujours été son préféré ; ce sont des choses qu'on sent au plus profond de soi... Mais si j'avais pu deviner, s'attendrit-il… si j'avais pu deviner qu'un jour… »

Euphorique, il se jeta soudain sur ma mère, la prit par la taille et entama une valse grossière autour de la pièce en improvisant à tue-tête sur l'air de *Plaisir d'amour* :

« Tata Lulu... Comment aurais-je pu...

Savoir qu'un jour, tu m'ferais don de tes écus ? »

Mon frère et moi, emportés par l'enthousiasme débridé de notre père, reprenions en riant le refrain qui mettait du soleil dans nos cœurs :

« Tata Lulu... À nous tes beaux écus ! »

Et ma mère, virevoltant autour de la pièce, changeait de cavalier en s'esclaffant comme une gamine. Le visage de mon père – de tempérament déjà sanguin – avait viré à l'écarlate. Il applaudissait à tout rompre devant mes efforts incertains pour accompagner la valseuse.

Cette touchante scène de famille fut brutalement interrompue par la sonnerie du téléphone ; ma mère, encore secouée d'éclats de rire, décrocha le combiné posé sur le poste de télévision. Après une courte formule de politesse, elle tendit gaiement le combiné à mon père :

« Tiens, c'est pour toi, ton frère Gustave !… Il veut te parler. »

Il empoigna le combiné et s'écria :

« Dis donc, le philosophe, on t'a pas souvent au bout du fil ! Ça fait toujours plaisir d'avoir des nouvelles de la famille ! Alors, continua-t-il sans visiblement laisser à son interlocuteur la chance de placer une parole, toujours à la recherche de la Sagesse ? Sacré Gus ! Quand je pense qu'à l'école, t'étais le plus déluré d'entre nous ! Tout le temps en train de reluquer sous les jupes des filles !... Ah ! où va se nicher la recherche de la Sagesse, hein ?... »

Et il partit d'un rire gargantuesque. C'est qu'il avait son humour, mon père. Il était d'ailleurs souvent son meilleur public. Un humour qui ne brillait pas par sa finesse, certes, mais qui avait le don de le mettre en joie. Heureux homme.

Alors qu'il monopolisait toujours la conversation, ma mère papillonnait autour de lui en le pressant avec force gestes d'abréger ses plaisanteries : les bagages ne se feraient pas tout seuls.

Mais mon père se figea soudain en blêmissant et interrompit d'un regard impérieux le manège de son épouse.

« Quoi ?... Qu'est-ce que tu dis ? Tu peux ré… répéter ? » se mit-il à balbutier. Le sang refluait de son visage au fur et à mesure que ses propos perdaient de leur cohérence. « Quoi... que... co... pourq... oui, non, oui... C'est ça, au revoir... à bientôt… »

Livide, il reposa le combiné, considéra pensivement l'écran noir de la télé, puis se tourna lentement vers nous :

« Gustave vient de m'apprendre une terrible nouvelle !… Terrible ! »

Ma mère porta la main à sa bouche dans un geste d'angoisse, craignant sans doute qu'un nouveau décès ne vienne endeuiller la famille. Mon frère et moi nous étions rapprochés, déjà inquiets... quant à la suite de nos vacances.

« Gustave, Émile et Michel ont également reçu une convocation de Maître Lafarge, égrena-t-il d'une voix blanche.

— Oh ! mon Dieu, ce n'est pas vrai ? s'écria ma mère, partagée entre le désarroi et le soulagement. J'ai cru un instant que... mais, d'un autre côté, c'est terrible ! »

Ne saisissant pas le côté « tragique » de la situation, je hasardai une malencontreuse question :

« Qu'est-ce qui se passe ?… On part plus en vacances ?…

— En vacances, en vacances ! Qu'est-ce que tu nous emmerdes avec tes vacances ? vociféra mon père. Mais tu te rends pas compte, non ?...

— Il est trop jeune pour s'intéresser aux affaires d'argent », tenta de le raisonner ma mère. Elle savait par expérience qu'il fallait éteindre le feu naissant de la colère de son mari avant qu'il ne devienne incendie dévastateur. « C'est pas la peine de t'énerver et puis…

— Trop jeune ? Trop con, oui ! la coupa-t-il en continuant à rugir. Ah ! la salope ! Ah ! la vieille salope ! Me faire ça, à moi... moi qui l'ai accompagnée dans sa vieillesse ! (En pensée, peut-être, et de loin, sûrement.) Moi ! son neveu préféré, elle le disait toujours !... J'avais même pissé sur sa robe quand j'étais tout gamin et elle en rigolait, et elle en rigolait ! Vous savez ce qu'elle disait à mon sujet : "Regardez ce grand dadais, quand on pense que je l'ai tenu dans mes bras et qu'il m'a pissé dessus !" C'est pas une preuve d'affection, ça ? Hein ?… Et voilà tout le remerciement ! »

Sa voix montait crescendo au fur et à mesure que le feu revenait à ses joues. Il tournait maintenant autour de la table de la cuisine en jurant comme un fou :

« Ah ! la vieille garce !… Me désavantager par rapport à mes frères ! »

Nous l'observions de loin : moi plutôt méfiant, notre mère catastrophée et mon frère, franchement hilare.

« Allons, papa, intervint ce dernier, n'exagère pas... Elle t'a pas désavantagé puisque tu es convoqué au même titre qu'eux.

— Elle m'a pas avantagé ! hurla-t-il... C'est la même chose ! Dans cette maison, personne réfléchit, mais qu'est-ce qu'il va nous rester après le paiement des droits de succession, hein ? Rien !… que dalle ! Une baraque pourrie dans un bled pourri et le tout divisé par quatre ! Et quatre fois que dalle, ça fait pas grand-chose... surtout venant d'une sorcière dépravée ! »

Le « sentiment » familial devait se retourner dans sa tombe.

« Tata Lulu, se mit à chantonner Yves, je crois que tes beaux écus... nous les avons définitivement dans le… pom pom pom ! »

Il aurait mieux fait de se taire, car cette improvisation lui coûta les vacances sur la côte landaise. Alors que nous finissions de préparer les bagages, je lui expliquai en essayant de le consoler qu'avec les cambriolages qui se multipliaient, il valait mieux que quelqu'un reste pour garder la maison.

J'ai toujours su trouver les mots pour consoler les gens.

En cette matinée de juillet, Paris bâillait dans l'indifférence générale et s'apprêtait à s'endormir pendant deux longs mois. Deux longs mois pour ceux qui restaient dans la capitale, évidemment ;

pas pour ceux qui partaient se détendre en s'entassant dans les campings et les plages à la mode.

Depuis notre départ, mon père ne décolérait pas ; d'abord nous avions dû attendre Tonton Émile, sa femme Nathalie et Caroline (leur infernale progéniture) plus d'une heure à l'entrée de l'autoroute. Mon père n'avait pas voulu entendre les explications superflues qu'allait lui présenter son frère sur les embouteillages qui l'avaient retardé et, d'un geste impatient, l'avait invité à franchir le poste de péage.

« On aurait quand même pu leur dire bonjour, avait observé ma mère.

— Pourquoi, tu les vois pas assez souvent ? T'auras tout le temps pour ça quand nous serons arrivés ! »

Une fois le ticket en poche, mon père appuya sauvagement sur l'accélérateur, et la voiture bondit en avant.

Il eut un sourire de satisfaction en constatant qu'il avait cloué son frère sur place ; il faut dire que nous avions une Renault 25 turbo-diesel : le diesel pour l'économie et le turbo pour emmerder Tonton Émile qui ne possédait que la version diesel atmosphérique.

Et comme mon père avait pu, en tant que concessionnaire Renault, acquérir le turbo-diesel au prix du diesel simple, son plaisir était double.

Malheureusement pour lui, la satisfaction qu'il éprouva fut de courte durée, car, cent mètres plus loin, deux gendarmes jaillissaient d'une camionnette banalisée et nous ordonnaient de nous garer sur le côté.

« Pute borgne ! tonna mon père. (C'était là une gaillarde expression qu'il utilisait pour les grandes occasions.) Manquait plus que ça ! Qu'est-ce qu'ils me veulent, ces cons ?… »

Il baissa la vitre de sa portière et présenta un visage avenant aux forces de l'ordre. Bonne volonté bien mal récompensée, car l'un des gendarmes, se penchant en avant, jeta d'un ton sec et impérieux :

« Carte grise, carte verte, permis de conduire et talon de vignette ! »

Alors que mon père présentait humblement les papiers demandés, je vis Tonton Émile passer devant nous, hilare. Le turbo l'avait dans le dos !

L'autre gendarme tournait autour de notre voiture comme une mouche autour du cul d'une vache, espérant sans doute découvrir un pneu lisse ou tout autre défaut qui puisse être verbalisable. À chacun son plaisir.

Dépité – sans doute de n'avoir pu terminer son carnet de contravention –, il adressa de la tête un signe maussade à son collègue et rejoignit la camionnette. L'autre rendit les papiers à mon père en maugréant :

« Vous aviez l'air bien pressé tout à l'heure ?...

— C'est que nous nous rendons à un enterrement, Monsieur l'agent, tenta de plaider ma mère.

— L'enterrement de ma pauvre tante, termina mon père avec comme un sanglot étouffé au fond de la gorge.

— Certes, reprit le gendarme sur un ton radouci, mais ce n'est pas une raison pour rouler à tombeau ouvert... Enfin, si je puis m'exprimer ainsi, corrigea-t-il, légèrement confus.

— À tombeau ouvert ! Elle est bien bonne, répondit mon père en éclatant de rire... À tombeau ouvert ! Ah ! il fallait la faire, celle-là ! Faut que je la raconte à Émile tout à l'heure, n'est-ce pas, chérie ?... »

La « chérie », hilare, ne put qu'approuver. Le gendarme se tourna alors vers moi, me lança un regard navré et vaguement compatissant, puis fit un signe de la main au conducteur en jetant d'une voix lasse :

« Allez, circulez... Et soyez prudent. »

Mon père ne se fit pas prier et ce fut en effectuant un démarrage souple et silencieux que notre Renault diesel – turbo-diesel, restons précis – s'engagea dans le flot de la circulation.

Après avoir jeté un coup d'œil prudent au rétroviseur, mon père s'exclama :

« Non, mais, vous avez entendu ? À tombeau ouvert ! Ah ! celui-là, il a sa place dans la famille des pas finauds ! »

Je peux vous dire que moi, je connaissais très bien le chef de cette famille.

Nous avions eu tôt fait de rattraper Tonton Émile à grands renforts de surrégimes moteur et, après les inévitables pause pipi de ces dames, pause casse-croûte de ces messieurs et navrante pause vomi pour moi-même, nous nous préparions à quitter l'interminable et enfiévré ruban de bitume au bout de huit heures de voyage.

Nous avions décidé d'un accord unanime – pour être plus exact : d'un accord unanime avec l'avis de mon père –, de manger à Pau avant de nous rendre à Moncaubet pour retrouver Tonton Gustave, Tonton Michel, leurs épouses respectives, Tatie Cynthia et Tatie Agnès, ma cousine Valérie et... et qui ai-je oublié ? Ah oui, Tata Lucie... Enfin, ce qu'il en restait.

Le cercueil de notre tante avait été fermé et scellé à la demande de mon père, car, comme il avait observé : « Avec cette chaleur, pas la peine de risquer l'asphyxie pour embrasser la défunte ! »

Je reconnus bien là son sens pratique. Et c'était toujours une corvée de moins à accomplir, car je n'avais jamais embrassé de mort. Je n'avais pas besoin de beaucoup d'imagination pour pressentir qu'il y avait des choses plus agréables en ce bas monde. Et puis, question corvée, j'étais déjà servi avec ma petite cousine Caroline qui me cassait les pieds et autres parties estimables de mon aimable personne, et ce depuis plusieurs heures.

On me l'avait confiée à Tours ; après lui avoir lu – avec une patience d'ange – de nombreuses bandes dessinées et l'avoir laissée gagner toutes les parties de « bataille » aux cartes, pris d'un soudain malaise, je lui avais en partie vomi dessus, ce qui, Dieu soit loué, car je n'étais plus en état de la supporter, l'avait dissuadée de m'importuner davantage.

La petite garce n'avait pas voulu quitter notre voiture, mais elle s'était tenue à distance respectueuse de moi.

À toute chose, malheur est bon.

2

L'autoroute nous cracha enfin à la sortie de Pau. La capitale béarnaise nous ouvrait les bras, mais Tonton Émile s'engagea derechef sur la rocade qui contournait la ville. Nous crûmes un instant qu'il avait étudié la carte régionale et connaissait la direction à prendre pour rejoindre Lembeye, mais ses dons d'observation se cantonnaient à l'étude de son environnement immédiat : il avait simplement remarqué le grand panneau McDonald's à la sortie de l'autoroute.

Mon père eut un haut-le-cœur quand il aperçut la grande enseigne aux tons aussi criards que les oripeaux du clown maison. (Je parle du clown Ronald, pas de mon père. À ce sujet, Ronald est bien le seul aficionado des McDo à garder la ligne mince.)

Venir dans la capitale béarnaise, fief du foie gras, du confit d'oie, du magret et de la garbure pour manger un hamburger dans le temple du fast-food était un crime de lèse-gourmet que mon père ne pouvait admettre.

Aussitôt garé, il bondit hors de la voiture et interpella vivement Tonton Émile qui, pour seule défense, invoqua la climatisation installée d'office dans l'usine à gros. Mais cet argument ne fit pas céder le paternel et il prit la tête en direction du centre-ville cette fois. Le fait qu'il se proposât pour payer l'addition leva les dernières réticences.

Le *Guide du routard* à la main, ma mère officiait en tant que guide touristique : « *Orientée vers les Pyrénées, l'Espagne et le front océanique, Pau est un ville où il fait bon vivre. Une ville humaine, chaleureuse où jeunes et moins jeunes se retrouvent sur les terrasses des superbes cafés du centre. Patrie du bon roi Henri IV, amateur de bonne chair et de bonne chère.*

— Arrête de parler de bouffe, la coupa mon père, j'ai les intestins qui commencent à tricoter ! »

Nous longeâmes l'avenue Foch où devait se trouver l'entrée d'un parking souterrain. Alignés le long de cette artère, nous découvrîmes avec envie les grands et superbes cafés où se mélangeaient des groupes de jeunes en train de refaire le monde avec nonchalance, de superbes créatures profitant de la chaleur estivale pour mettre en valeur leurs charmes (de moins en moins) secrets et aussi de grandes bourgeoises dont certaines – ne pouvant plus espérer séduire par les seuls attributs dont la nature les avait pourvues – compensaient les avatars de leur âge à l'aide de tailleurs chics et de bijoux voyants. Consolations de femme.

Difficile de se garer le long de cette avenue encombrée : nous dûmes contourner la place Clemenceau pour nous garer au parking souterrain situé sous un grand ensemble résidentiel. Ce dernier, baptisé pompeusement Palais des Pyrénées, dressait sa stature juste en face de la chaîne éponyme. À l'époque, l'immeuble n'avait pas été rénové et n'avait de palais que le nom : il était le digne représentant de la génération béton des années 60. Massif et sans charme.

La seule chose remarquable des lieux était la vue superbe sur les montagnes qui barraient majestueusement l'horizon.

Ah non, il y avait quand même un autre élément qui pouvait attirer l'œil : la dame allongée langoureusement sur un sofa, devant la baie vitrée d'un appartement situé au deuxième étage de l'angle ouest de l'immeuble.

Aux clins d'œil amusés et commentaires égrillards de quelques passants, nous apprîmes qu'il s'agissait d'une péripatéticienne faisant son autopromotion. Il est vrai que, dans le business, le plus important est la communication.

Mais la vue des Pyrénées fut moins appréciée que la découverte du restaurant La Coupole, situé sur une rue parallèle au palais. Son apparition fut saluée comme un phare en pleine tempête. Mon père et Tonton Émile, trempés de sueur, précédant toute la famille, poussèrent un soupir de soulagement et s'engagèrent à l'intérieur du restaurant. Il s'agissait visiblement d'un lieu chic et raffiné, fréquenté par une clientèle qui ne l'était pas moins.

J'appris bien des années plus tard que La Coupole avait été rasée, puis transformée en banque. Spéculation immobilière, manque de rentabilité, repreneur timorés ? C'était de toute façon une hérésie dans laquelle Pau avait perdu un peu de son âme.

Je revois encore dans l'allée centrale les tables recouvertes de grosses tartes aux fruits odorantes, les fauteuils de cuir rouge, l'ambiance feutrée des alcôves et me souviens de la diligence et la courtoisie du personnel. Peut-être craignait-il que nous ne partions en découvrant les tarifs des menus ?... À voir mon père blêmir devant la carte, je devinai qu'il regrettait déjà son invitation.

À peine fûmes-nous assis qu'un garçon en livrée blanche s'empressa de prendre les commandes.

Mon père et Tonton Émile, prétextant d'aller aux toilettes, s'installèrent au comptoir pour se boire une bière. En les regardant au loin bavarder et tamponner à grands renforts de mouchoirs leurs fronts suants, je m'étonnais encore qu'ils ne soient pas jumeaux : la même taille – moyenne –, la même figure – rouge et ronde –, le même crâne – dégarni –, la même corpulence – épaisse –, et surtout la même propension à parler haut et fort, de sorte que la moitié du restaurant les observait déjà.

Pour tout dire, mon père arrivait à se différencier de son frère grâce à sa moustache et à son... turbo-diesel. Peu de chose, en vérité.

Ils s'entendaient comme cochons – ils faisaient d'ailleurs autant de bruit que ces charmantes bêtes à l'approche de la soupe – et partageaient, avec un égal bonheur, un humour à l'image de leur corpulence.

Deux frères qui avaient épousé deux sœurs : je n'ai jamais su si c'était pour des raisons d'affinités sentimentales ou de commodité. Tout aussi corpulentes que leurs époux, mais infiniment plus réservées, ma mère et Tatie Nathalie avaient appris, avec le temps, à ne plus s'effaroucher devant ces tempéraments sanguins dont les manifestations coléreuses – quoique impressionnantes – ne tiraient guère à conséquence. Coléreux, donc, mais braves bougres, au fond (mais alors, vraiment au fond, parfois). Elles étaient mères au foyer, étaient issues d'une lignée de mères au foyer et ambitionnaient de pouvoir rester mères au foyer.

Mon père était garagiste, et Tonton Émile, véritable boute-en-train de la famille, travaillait… au service des pompes funèbres.

Que de fous rires à l'écouter raconter les avatars et les bons moments de son métier ! Il devait énormément broder sur la réalité, mais personne ne s'en souciait. L'exacte vérité n'est jamais assez drôle. Et c'est vrai qu'on aurait pu écouter ce diable d'homme pendant des heures.

« Voilà un métier, expliquait-il, où y a pas de chômage. T'as toujours un vieux pour casser sa pipe. Une bonne grippe et c'est le pactole. Bien sûr, les campagnes de vaccination nous ont fait du tort, mais, bon, c'est reculer pour mieux sauter, terminait-il, pince-sans-rire.

— Et un métier qui nourrit son homme », plaisantait souvent mon père en tapotant le ventre rebondi de son frère.

Ah ! il fallait l'entendre, le joyeux Tonton Émile, nous restituer avec amour et bagout certains offices funéraires :

« Voyez-vous, chaque enterrement a sa tonalité, son atmosphère : l'un sera tragique, l'autre gai, l'autre encore tragi-comique. C'est un véritable spectacle dans lequel les spectateurs comptent encore plus que l'acteur principal. Certains d'entre eux se révèlent d'ailleurs d'excellents interprètes... que ce soit dans la comédie ou dans la tragédie. D'autres, encore, jouent en demi-teinte, tout en nuances : ils sèchent une larme, mais jettent un clin d'œil rigolard à la nièce ou au petit cousin. Le jeu de l'acteur principal est évidemment beaucoup plus limité », précisait-il doctement.

Il y avait bien sûr des moments terribles dans l'exercice de ce métier : des enterrements d'enfants ou de parents fauchés en pleine force de l'âge dans un accident de voiture, et, quand on en parlait à Tonton Émile, il répondait gravement :

« On est pro ou on ne l'est pas. Faut savoir aussi encaisser les coups durs.

— Dans ma profession, c'est pareil, ajoutait mon père ; quand la bagnole d'un de mes clients est vraiment amochée, faut du courage et du professionnalisme pour lui apprendre la vérité : deux briques de réparations. Vaut mieux changer la tire, carrément ! Mais c'est dur à dire... surtout quand on a affaire à un smicard ou à un chômeur.

— On est pro ou on ne l'est pas », répétait alors son frère en hochant gravement la tête en guise d'approbation.

La discussion au cours du repas avait tourné non pas tellement autour de l'enterrement de Tata Lucie, qui avait lieu à quinze heures, mais essentiellement sur ce que ladite Tata Lucie laisserait à ses neveux. Le fait de manquer la cérémonie ne semblait pas préoccuper les esprits outre mesure, mais l'idée d'arriver en retard chez le notaire finit par sonner le départ.

Mon père, après s'être enquis auprès d'un serveur de la meilleure route à suivre pour se rendre à Moncaubet, nous annonça d'un air guilleret :

« C'est à trente bornes d'ici, direction Morlaàs, puis on suit tout droit... Paraît qu'il y a un superbe lac pas très loin au village de Cadillon... On pourra toujours s'y baigner. »

Cette nouvelle fut accueillie avec joie et soulagement.

« Moi qui craignais que cet enterrement ne vienne gâcher nos vacances, je suis rassurée ! s'exclama Tatie Nathalie.

— Surtout avec les températures qu'on annonce pour cet été », ajouta son mari.

Leur peste de fille battit des mains en riant ; sans doute s'imaginait-elle déjà en train de me jeter du sable dans les cheveux et de me faire prendre la tasse. Enfin… mon frère était resté à Paris : c'était toujours un emmerdeur de moins !

« J'espère qu'on en aura fini assez vite avec cette affaire, reprit Tonton Émile, et qu'on pourra rapidement quitter ce trou...

— Fallait aussi qu'elle claque au début des vacances ! râla mon père. Ça nous arrange pas, tout ce bazar... Nous avions réservé à Hossegor et j'ai peur que l'hôtel ne nous rembourse pas les journées perdues ! »

Ma mère le prit par le bras, embrassa tendrement sa grosse face qui commençait d'ailleurs à s'empourprer et laissa tomber d'une voix dans laquelle je reconnus la sagesse maternelle :

« Que veux-tu, mon chéri... à cheval donné, on ne regarde pas les dents ! »

Nous quittâmes La Coupole et repassâmes devant le Palais des Pyrénées. Le ciel avait encore poussé de quelques degrés le thermostat solaire, et la chaleur déversa sa chape de plomb sur les têtes et les estomacs.

Alors que nous regagnions le parking, nous découvrîmes un funiculaire qui permettait de rejoindre la gare, située en contrebas. Bien entendu, Caroline exigea d'emprunter le funiculaire. Mais nous n'avions pas le temps de visiter la ville, et les caprices de la peste ne purent être exaucés. Celle-ci, comme de bien entendu, se mit à manifester son mécontentement en braillant et gesticulant, et son père, pour la calmer, dut lui acheter des confiseries. Nous découvrîmes à l'occasion des bonbons de formes oblongues, de couleur rose chair, à base de pâte d'amandes et nommées, pour d'évidentes raisons esthétiques, *les coucougnettes béarnaises*.

Après cet écart aussi amusant que gourmet, nous reprîmes les voitures et regagnâmes le rond-point à la sortie est de Pau desservant la route de Lembeye.

Le Vic-Bilh portait bien son nom. Le « Vieux Pays », aussi ridé qu'une vieille paysanne, alignait après Morlaàs une succession de coteaux recouverts de forêts de chênes et de châtaigniers.

Des champs de maïs, raidis par la chaleur et la poussière, nappaient de vert les pieds des coteaux. Quelques champs de seigle, de tournesol et de blé tentaient de défier la suprématie du maïs, mais ce dernier restait maître des lieux.

La canicule avait failli avoir raison de cet envahisseur paysager, mais les agriculteurs avaient visiblement réussi à le sauver en installant des systèmes d'irrigation.

Profitant d'averses parfois généreuses en été, le Béarn ouvrait ses bras de chlorophylle à nombre d'amoureux de la nature. Nous apprîmes plus tard que quelques élevages de cochons et de canards troublaient la qualité de vie de l'autochtone.

Enfin surtout de celle des maires qui se voyaient obligés d'arbitrer les querelles de voisinage entre les « pays » et les « étrangers ». Néo-ruraux qui ne supportaient pas le chant du coq, l'odeur des lisiers, ni l'intrusion dans leurs jardins des animaux « nuisibles » (belettes, fouines et renards) surgissant des fourrés.

Il faut dire à la décharge des nouveaux implantés que vivre à côté d'un élevage de pintades a de quoi rendre fou : imaginez un océan de scies grinçantes en train de se frotter les unes contre les autres pendant des heures ! Pour pouvoir supporter ce vacarme infernal, il n'y avait que deux possibilités : soit on était une pintade, soit on était sourd.

À cette époque, la folie immobilière n'avait pas encore frappé, et seuls quelques Anglais commençaient à rénover les vieilles maisons en galets. Sous les regards goguenards des autochtones… qui, quelques années plus tard, se mordraient les poings d'avoir vendu leurs propriétés pour une bouchée de pain.

Après avoir traversé Morlaàs, sans même un regard pour la magnifique façade ouvragée de l'Église (les esprits étaient absorbés par des considérations plus terre à terre), puis Monassut où nous attendait un grand panneau publicitaire sur lequel souriait une magnifique vache rouge ventant les mérites du linge basque et de la laine des Pyrénées, nous gravîmes la côte qui devait nous mener à Simacourbe.

Nous chaloupions ainsi depuis un quart d'heure le long de la nationale qui ondulait à travers les collines boisées, quand, en haut d'une côte, nous arrivâmes devant le panneau indicateur « Moncaubet ».

Et heureusement qu'il existait, ce panneau, car nous n'aurions jamais trouvé le village, lequel s'apparentait davantage à un lieu-dit. Quelques chênes centenaires et fruitiers rabougris dans lesquels je reconnus des figuiers et pêchers de vignes encadraient d'un air alangui une petite route surplombant une vallée en contrebas. Quelques maisons isolées, éparpillées au sommet du coteau, veillaient sur des champs de foin s'enfuyant vers les bois.

Si le mot sérénité existe, c'est certainement pour qualifier ce genre d'endroit. Le temps semblait s'être suspendu au-dessus du village.

Un endroit rare, car préservé : écrin de calme et de douceur de vivre, authentique et précieux. Bref, je tombai immédiatement sous le charme du village.

Il y a des endroits magiques qui parlent à notre âme. Des lieux qui vous appellent. Ou vous rappellent des échos oubliés, des choses enfouies qu'on ne peut appréhender. Cela ne s'explique pas. C'est comme le sentiment amoureux. Tonton Gus, le philosophe, expliquait d'ailleurs le coup de foudre par le fait que les âmes reconnaissent des êtres aimés dans des vies antérieures. Cela pouvait également expliquer pourquoi il y avait aussi des gens qui nous étaient immédiatement antipathiques. Sans raison apparente.

Nous n'eûmes pas à chercher l'église, car elle se dessina distinctement tout au bout de la route que nous suivions. Un tilleul multicentenaire, compagnon d'éternité des vivants et des morts, montait la garde non loin du cimetière. Plusieurs véhicules étaient rangés le long d'un mur de pierre ceignant l'église. Une 4L, immatriculée 66, aussi verte et brillante que certaines variétés de pommes – celles dopées aux engrais et aux colorants –, jurait sérieusement dans la sobriété du décor.

« Tiens, la bagnole de l'autre plouc ! s'esclaffa mon père en l'apercevant. Celui-là, au moins, il a pas honte !

— On dirait qu'il a changé de voiture, observa ma mère ; elle me semble plus récente.

— Penses-tu, il l'a fait repeindre ! se gaussa-t-il. C'est pas son élevage de chinchillas qui lui permettra un jour de se payer une caisse neuve ! Non, mais regarde ce tas de ferraille ! Quel plouc, mais quel plouc ! »

Le « plouc » en question n'était autre que Tonton Michel ; mon père ne le tenait guère en haute estime et ce pour diverses raisons. D'abord, alors que mon père et son frère Émile avaient dû s'exiler (pour employer leur propre terme) à Paris pour trouver salaire et travail à leur convenance (surtout salaire), Tonton Michel avait préféré conserver la propriété familiale dans les Pyrénées-Orientales et, en tant qu'écologiste convaincu, se lancer dans l'élevage extensif afin de respecter au mieux l'environnement. Projet louable qui s'était concrétisé par l'achat d'un magnifique troupeau de vaches.

Mais la foi en sa vocation ne devait pas suffire, car ayant décidé de produire entièrement biologique, il avait nourri ses vaches avec on ne sait trop quelles herbes aux vertus « diététiques ». Du coup, la moitié de ces pauvres bêtes avait trépassé, et l'autre moitié, visiblement incommodée, avait inondé de bouses nauséabondes les alentours de la propriété. Ayant jugé la vache de santé « trop fragile », mon oncle avait reporté ses espérances sur l'élevage du mouton : production de laine, production de fromage et de viande.

Du classique, mais du sûr, pensait-il. Malheureusement, par un autre coup du sort, ses moutons s'étaient couverts d'un horrible eczéma et n'avaient évidemment pu produire la moindre laine.

Le vétérinaire, venu plusieurs fois visiter les animaux malades, avait déclaré n'avoir jamais rencontré pareils symptômes. Devant son diagnostic évasif, Tonton Michel s'était alors tourné vers les sciences parallèles et fait appel aux services d'un rebouteux. L'homme avait tourné autour des bêtes, soufflé dans leur nez, leurs oreilles et divers autres orifices dont je préfère taire le nom pour, selon ses propres termes, « créer une dynamique » ; puis, afin de prévenir de nouvelles « infestations digestives hautes », il avait préconisé très sérieusement de brosser, matin et soir, les dents de ces charmants animaux avec une pâte spéciale de sa composition. Traitement original et pittoresque, mais qui, on l'avouera, ne s'avérait pas des plus pratiques à mettre en œuvre.

Quant au lait des brebis, il dégageait une odeur si effroyable que personne n'avait osé en boire ; quelques voisins étaient néanmoins venus voir mon oncle pour lui en acheter plusieurs litres, car ils s'étaient rendu compte que, pulvérisé sur de mauvaises herbes, ce lait présentait de très intéressantes propriétés de désherbage... et pour un prix défiant toute concurrence.

En désespoir de cause, Tonton Michel s'était lancé dans l'élevage du chinchilla. « Pas pour leurs peaux ! » s'empressait-il de préciser aux curieux, mais pour alimenter le marché des « animaux de compagnie ».

Tatie Agnès, son épouse – de dix ans son aînée –, avait abandonné sa profession d'enseignante pour écrire un livre amalgamant diététique à base de nourriture macrobiotique, spiritualité et écologie. Après nous avoir fait promettre de garder le secret de cette « révélation », elle nous avait annoncé le titre de son œuvre : *Si je grossis... je meurs !* De ce côté-là, elle et son mari n'avaient rien à craindre... Ils étaient tellement maigres qu'ils auraient pu culpabiliser un réfugié du Sahel.

Si mon père avait fini par accepter le mode de vie de Tonton Michel, il n'avait jamais pu lui pardonner d'avoir transformé la maison familiale en arche de Noé où se côtoyaient, dans la plus totale liberté, ânes, poulets, canards, cochons du terroir (de remarquables espèces de cochons noirs et aux longues oreilles, trapus et rustiques – heureusement pour eux –, si différents des choses difformes et rosâtres que l'on rencontre dans tous les élevages industriels), chèvres, pigeons – qui chiaient partout au grand dam de Tatie Agnès – et fouines qui bouffaient les pigeons – au grand soulagement de Tatie Agnès.

Il faut reconnaître que cette ménagerie faisait un peu désordre dans ce domaine qui, depuis sa construction en 1798, n'avait connu que des propriétaires à la vie austère et rangée.

Mon père et Tonton Émile allèrent garer leurs véhicules à l'écart par mesure de prudence.

« On sait jamais, avec tous ces paysans plus experts dans le maniement des tracteurs que dans celui des automobiles », avait commenté mon père. Après avoir éloigné les « chères » voitures (dans tous les sens du terme), le cortège que nous formions s'engagea dans l'allée qui menait à l'église. Cette allée desservait également le petit cimetière abritant une dizaine de tombes. Un vieux rosier, s'adossant contre le muret, défiait de ses fleurs d'un jaune éblouissant la mort qui rôdait autour de lui.

Nous allions pénétrer dans l'église quand le curé fit irruption sous le porche, suivi du cercueil et de ses porteurs ainsi bientôt que d'une vingtaine de personnes.

« Oh là là, on est à la bourre, soupira mon père. J'entends d'ici les reproches de la famille !

— T'as raison, approuva son frangin. Ça va être la soupe à la grimace !

— Et une soupe froide. Comme un tombeau ! »

C'est qu'il avait l'esprit d'à-propos, le paternel.

La procession entama un cantique et se dirigea vers un coin du cimetière ; c'est drôle comme un chant religieux peut émouvoir les âmes, car ma mère et Tatie Nathalie éclatèrent aussitôt en sanglots. Sanglots qui nous permirent de nous immiscer en toute bonne conscience au sein de la procession, rejoignant dans la douleur et les larmes Tatie Cynthia et Tatie Agnès en train de rivaliser à qui mouillerait le mieux son mouchoir. Leurs époux, dignes, serraient les mâchoires en arborant un air sombre. Ils nous accueillirent d'un regard impatient et lourd de reproches.

Malgré les circonstances, je ne pus que constater à nouveau le contraste étonnant entre Tatie Cynthia et Tatie Agnès : l'une tout en courbes affolantes, épanouie et sensuelle, et l'autre, sèche, aride, osseuse, pointue. Petite chose sur laquelle pendaient misérablement un pantalon et un blouson jean. Bien triste tout cela. Alors que Tatie Cynthia, c'était autre chose. Oh que oui ! Elle portait un chemisier bien rempli, bombé, nourri, orgueilleux et puis une jupe charmante, moulante à souhait, et qui agaçait agréablement le regard en s'arrêtant juste au-dessus du genou. Bref, on passait d'Histoire d'os à Histoire d'O.

J'eus un instant honte de mes sentiments... Oh ! une honte passagère, née de la peur d'être surpris par le regard maternel. Mais j'avais tort de m'inquiéter, car ma mère et Tatie Nathalie menaient à présent le cortège, juste derrière le curé.

Nous nous arrêtâmes enfin devant un trou creusé à même la terre ; le cortège se rassembla autour du cercueil, et je m'aperçus alors avec étonnement que notre assemblée était essentiellement masculine. À part ma mère et mes tantes, je ne découvris aucune autre femme.

Je remarquai également que certains des hommes présents, tous au moins quinquagénaires, avaient du mal à dissimuler leur émotion.

Comme quoi Tata Lucie ne devait pas être la mégère que l'on me décrivait depuis toujours, car visiblement ces hommes lui rendaient un dernier et sincère hommage : le seul, peut-être, qu'elle ait reçu ce jour-là.

Le curé continuait à débiter ses cantiques, mais, tout à mes observations, je ne l'écoutais même plus ; je n'étais pas le seul d'ailleurs, car personne ne chantait avec lui. Nul ne semblait se souvenir de ces odes ou simplement les connaître, et donc personne ne les reprenait – à part, bien sûr, ma mère et Tatie Nathalie qui connaissaient par cœur le Top 50 des chants religieux.

Je reconnus néanmoins le classique et incontournable *J'ai reçu le Dieu vivant* que ma mère et ma tante entamèrent avec autant de force que de conviction :

« J'ai reçu le Dieu vivant, et mon cœur est plein de joie… »

Tatie Nathalie termina en beauté en appuyant sur le dernier mot :

« … joie… aaaaah ! »

Je comprenais maintenant mieux certains propos de Tonton Gus : « Ce n'est pas la Foi qui disparaît, mais l'efficacité des moyens de la transmettre ; car la Foi est un feu qui peut s'éteindre un jour si on ne sait pas l'entretenir. » Le vrai prof de philo, Tonton Gus.

Ah ! je l'aimais « duvet », mon Tonton ! (C'est une expression à moi.) De caractère placide, il maniait néanmoins la rhétorique avec brio et opiniâtreté pour défendre ses idées : il parlait bien, avait le mot juste et un avis sur tout – mon père et son faux jumeau aussi, mais eux ne souffraient pas que l'on discute leur avis. Avec lui, j'avais une totale liberté d'expression et... d'opinion. Je l'écoutais toujours avec intérêt, même si parfois je feignais de tout comprendre quand il devenait trop abstrait dans ses explications. C'était lui qui m'avait expliqué en détail l'Amour, le sexe, les règles de ces dames, les érections de ces messieurs, l'incompatibilité de ces deux phénomènes, la pénétration, la copulation et, comme j'entrais en pleine adolescence... la masturbation. En quelques mots simples et pleins d'humour, il avait déculpabilisé l'onanisme et les autres « choses » de la vie. Quand je pense que je faisais ça sans même savoir ce que c'était !

Ah oui ! je l'aimais duvet mon Tonton Gus ! Une que j'aimais « câlin » également, c'était Valérie, sa fille : seize ans de fraîcheur, de spontanéité et de charme.

Certes, elle ne possédait pas encore les « charmes » de sa mère, mais il fallait faire confiance aux gènes. Le temps travaillait pour elle.

Je m'étonnais d'ailleurs de ne pas la voir parmi nous ; sans doute se reposait-elle, dans leur caravane, du trajet effectué depuis Nice. Six mois de séparation depuis les vacances de Noël que nous avions fêtées en famille dans les Pyrénées-Orientales chez Tonton Michel... et je rêvais de la revoir, de l'embrasser, de la faire rire, de la toucher. Cette dernière pensée provoqua en moi de troublantes et insistantes sensations.

Mes suaves pensées furent brutalement interrompues par un désagréable pincement au niveau des côtes.

« T'es toujours aussi maigre ! On sent tes côtes quand on te pince. Même que ça fait mal aux doigts !

— Sois sage. C'est pas le moment de jouer !

— Je joue pas. Je tâte tes os ! »

Ma cousine Caroline – huit années de souffrances... pour moi évidemment – me regardait d'un air satisfait, consciente du fait que jamais je n'oserais la punir pour son effronterie.

Ce petit poison s'arrangeait toujours pour me faire enrager en toute impunité ; et si, par malheur, je me laissais aller à lui donner une gifle (peu appuyée, je précise) ou simplement à lui tirer les cheveux pour me venger, s'élevaient aussitôt les hurlements hystériques de la maudite engeance suivis des cris non moins hystériques des adultes : « Ne la fais pas râler !... Il faut être patient avec les enfants, prends sur toi ! (Je faisais que ça, nom de Dieu !) Plus ils sont grands, plus ils sont bêtes ! » (Alors là, j'étais d'accord.)

Le plus désolant est que ma cousine était une enfant mignonne en diable – la métaphore lui va d'ailleurs à ravir. Une véritable poupée Barbie qui faisait la joie et l'admiration de ses parents, encore stupéfaits d'avoir pu engendrer un tel rossignol ; pourtant, au départ et quand on y pense, les chances étaient plutôt contre eux. Entre autres délicatesses, elle s'approchait de moi et me criait en pleine figure : « Bisous ! bisous ! » jusqu'à ce que je lui cède. J'approchais mon visage pour qu'elle m'embrasse et là, invariablement, inexorablement, elle me décochait son fameux « baiser de la limace » – vigoureux et baveux coup de langue sur une joue. Pendant que j'essuyais mon visage en râlant, elle m'envoyait alors un solide coup de pied dans les tibias... à la grande joie de tous les adultes qui trouvaient cette gamine décidément « vive »… « terrible »… « enjouée ». Pour ma part, et on l'aura deviné, celle-là, je l'aimais « rasoir ».

Heureusement, la cérémonie touchait à sa fin ; le curé, pressé d'en finir – et certainement vexé de ne pas avoir été plus suivi dans ses louanges à Dieu – débita d'une voix hachée et inintelligible le restant de ses requiem en mode 78 tours. Il termina hors d'haleine, le feu aux joues ; puis, après un signe de croix exécuté avec la vitesse et la précision d'un expert en art martial, il ordonna d'un geste sec aux quatre porteurs – de solides gaillards au faciès inexpressif – de descendre le cercueil dans la fosse.

Les sanglots de ma mère et de mes tantes montèrent d'un ton alors que le cercueil disparaissait vers son dernier emplacement. Des sanglots parfaits : tragiques, convaincants, avec un certain sens de la progression dramatique. Mais dépassés soudain en intensité par ceux d'un pleureur invisible sur notre gauche. « Allons, allons, pensai-je ; nous n'allons quand même pas nous laisser ridiculiser par des gens qui ne sont pas de la famille ! »

Elles semblèrent répondre à mon appel muet en sanglotant avec plus de conviction encore. Je découvris alors celui qui venait ainsi troubler leurs efforts ; je ne pouvais voir son visage, dissimulé par un large mouchoir, mais j'entendais distinctement ses gémissements de désespoir. Ah ! ça, c'était du chagrin ! Du pur jus ! Pas du cinéma !

Au bout de plusieurs minutes d'observation attentive, je m'aperçus que la personne en question était en fait... une femme. Je m'étais donc trompé : Tata Lucie avait au moins une amie dans l'assemblée... et une amie véritable, à voir l'intense détresse qui l'habitait.

Comment avais-je pu la confondre avec le groupe des hommes l'entourant ? Peut-être, peut-être à cause de la fine moustache s'égayant sous le long nez rouge et ruisselant de larmes et autres matières que je n'osais pas identifier.

Pas de poitrine, pas de hanches, pas de formes caractéristiques de la gent féminine. Pauvre créature, elle faisait peine à voir et à entendre.

Mon père, en véritable chef de tribu, nous avait invités à nous aligner le long de l'allée en vue de l'inévitable cérémonie du *toco-maneto* lors de la réception des condoléances. Je ne l'avais jamais vu aussi digne : c'était un roc que la mort et l'adversité ne sauraient ébranler.

Vraiment, il m'épatait. Évidemment, les représentantes féminines de notre famille faisaient un peu désordre... Quel manque de classe. Tonton Michel et Tonton Gus s'occupaient à réconforter leurs épouses respectives, tout empruntés de les voir pleurer. Mais mon père, lui, impérial – un aigle, vous dis-je –, le visage marqué d'une douleur que l'on sentait maîtrisée, serrait des mains et avait un mot de remerciement pour chacune des personnes qui défilait devant lui.

Un homme d'une soixantaine d'années, tout de noir vêtu (on aurait dit un corbeau endimanché), s'approcha de lui et lui prit la main avec émotion :

« Je connaissais bien votre tante… une bien bonne personne. Elle nous manquera.

— Elle nous manque déjà », assura Tonton Émile qui ne voulait pas être en reste.

Un autre homme, le visage plus austère, se dirigea droit vers mon père (il devait sentir en lui le chef de famille) et lâcha sur un ton de reproche à peine voilé :

« Je suis le plus proche voisin de la défunte… Je n'avais pas le plaisir de vous connaître… Il est vrai qu'on ne vous voyait pas souvent dans la région.

— C'est le drame des temps modernes, soupira mon père. La vie nous emporte bien loin de ceux que l'on aime…

— Et elle ne nous ramène pas ! » termina avec emphase l'oncle Émile.

Magnifique duo d'acteurs qui se complétaient admirablement.

Toutes ces personnes excitaient ma curiosité. Pourquoi tant d'hommes et cette unique femme ? Fallait-il y voir un effet de la réputation de notre tante ?…

Je savais seulement qu'elle avait dû mener une vie désordonnée, qu'elle ne s'était jamais mariée et n'avait pas eu d'enfant. Ce qui n'expliquait pas entièrement la virulence des propos à son égard ni le côté égrillard des allusions de Tonton Émile.

Mais, au fait, où se trouvait-il ? D'habitude à la droite du père, je croyais qu'il lui aurait prêté main-forte (c'est le cas de le dire) dans sa tâche de receveur des condoléances. Je le cherchai du regard et le vis en pleine discussion avec un homme de taille fort modeste qui tenait une pelle à la main et portait une casquette vissée sur la tête. « Certainement le fossoyeur », pensai-je.

Tonton Émile devait discuter boulot : entre collègues, ça se comprend. Je vis alors mon oncle sortir un mouchoir de sa poche et l'amener à son visage. Quoi ? Tonton Émile allait à son tour jouer des glandes lacrymales ! Impossible ! Pas lui ! Pas un vieux professionnel comme lui !... Ou alors il souffrait d'une conjonctivite ? Je le considérai avec perplexité : aurais-je pu tout au long de ces années porter un jugement erroné à son égard ? Se pouvait-il que sous ses apparences de grosse bête bourrue se dissimule une âme sensible ? Il est vrai qu'à quatorze ans, on est prompt à porter un jugement définitif sur tout et sur tous... Mais quand même, je croyais le connaître, le Tonton, étant donné qu'il était le clone parfait de mon père.

Soudain, je poussai un soupir de soulagement : ce que j'avais d'abord pris pour un épanchement de douleur n'était en fait qu'une maladroite tentative pour dissimuler un évident accès de fou rire. J'étais rassuré. Ah ! il fallait les voir se bidonner dans leur coin, ces deux zouaves : le nabot qui riait au-dessus de sa pelle et mon oncle qui pouffait au-dessus de la tête du nabot. J'aurais bien voulu entendre ce qu'ils pouvaient se raconter.

Après les condoléances, les gens se dispersèrent dans le cimetière comme une volée d'étourneaux au-dessus d'un champ de céréales ; non pas, comme je le crus au début, pour se recueillir devant quelque sépulture, mais uniquement pour discuter par groupes de deux ou trois.

Je vis plusieurs hommes esquisser un sourire en clignant de l'œil et pousser de nostalgiques soupirs... Ils devaient certainement évoquer de lointains (et agréables) souvenirs.

Puis, accompagné de la « femme à la moustache », ce fut au tour du curé de se poster devant mon père.

C'était un homme grand, sec, aux cheveux blancs coupés en brosse et à l'aspect autoritaire : il ne devait pas badiner avec le respect de la religion et l'utilisation du préservatif. Je m'approchai, car la confrontation risquait de s'avérer intéressante ; j'étais sûr que mon père tenterait de faire de l'esprit avec l'homme d'Église et, la finesse n'étant pas sa qualité principale, j'espérais un savoureux dérapage. Je n'avais guère eu de satisfaction dans la journée et je me régalais donc d'avance.

Le curé attaqua de front d'un ton peu aimable :

« Monsieur Castet... Bernard Castet, je suppose ?...

— Oui, mon Père », répondit l'interpellé en tendant une main que l'homme d'Église serra sans enthousiasme.

Cela m'amusait d'entendre mon père appeler le père... « mon Père ».

« D'un peu plus et vous ratiez la cérémonie... Les embouteillages, sans doute ?...

— Que voulez-vous, Monsieur le curé, il n'y a pas que les voies du Seigneur qui soient encombrées ! répondit le paternel en se fendant d'un large sourire.

— Impénétrables ! corrigea le saint homme en fronçant les sourcils.

— Pardon ?…

— Les voies du Seigneur sont *impénétrables*... pas "encombrées". »

Ma mère et Tatie Nathalie, attirées par le curé comme des abeilles par un pot de miel, s'immiscèrent dans la conversation.

« Ne l'écoutez pas, Monsieur le curé, commença ma mère, il dit souvent des âneries plus grosses que lui ! » Elle se tourna vers son époux et lui jeta d'un air de reproche : « Tu devrais le savoir, enfin, les voies du Seigneur sont im-pé-né-tra-bles !

— Oui, oh, on va pas pinailler pour un adjectif, bougonna mon père... Impénétrables... encombrées, tout le monde a compris ce que je voulais dire !

— Ce sont les voies digestives qui peuvent être encombrées, corrigea Tatie Nathalie. Le sens n'est pas tout à fait le même, Bernard… »

Un rire étranglé échappa à Tonton Gus ; par malheur, je ne pus réprimer le mien. Plaf ! la gifle me cueillit à la volée.

« Quelle misère ! fulmina mon père en me fusillant du regard ; les enfants ne savent plus se tenir !... Quelle génération, mon Père... mais quelle génération !...

— En tout cas, je vois avec plaisir que vous savez tenir les vôtres, répondit le curé en se décrispant ; il est si rare de nos jours qu'on enseigne aux enfants la discipline et le respect des valeurs. Et qui dit discipline, dit aussi châtiment, poursuivit-il à mon adresse. Retiens bien la leçon, mon garçon.

— Ah ça, qui aime bien... châtie bien, approuva mon père. (Je m'éloignai prudemment de crainte d'être "aimé" un peu plus fort.) Mais laissez-moi vous présenter le restant de ma famille, ajouta-t-il en nous désignant les uns après les autres. Mon fils, donc ; ma femme ; ma belle-sœur et sa fille Caroline (cette peste avait observé la scène de la gifle avec jubilation) et mon frère Émile... » Il le chercha du regard : « Mais où est-il encore ?... »

Je tenais ma revanche ! Je montrai du doigt Tonton Émile en train de rigoler avec le fossoyeur et m'exclamai :

« Il est là ! il est là ! »

Mon père fit une nouvelle fois preuve de ses dons de caméléon monochrome, puis lâcha :

« Oui, bon, euh... Vous le verrez plus tard... Il a l'air occupé.

— En effet », répondit le curé d'une voix blanche.

Blessé qu'on ait pu découvrir une faille dans la façade de respectabilité de sa famille, mon père s'empressa de changer de discussion :

« Mais dites-moi, Monsieur le curé, qui est donc cette dame qui semble vous être si attachée ? demanda-t-il en désignant la pauvre créature à ses côtés.

— Une de mes plus fidèles et actives paroissiennes...

— Actives ?... Tiens donc, comme c'est intéressant, l'interrompit d'un ton goguenard Tonton Gus ; il en reste donc ? Il est vrai que nous sommes à la campagne et que beaucoup de gens sont encore attachés à ces...

— À ces valeurs », le coupa Tatie Nathalie en le suppliant du regard de faire taire ses sentiments anticléricaux. Elle et ma mère, redoutant les débordements de Tonton Gus, avaient peine à cacher leur embarras.

Même si elles ne pratiquaient plus avec autant d'assiduité que dans leur folle jeunesse de « grenouilles de bénitier », elles avaient conservé un respect atavique envers la religion.

Tonton Gus, lui, était un humaniste : il croyait en l'homme, non en un hypothétique Dieu d'amour, créateur de l'univers, des hommes et des bêtes, des montagnes et des rivières, du ciel et de la terre (jusque-là, il n'y avait pas à s'en plaindre), mais également (et là, cela la fichait mal pour un Dieu d'amour) des virus, des bactéries, des cancers, du sida et des catastrophes naturelles ! Je passe sur beaucoup de calamités, car la liste serait trop longue. En tout cas, et comme le répétait à loisir Tonton Gus : « Un Dieu qui n'assurait pas le service après-vente vu le foutoir qui régnait en ce bas monde ! »

Je ne comprends toujours pas comment cet homme si éclairé avait pu épouser une femme à l'esprit aussi vide et futile. Loin de toutes ces considérations philosophiques, Tatie Cynthia avait un seul but dans la vie : paraître. Médiocre bourgeoise qui s'aimait plus que tout, elle s'étourdissait de tenues voyantes, de propos clinquants, d'objets d'art futiles et, à l'image de sa vie..., stériles. Elle avait épousé un professeur, car elle n'avait pas rencontré d'avocat ou de médecin de libre, mais elle s'était rendu compte, un peu trop tard, de la minceur du salaire des enseignants : fatale erreur.

Pauvre Tonton Gus ! Lui qui aurait été capable de se battre comme un chiffonnier pour défendre ses idées, ne pouvait raisonner l'ogresse qui dévorait son enthousiasme, son esprit, sa vie et... son portefeuille depuis son mariage. Je l'imaginais parfois avec délices exercer une autre profession : prof de karaté, par exemple. Et vlan ! un *empi-uchi* dans le ventre de sa femme... Et blam ! un *mawashi-geri* dans sa tronche... Et bing ! un triple boucle piqué dans le derrière ! (Ah, zut, là, je confonds avec le patinage artistique.)

Tatie Cynthia, on l'aura compris, je l'aimais également « rasoir ». Et il n'y avait pas que moi ; mon père d'abord, qui lui reprochait de mener son ménage à la ruine.

Ma mère et Tatie Nathalie ensuite, qui la trouvaient orgueilleuse et méprisante envers elles (pensez donc, d'ex-campagnardes endimanchées !) et, surtout, surtout, Tonton Michel et Tatie Agnès qui vomissaient de la bile (d'horreur et d'indignation) quand Tatie Cynthia se vantait devant eux de sa collection de manteaux en fourrure. De la fourrure de première qualité, prélevée sur des renards et des visons tués dans leur milieu naturel !

L'été dernier, alors que toute la famille était en vacances chez eux, à Prats de Mollo, dans les Pyrénées-Orientales, Tatie Cynthia et Tatie Agnès avaient failli en venir aux mains quand la première, en visitant l'élevage de chinchillas, avait demandé à la seconde le nombre d'animaux nécessaires à la confection d'un manteau. Il faut dire aussi que Tonton Michel et son épouse étaient ce que l'on appelle des intégristes écologistes (ou des écologistes intégristes, ce qui revient au même).

Je dois avouer mon soulagement à n'être resté que quinze jours cette fois-là ; car, entre les querelles quotidiennes de ces dames, la nourriture macrobiotique, l'odeur des cochons et du bouc, et la nervosité – la vitalité, pardon – de la Peste, le séjour avait été éprouvant. À graver d'une pierre blanche… ou plutôt noire, vu mon humeur.

Le bouc de mon oncle, baptisé Prosper, s'était également fait remarquer dès le premier jour de notre arrivée en renversant mon père d'un vigoureux coup de tête, puis en éraflant avec ses cornes la portière conducteur de notre voiture. Singulier animal qui devait avoir une dent contre le paternel, car il l'avait bousculé à plusieurs reprises lors de notre séjour.

Mon père, manquant parfois d'humour, s'était vengé – quoiqu'il ait fermement prétendu le contraire – le jour de notre départ en écrasant une patte du bouc lors d'une « malencontreuse » marche arrière effectuée avec son véhicule.

À dater de ce jour, Tonton Michel avait dû enfermer Prosper dès qu'une voiture ressemblant de près ou de loin à une Renault 25 se pointait à l'horizon. L'irascible animal en aurait fait de la charpie, quitte à se rompre la tête. Et c'est dur une tête de bouc !

Nous étions dans les années 80, et le New Age était en plein essor. Fervents adeptes de ce courant, nos « intégristes » pratiquaient une sorte de religion parallèle composée de méditation et d'exercices d'assouplissement... le tout sur toile de fond macrobio. Il fallait les voir, en début d'après-midi, aller s'étendre au milieu du parc (ou du zoo, on ne savait plus trop bien), et rester ainsi en maillots de bain, pieds et jambes écartés, à « s'imprégner des bienfaits de l'astre solaire ».

« Ils sèchent ! commentait mon père en ricanant.

— Au moins, pendant ce temps, ils nous foutent la paix, ajoutait l'oncle Émile.

— Je suis sûr qu'ils se foutent à poil quand ils sont seuls ! surenchérissait mon père.

— Non, tu crois ? Ce n'est pas possible ! » répondaient en écho les voix étonnées de ma mère et de Tatie Nathalie.

Tonton Gus, plus tolérant, essayait bien d'expliquer que le New Age était avant tout pour ses adeptes « l'accession à un état de spiritualité intérieure », mais mon père et Tonton Émile n'en démordaient pas : « Le New Age, c'est secte et fanatisme dans le meilleur des cas... et club de partouzes dans le pire ! »

Tonton Michel était poilu des pieds à la tête, et seule une franche calvitie permettait à un quidam éloigné de le différencier du singe. Tatie Agnès, par philosophie ou par solidarité envers son mari, avait elle aussi décidé de ne plus se raser ; après tout, qu'y a-t-il de plus naturel que le système pileux ?...

Heureusement pour elle, le sien n'était guère développé dans les régions supérieures de son anatomie ; il en allait différemment dans les inférieures où d'épaisses et disgracieuses touffes de poils châtain clair prenaient leurs aises en s'échappant de sa culotte. Je réprimais souvent une grimace en pensant au fait que ce que l'on voyait ne représentait que la partie émergée de l'iceberg...

Et quand on sait que la partie visible d'un iceberg n'équivaut qu'au dixième de son volume total !

Je dois dire que le spécimen qui, en cet instant, se tenait devant nous avait également de quoi impressionner l'adolescent que j'étais. Monsieur le curé faisait enfin les présentations du personnage :

« Voici Mademoiselle Maïté Passy-Coucet... Elle a passé de nombreuses années auprès de votre défunte tante. Comme vous le voyez, sa disparition l'a beaucoup affectée. »

La pauvre créature n'arrêtait pas de sangloter : à ce rythme et sous ce soleil, elle courait doit à la déshydratation. Ses larmes dévalaient le long de son visage rougi et allaient aimablement s'installer sur les replis de sa fine moustache ou alors préféraient trouver villégiature – guidés par une barbe naissante – auprès des poils épais qui pointaient de son menton. Par chance, une robe noire et informe, la couvrant des pieds au menton, dissimulait le restant de l'appareil pilaire. Je pus examiner de près le début de calvitie qui, à l'instar de Tonton Michel, semblait prendre une revanche au sommet de sa tête. Une étude génétique comparative aurait certainement été fort instructive.

L'abbé Gracieux (encore un qui portait mal son nom), après s'être à son tour présenté, s'adressa à la « curiosité génétique » :

« Et voici, ma chère Maïté, les neveux et leurs épouses de votre regrettée patronne : Mademoiselle

Lucie Castet. Trop tôt disparue », soupira-t-il cette fois à notre intention.

Le visage ravagé de larmes de Maïté retrouva instantanément le sourire comme transformé par les propos du curé... (ou de l'abbé, je n'ai jamais su faire la différence).

« Oooooh ! » se mit-elle à roucouler en prenant la main de mon père.

Elle nous examina les uns après les autres tout en continuant à pleurer, mais de joie, cette fois. Elle serra les mains des tontons, des taties, toujours en s'accompagnant de son « ooooh » qui devait finir crescendo quand elle nous embrassa, Caroline et moi-même. Tout couverts de larmes, de morve et de bave, nous la vîmes avec soulagement rejoindre l'abbé Gracieux.

« Mademoiselle Passy-Coucet est très affectée… expliqua le curé. Votre tante, dans son immense générosité, l'avait prise à son service depuis sa sortie de l'institut médico-pédagogique. Après quinze années de thérapie, Maïté avait enfin trouvé un foyer d'accueil et une situation affective et matérielle stable qui lui procurait joie et sérénité.

— Oooooh... oooooh ! poursuivit Maïté avec opiniâtreté. (Quinze ans de thérapie : quand on y pense, bonjour le résultat.)

— On vous a compris, on vous a compris, assura mon père en lui tapotant le dos. J'espère que vous allez bientôt retrouver une bonne place...

— Ne vous inquiétez pas pour elle, intervint

l'abbé ; j'avais justement besoin d'une femme de ménage... Que voulez-vous, quand on est seul, hein ?… sembla-t-il s'excuser.

— Comme quoi, le malheur des uns fait le bonheur des autres, commenta ma mère.

— Un homme seul, on sait ce que c'est, allez ! ajouta Tatie Nathalie.

— Et puis, ça vous fera toujours une compagnie, approuva mon père. C'est plus raisonnable quand on habite dans ces campagnes reculées... Vous pourriez avoir un malaise un de ces jours et crever chez vous, abandonné de tous comme une vieille charogne… Sauf le respect que je vous dois, Monsieur l'abbé. »

À ce moment, la limace gémissante se mit à reprendre son « Oooooh ! Je... je… », mais cette fois, elle semblait sur le point d'accoucher sa phrase.

« Je... je m'occupe du chat ! » s'écria-t-elle. Délivrée, un sourire lumineux s'épanouit sur son visage.

« Elle s'occupe du chat ? répéta Tatie Agnès, partagée comme nous tous entre l'étonnement et l'amusement.

— Du chat ? Comme c'est charmant ! s'exclama Tatie Cynthia qui, visiblement, s'en moquait comme de sa première crème à bronzer.

— Le chat… Quel chat ? demanda ma mère.

— Joyeux... Le chat de feue Mademoiselle Castet, précisa l'abbé Gracieux. Maïté le nourrit depuis la mort de votre tante. Une bien brave bête. »

« Maïté ou le chat ? » pensai-je en souriant. En fait, je découvris par la suite que Maïté était en fait une personne bonne comme le pain (d'ailleurs on devrait plutôt dire « bon comme un simplet » parce que, de nos jours, le pain est dégueulasse). Comme souvent chez les simples d'esprit, elle ne connaissait de la méchanceté que ce que son entourage lui avait fait endurer.

J'ai souvent repensé à cette pauvre Maïté qui n'avait dû découvrir l'amour qu'à travers l'attention affectueuse de sa patronne, et le sexe, que par les caresses éphémères et volages d'une culotte trop serrée.

« Joyeux ? Comme c'est charmant ! » s'exclama à nouveau Tatie Cynthia en prenant un accent très mondain. « Charmant » et « gaulois », voilà les deux adjectifs qui revenaient le plus souvent dans sa bouche de bourgeoise suffisante.

« Bien, termina le prêtre d'un ton sec (il n'avait pas dû apprécier le "vieille charogne"), je dois amener Maïté à un rendez-vous très important, et vous comprendrez donc que je doive vous fausser compagnie...

— Faites, faites donc », répondirent les « grenouilles ».

Alors que l'abbé Gracieux s'était enfui en poussant devant lui Maïté, Tonton Émile nous ramenait un autre insolite spécimen de bipède. La mine réjouie et la larme à l'œil, il nous présenta le sieur Criquot, l'homme avec lequel il plaisantait depuis notre arrivée au cimetière. À voir ce type, il était évident qu'il avait fallu plusieurs générations de mariages entre cousins pour arriver à ce résultat. Sans compter les viols entre père et fille !

Le phénomène devait mesurer un bon (et charitable) mètre cinquante et arborait un sourire épanoui découvrant une dentition aussi peu engageante que le reste de sa personne. Je ne parle pas de ses vêtements dépenaillés (qui auraient fait rougir de honte un chiffonnier d'Emmaüs), mais de sa propreté et de son aspect général. Un front gras et luisant, des cheveux huileux, collés par plaques ; une haleine forte, grossie par des relents de vin rouge et, enveloppant le tout, une odeur me rappelant la fois où le sani-broyeur de nos toilettes s'était bouché lors d'une panne d'électricité.

« Mes amis, proclama Tonton Émile, voici Monsieur Eugène Criquot : fossoyeur de son état, employé municipal et cantonnier à ses heures. J'ai eu du mal à apprendre tout ça, car notre bonhomme n'est guère causant... Mais c'est un gai compagnon, pas vrai, Gégène ? lui lança-t-il en lui tapant sur l'épaule.

— Que oui ! » répondit le sieur Gégène en nous gratifiant d'un rire qui fit la joie de notre petite assemblée. Tonton Émile et mon père essayèrent pendant des années de le reproduire correctement, mais n'y parvinrent jamais. Difficile de le coucher sur papier ; cela partait très aigu – un couinement de souris prise au piège : « Hihihihi ! » et finissait crescendo par le braiment d'un âne en pleine crise d'asthme : « Hahaouahouaaah ! » Je récapitule : « Hihihihihahaouahouaaah ! »

Je crois que je n'ai jamais autant ri qu'en écoutant ce sacré Gégène partir de son rire grotesque. Mon père et ses frères se succédaient pour le faire parler, car ses réponses – aussi variées que le menu d'une cantine scolaire : « Que oui ! » – étaient souvent ponctuées de ce rire si merveilleusement hilarant.

Heureusement qu'il ne restait plus que nous dans le cimetière, car la « respectabilité familiale » si chère à mon père aurait souffert de notre comportement.

« Ce con de Gégène ! s'étranglait Tonton Émile... Ce con de Gégène !

— Ah mon Dieu ! Ah mon Dieu ! » s'étouffait Tatie Agnès.

Même Tatie Cynthia, qui s'était reculée à cause de l'odeur, pouffait dans son mouchoir. Normal pour une pouffiasse.

Ma mère et Tatie Nathalie tentaient tant bien que mal de garder leur sérieux par crainte sans doute de voir revenir l'abbé Gracieux. Mais elles n'avaient rien à craindre, car il avait eu son compte. Oh oui !

« Dis donc, Gégène, demanda mon père en reprenant son sérieux, tu connaîtrais pas la route la plus courte pour nous rendre à Lembeye ?...

— Que oui ! » répondit ce dernier. Et il se tut en nous gratifiant de son sourire édenté.

« Et alors, continua Tonton Émile, quelle route il faut prendre ?... »

Le sieur Criquot ne réagit toujours pas, se contentant de nous observer niaisement.

« On est pas sortis de l'auberge, soupira Tonton Gus... Pourriez-vous au moins nous dire si nous sommes loin de Lembeye ? Si vous ne connaissez pas la distance, peut-être pourriez-vous nous indiquer le temps du trajet ?… »

Devant le mutisme ahuri du Gégène, mon père commença à s'emporter :

« Tu connais quand même la direction ?… C'est pas compliqué, nom de Dieu ! »

L'interrogé nous considéra alors comme si nous étions subitement devenus fous. Trop de questions pour ce cerveau confit par les vapeurs d'alcool. Il se gratta la tête comme s'il voulait s'éclaircir les idées (ou plutôt pour répondre aux taquineries de quelque pou) et finit par désigner un point à l'horizon en lâchant :

« C'est par là !

— Mouais, c'est assez vague, commenta Tonton Émile.

— Que oui, répondit Gégène du tac au tac.

— Et vous ne sauriez être plus précis ? » interrogea ma mère.

Monsieur Criquot réussit, au bout d'un long

moment d'intense réflexion, à exciter les dernières cellules nerveuses de son cerveau :

« C'est loin comme quand j'ai envie d'aller au bistrot mais c'est près comme quand je dois aller à confesse ou au dentiste. »

Inutile de chercher à comprendre la logique de sa réponse. Entre lui et Maïté, bonjour le duo ! Le nuage radioactif issu de la centrale nucléaire de Tchernobyl, en goguette quelques années auparavant, avait certainement dû s'attarder dans le coin. En désespoir de cause, nous décidâmes de laisser Gégène terminer en paix sa tâche... qu'il n'avait d'ailleurs pas entamée.

« Pas la peine d'insister, grommela mon père, on a perdu assez de temps.

— T'as raison, approuva Tonton Émile d'un air amusé ; autant demander à un escargot de commenter une course automobile. »

Un « Salut, Gégène ! » lancé d'une voix commune ponctua notre départ. « L'escargot » de service, pour le moins sociable, nous accompagna jusqu'à la sortie du cimetière et, au moment de se quitter, serra chaleureusement la main des messieurs et aurait tout aussi chaleureusement embrassé ces dames si celles-ci ne s'étaient réfugiées en gloussant dans leurs véhicules respectifs comme des jouvencelles effarouchées. Gégène se mit alors à tourner comme un fou autour des voitures ; il grimaçait au nez des dames tout en poussant son rire délirant.

Encore un qui avait des joies simples.

« EUGÈNE, ÇA SUFFIT ! Retourne à ton travail ! »

La voix profonde, rocailleuse et empreinte de colère stoppa net le manège de Gégène. Penaud, il jeta un œil attristé vers nos voitures, puis disparut prestement à l'intérieur du cimetière.

Un homme grand, fort, la cinquantaine bien entamée s'avança vers nous : certainement un agriculteur, à voir son visage buriné et ses mains calleuses et puissantes. J'en sus quelque chose quand il me serra la pogne : un vrai compresseur tapissé de papier verre. Rien à voir avec la main délicate de Tonton Michel : une main qui n'avait connu que le poil soyeux des chinchillas.

« J'espère qu'Eugène ne vous a pas trop importunés ? demanda-t-il en souriant. Quand il a bu, il devient infernal !

— Laissez, laissez, Monsieur, le rassura mon père ; l'animal est curieux, mais il n'est pas méchant. Nous nous en sommes rendu compte.

— Ça, on peut pas dire qu'il ait le vin méchant ; il l'a même plutôt joyeux et c'est pour cette raison que le conseil municipal, dont je fais partie, continue de l'employer. Je suis Monsieur Philippe Murou. Je vous présente toutes mes condoléances ainsi que mes excuses pour ne pas avoir pu assister à la cérémonie. En tant que maire de la commune, j'ai de nombreuses obligations, vous comprenez ?...

termina-t-il en écrasant les doigts des dames venues nous rejoindre.

— Vous devez pas vous ennuyer avec un tel phénomène ? rigola Tonton Émile.

— Oh ! c'est un poème à lui tout seul, concéda M. Murou. Tenez, le mois dernier, on l'a retrouvé ivre mort, au fond d'un caveau, en train de ronfler, affalé, peinard sur le cercueil. »

Cette histoire fut accueillie par les éclats de rire de toute la famille.

« Ce sont pas les voisins qui allaient le réveiller, c'est sûr ! » s'esclaffa Tonton Émile.

Sa remarque déclencha une nouvelle vague de rires. Ah ! on s'en souviendrait de l'enterrement de Tata Lucie ! Une vraie réussite.

« Bon, c'est pas tout, jeta soudain mon père en prenant la parole, mais nous avons rendez-vous avec le notaire... Il va commencer à nous attendre. »

Il se tourna vers M. Murou :

« Nous avons eu plaisir à vous connaître mais, que voulez-vous, le devoir, hein ?... »

Le sens du devoir et de la famille étaient des valeurs que mon père honorait beaucoup ces temps-ci.

« Nous devons nous rendre chez Maître Lafarge à Lembeye, intervint Tonton Gus. Pourriez-vous nous indiquer la meilleure route à suivre ?... Nous avons peur de nous égarer sur ces petites routes et...

— C'est sur ma route ! le coupa M. Murou. Vous n'avez qu'à me suivre. Je vais à Madiran chercher du vin chez un cousin viticulteur. Sur la place de Lembeye, je vous indiquerai l'étude !

— On vous suit ! » lança mon père. Puis il tapa dans ses mains et s'écria : « Allez, tout le monde en voiture ! »

La troupe s'exécuta d'un seul bloc, mis à part Tonton Michel qui se rapprocha de M. Murou pour lui murmurer :

« N'allez pas trop vite... je n'ai pas une limousine de luxe, moi. » Et il avait prononcé « limousine de luxe » avec un certain dédain, voire une certaine répulsion en jetant un regard désapprobateur à la Renault que mon père venait de faire démarrer.

« Et alors, qu'est-ce que tu fous, toi ? aboya mon père à mon égard. Monte ! »

Je m'exécutai promptement et c'est ainsi que, précédés par l'aimable M. Murou, nous nous engageâmes dans la seconde partie de notre périple. Nous fîmes la route en sens inverse pour reprendre la nationale, abandonnant bientôt celle qui courait sur la colonne vertébrale de Moncaubet.

La nationale commença à monter le long des coteaux, continuant à se tordre dans tous les sens : à croire qu'elle avait été dessinée par un ancêtre à Gégène en proie au delirium tremens.

Mais Tonton Michel n'avait pas à s'inquiéter : la Renault 12 du maire avançait aussi rapidement en quatrième vitesse que notre turbo-diesel en seconde.

Comme mon père n'aimait pas sentir la « poubelle » de Tonton Michel derrière lui, il l'avait invité, d'un signe de la main, à le doubler.

« Les freins doivent être aussi pourris que la carcasse, pas la peine de prendre de risques », avait-il déclaré.

La couleur criarde de la 4L de Tonton Michel agaçait prodigieusement les chiens de la contrée, et mon père éprouvait un plaisir sans égal à les voir s'acharner après les pneus de la « poubelle ». Mon oncle, ne voulant pas écraser un toutou, accomplissait de véritables prouesses pour les éviter, au risque de verser dans le fossé. Je vis mon père esquisser un sourire satisfait devant les embardées de la voiture : avec un peu de chance, devait-il penser, il pourrait lui vendre un véhicule neuf… ou du moins une occasion récente.

Il espaça la distance qui le séparait de la 4L, obligeant Tonton Émile et Tonton Gus qui le suivaient sagement à ralentir encore plus leur allure.

Comme je m'étonnais à vive voix de l'absence de ma cousine Valérie, ma mère m'apprit que Tatie Cynthia l'avait laissée se reposer dans leur caravane : elle était... « indisposée » !

« Indisposée ? demandai-je pour avoir de plus amples explications.

— Que veux-tu… c'est une femme maintenant », répondit-elle pudiquement.

Je compris aussitôt que Valérie devait avoir ses règles. Je savais qu'avec les nanas, les « ragnagnas », c'est tout un tralala et patati et patata, alors je choisis de clore le sujet vu que, pour ma part, j'étais bien content de ne pas avoir à vérifier, plusieurs jours par mois, les fonds de chaise ou de canapé en me relevant.

« C'est quand même dommage qu'elle ne puisse assister à l'ouverture du testament, reprit ma mère. C'est toujours très intéressant.

— Surtout dommage qu'elle n'ait pas rencontré Gégène, ajouta mon père. Il l'aurait amusée, la gamine ! » Il partit soudain d'un énorme rire. « Quel crapouillot, celui-là, mais quel crapouillot ! »

Je dois admettre que mon père sortait des expressions et des qualificatifs qui, bien des années plus tard, restaient dans les mémoires pour leur originalité et faisaient les délices de son entourage... Je ne sais pas où il était allé chercher ce nom, mais il remplaça « Gégène » dans nos futures discussions.

« Le Crapouillot !... le Crapouillot ! s'étouffait-il de rire. Oh ! putain ! Je m'en souviendrai de cet enterrement ! Je m'en souviendrai ! »

Et il ne croyait pas si bien dire.

3

Dicton du jour : « Ris à un enterrement et tu pleureras dans pas longtemps ! »

Nous arrivâmes sur la grande place de Lembeye : agréable bourgade embrassant l'horizon vallonné. Après que, précédés par M. Murou, on eut fait le tour de la place, mon père exprima sa satisfaction en constatant que la ville offrait de nombreux commerces et services. Soudain, M. Murou tendit le bras à travers la vitre de sa portière et désigna une grande bâtisse à deux étages sur sa droite, se distinguant par une superbe galerie en bois.

Il klaxonna vigoureusement, puis nous laissa avec force gestes et saluts amicaux.

Nous nous garâmes devant le parking de l'étude signalée par une discrète plaque dorée. Nous étions en province : pas d'artifice, pas de tape-à-l'œil. Je m'attendais à rencontrer un vieux rond-de-cuir strict et sinistre, aussi avenant que son lieu de résidence. Mais à peine mon père eût-il fait retentir la sonnerie de la porte d'entrée qu'un homme fringant, d'une quarantaine d'années, costume sport, coupe en brosse, nous accueillit sur le pas de la porte avec le sourire, l'allant et l'enthousiasme d'un candidat en pleine campagne électorale.

« J'espère que nous ne sommes pas trop en retard ? demanda mon père en lui serrant la main avec fougue.

— Pas du tout, pas du tout, le rassura le notaire en continuant d'arborer un large sourire. La personne convoquée en même temps que votre famille vient juste d'arriver. »

Nous n'eûmes pas le temps de manifester notre surprise, car il s'effaça aussitôt pour nous laisser entrer.

« Si vous voulez bien vous donner la peine ?... »

Il serra la main à chacun d'entre nous et, décidément très homme du monde, glissa une fondante formule de politesse à chacune des dames ; formule appuyée pour Tatie Cynthia qui gloussa de plaisir.

La pièce dans laquelle nous nous installâmes, contrastant avec le personnage qui venait de nous recevoir, correspondait parfaitement à l'idée que l'on pouvait se faire d'une étude de notaire.

Une immense bibliothèque en chêne occupait le mur sur notre gauche ; un bureau massif, recouvert de cuir vert et accompagné d'un large fauteuil, semblait guetter avec sévérité les réactions de celles et ceux qui s'installaient en face de lui sur la dizaine de chaises impeccablement alignées. Sur notre droite, une fenêtre ouverte offrait la vue d'un jardin arboré, apportant une note de gaieté à ce décor très austère.

Le notaire alla chercher un porte-documents dans le secrétaire disposé à côté de la fenêtre, puis il gagna son fauteuil en nous adressant un sourire. Nous l'observâmes en silence ouvrir le porte-documents et en extraire une chemise qu'il déposa sur son bureau.

C'était la première fois que je voyais mon père et Tonton Émile se taire pendant plus d'une minute. Il est vrai qu'une étude de notaire, c'est presque comme une église : on y médite, on se recueille... et on espère beaucoup.

Je sentais mon père tendu, inquiet (il ne devait pas être le seul). Il devait se torturer les méninges pour savoir qui était la personne convoquée avec nous pour l'ouverture du testament. Ça devait cogiter sérieux dans les esprits : « Une part de moins !... Une part de moins ! »

Le notaire, craignant sans doute que le silence ne devienne gênant, s'éclaircit la voix et dit :

« Ne vous inquiétez pas, la personne qui vous a précédés est aux toilettes... Elle ne devrait plus tarder. Nous procéderons alors à l'ouverture du testament de votre tante.

— Je vous en prie, Maître, assura mon père, nous ne sommes pas pressés.

— Nous avons même toutes les vacances ! » ajouta Tonton Émile en essayant de détendre l'atmosphère... Mais sa plaisanterie tomba à plat.

« Vous êtes bien installé, dites-moi, intervint Tatie Cynthia, autant pour se faire remarquer que pour meubler la conversation. On sent que vous êtes un homme de goût, ajouta-t-elle en promenant son regard autour d'elle d'un air connaisseur. Et puis le site est très agréable. Évidemment, souligna-t-elle, il faut aimer la tranquillité des villes de province...

— Il faut y être né pour pouvoir l'apprécier, admit Me Lafarge. Mais, comme disait mon père, la province est une femme belle, sauvage et peu bavarde, mais qui, quand on sait la faire parler et surtout l'écouter, vous révèle de vrais trésors.

— Oh moi, la mienne, y a pas besoin de la forcer pour qu'elle cause ! s'esclaffa Tonton Émile. Comme toutes les femmes, non ? précisa-t-il en prenant à témoin ses frères.

— Je ne saurais trop vous dire, commenta le notaire en riant à son tour, je ne suis pas marié !

— Heureux homme ! » s'exclama Tonton Émile en lui adressant un clin d'œil complice.

Un « oooooh ! » de fausse indignation amusée jaillit de la bouche de l'entourage féminin ; un « oooooh ! » suivi d'un « aaaaah ! » général de satisfaction quand le bruit d'une chasse d'eau retentit dans le couloir desservant notre pièce. Tous les regards se portèrent vers la porte.

Au bout d'une ou deux minutes d'attente anxieuse, celle-ci s'ouvrit lentement – comme pour mieux ménager le suspense – et, à notre grande stupéfaction, apparut Maïté Passy-Coucet. Le choc intégral.

Si elle était ravie de nous revoir – il s'en fallut de peu qu'elle ne bave une fois de plus sur Caroline et sur moi-même en voulant nous embrasser –, il en alla autrement de ma famille. Son apparition provoqua quelques exclamations de surprise, mais surtout de contrariété. J'entendis mon père murmurer à l'oreille de Tonton Émile :

« Tu vois, les bonniches, hein, tu vois ?... On aurait dû s'en douter ! »

Son frère approuva en bougonnant.

Et ils ne furent pas les seuls à être contrariés, car, étant donné qu'il manquait une chaise, je dus prendre la Peste sur mes genoux.

Maïté s'assit en adressant un salut joyeux de la main à chacun d'entre nous. Un salut que seul Tonton Gus lui rendit. Mon père s'efforçait de ne pas la regarder, calculant déjà dans son esprit ce qu'il leur resterait de l'héritage maintenant divisé en cinq. Et, à voir son visage crispé, il ne devrait pas rester grand-chose.

Je repensai à la photo, prise quinze années plus tôt et qu'il avait sortie d'un vieil album de famille afin d'évaluer approximativement l'importance de l'héritage. Une masure à ce que j'avais pu constater... et la maison n'avait pas dû se bonifier avec l'âge. En tout cas et au premier abord... il n'y avait pas de quoi casser des pierres.

Et pourtant, c'était ce qui nous attendait.

Une fois que Maïté se fut installée, le notaire fit jouer l'élastique enserrant la chemise posée sur son bureau, l'ouvrit avec précaution et plongea sa main à l'intérieur avec une lenteur exaspérante, savourant, semblait-il, le pouvoir qu'il détenait entre ses mains. Le pouvoir de faire attendre les gens, de les laisser mariner dans le jus de leurs espérances, de les sentir esclaves de son bon vouloir.

Ma famille était retombée en enfance, attendant sagement et respectueusement la volonté du « maître ». Je comprenais mieux, à présent, le vrai sens de ce titre. Enfin, Me Lafarge – le bien nommé – daigna abréger notre cruelle attente. Il retira de la chemise plusieurs feuilles de papier qu'il rangea en ordre sur son bureau. J'avais de plus en plus l'impression d'assister à la représentation d'un magicien exerçant son art devant un parterre d'enfants transis d'émotion.

« Bien, commença-t-il d'une voix solennelle, je vais donc vous faire la lecture du testament manuscrit que Mademoiselle Lucie Castet, domiciliée à Moncaubet dans les Pyrénées-Atlantiques, a déposé à mon étude le seize avril mille neuf cent quatre-vingt-un. Il s'agit donc d'un testament olographe, daté, signé et rédigé de la main de la défunte. J'ai ici (il brandit une feuille de sa main gauche) les instructions relatives au déroulement du testament et, sur ces documents (qu'il brandit de l'autre main), les instructions relatives au testament lui-même. La testatrice m'avait l'air d'une personne bien ordonnée, commenta-t-il.

— À l'image de sa vie, la pauvre femme, répondit mon père avec cette science de l'hypocrisie qui n'appartenait qu'à lui.

— Les premiers éléments constituant ces documents concernent les personnes à contacter avant l'ouverture du testament, reprit le notaire. Je cite ces personnes dans l'ordre dans lequel je les lis : Mademoiselle Passy-Coucet Maïté, domiciliée à Moncaubet ; Monsieur Castet Bernard, domicilié à Paris – je passe sur l'énoncé complet des adresses ; Monsieur Castet Émile, également domicilié à Paris ; Monsieur Castet Gustave, domicilié à Nice dans les Alpes-Maritimes, et Monsieur Castet Michel, domicilié à Prats de Mollo dans les Pyrénées-Orientales. »

Il prit un instant pour examiner le feuillet qu'il tenait de la main gauche : celui relatif au déroulement du testament.

« Parfait, puisque vous voilà tous réunis selon les volontés de la défunte, nous allons poursuivre, toujours selon ses volontés. »

Avec délicatesse, le notaire sortit un cadre en verre qu'il plaça bien en évidence en face de nous.

Le cadre contenait la photo du visage d'une vieille femme souriante, aux joues rondes et lisses, au cou blanc – sur lequel se découpait une pierre de couleur bleu ciel portée en pendentif – et qui semblait nous observer à travers sa prison de verre.

« Ta-ta-ta Lucie ! » croassa Tatie Nathalie.

Tout le monde fut surpris de se retrouver devant le portrait de la défunte, mais nullement choqué. Tonton Gus résuma le mieux le sentiment général en déclarant :

« Quelle délicate attention de sa part… »

En observant le portrait de notre tante, je ne comprenais toujours pas comment ce visage à l'aspect si avenant ait pu drainer autour de lui autant de médisances. Quelques reniflements détournèrent mon observation et je vis alors ma mère et mes tantes secouées de sanglots à la vue du portrait de la disparue. Mon père et mes oncles s'empressèrent de sortir leurs mouchoirs et de les tendre à leurs épouses. Il est vrai qu'on avait assez perdu de temps… Ce n'était pas le moment de pleurnicher.

« Ah ! Tata Lucie ! déclama soudain Tatie Cynthia, merci, merci ! Ton idée est charmante ! Oui, merci de nous permettre de te revoir une dernière fois ! »

Elle pouvait parler, la garce ! Elle qui avait toujours refusé de gâcher ses vacances pour aller lui rendre visite ! Elle préférait de loin parfaire son bronzage au bord de la Méditerranée et surtout côtoyer des gens « intéressants ». Pour ma tante, une personne est « intéressante » quand elle fait de l'argent, montre qu'elle fait de l'argent et a pour ambition de faire encore plus d'argent. Je me reposai à nouveau l'éternelle question : comment avait-elle pu épouser Tonton Gus ? Lui qui avait autant de dynamisme et d'ambition qu'un œuf plongé dans une casserole d'eau bouillante ! Et pourtant elle l'avait remué, le bougre. Il avait bien dû tenter son agrégation une dizaine de fois (prof de faculté, cela présente quand même un autre panache... sans parler de la paye), mais toujours en vain. La motivation n'était pas là, on le sentait bien : il vivait davantage ces examens comme une corvée que comme un tremplin pour une promotion sociale. Voilà d'ailleurs une formule qui le mettait hors de lui : « Je ne suis pas prêt à planter des pitons dans le dos des gens pour me hisser au-dessus d'eux », disait-il.

Propos hérétiques qui provoquaient la colère et l'exaspération de sa femme. Pauvre Tonton Gus, il était mal barré pour réaliser ses ambitions personnelles qui se résumaient à l'étude et la compréhension des grands penseurs du siècle.

Programme très enrichissant, mais… malheureusement sur le seul plan intellectuel. Le notaire, devant l'émotion suscitée par le portrait, observa une minute de silence. Mon père attira son attention en se raclant la gorge et, d'un signe d'acquiescement de la tête, l'invita à poursuivre.

« Je vais donc passer à la lecture du testament proprement dit ; la seconde partie des documents est composée de trois feuillets manuscrits ainsi que de deux photocopies noir et blanc. » Le notaire s'éclaircit la voix et déclara : « Je commence donc, si vous n'y voyez pas d'inconvénient... »

Personne n'en vit.

> « *Moi, Lucie Castet, née le 18/08/1922 à Prats de Mollo dans les Pyrénées-Orientales et résidant actuellement à Moncaubet dans le Béarn, désire que ce qui suit soit rapporté dans son intégralité. Tout d'abord et avant tout, moi qui vous parle de l'au-delà – si j'y suis ou s'il y en a un, ce qui n'est pas prouvé –, je veux vous dire deux ou trois choses par l'intermédiaire de ce petit con de notaire...* »

Le « petit con » s'interrompit brusquement, refusant de croire ce qu'il venait de lire. On le vit parcourir à nouveau des yeux le manuscrit, la figure empourprée.

Puis il promena un regard consterné sur son auditoire ; auditoire qui se divisait en deux camps : ceux qui faisaient tout leur possible pour ne pas éclater de rire (les hommes, surtout) et ceux qui partageaient la consternation du notaire devant ces propos insultants. Un silence à couper à la machette (un couteau n'aurait pas suffi) s'instaura dans notre assemblée.

« Vous savez, Maître, intervint mon père pour rompre le malaise, il ne faut pas vous formaliser ; notre tante était un personnage, euh… »

Il chercha ses mots :

« … "particulier". Vous savez ce que c'est ?... les vieilles personnes… »

Je le sentis néanmoins mal à l'aise et inquiet. Sans doute s'inquiétait-il pour la suite du testament : tout cela n'augurait rien de bon.

« Mettons cela sur le compte de l'âge, reprit le notaire en s'efforçant de sourire ; et puis je n'ai pas à juger le contenu du testament, mais à procéder à son exécution. »

Un concert d'approbations lui répondit en écho.

« Mais oui, faut mettre ça sur le compte de l'âge ! Faut pas vous formaliser », répéta plusieurs fois Tonton Émile en hochant la tête.

Me Lafarge relut donc la phrase, en omettant toutefois le qualificatif peu élogieux qui le concernait et continua :

« … *je veux vous dire deux ou trois choses avant de justifier le long déplacement qui vous a ramenés à moi. Je sais parfaitement que ce n'est pas pour me rendre un dernier hommage que vous êtes venus, mais plutôt pour toucher l'héritage. Et croyez-moi, sur ce point, vous ne serez pas déçus. N'êtes-vous pas la seule famille qu'il me reste ?…* »

Les visages de mon entourage rayonnèrent de joie. Emportée par l'enthousiasme général, Caroline, toujours installée sur mes genoux, me gratifia en riant de son « baiser de la limace ». Mais, à l'instar de ma famille, j'étais trop excité pour lui en garder rancune. La cote affective de Tata Lucie remontait à fond ; les messieurs durent ressortir les mouchoirs : c'était tout dire !

> « *Je veux néanmoins que vous appreniez quelques vérités quant à votre père. Mon frère était un abruti et un homme borné de la pire espèce. Dieu, dans sa grande miséricorde, m'a donné le plaisir de le voir partir avant moi. Et vous, mes chers neveux, avez de qui tenir, je vous l'assure. Mais en ce qui concerne mon héritage, j'ai décidé de ne pas vous tenir grief de votre médisance, votre indifférence, voire votre mépris. Je sais que vous êtes plus stupides que méchants !* (À voir les mines outragées des "chers neveux", je sentis que "le compte de l'âge" s'alourdissait gravement.) *Il est vrai que ma vie n'a pas toujours répondu aux canons de la moralité... Mais c'est la vie que j'ai choisie. Pas de mari pour me donner d'ordres, pas d'enfants pour me causer des soucis et pas de famille pour me gâcher les week-ends : avec vous, il est vrai que je ne craignais rien de ce côté-là. Libre je suis née, libre j'ai vécu, libre je suis morte. Libre maintenant de distribuer ma fortune à qui bon me semble...*

« *Oui... Je dis bien ma fortune ! Je demande à l'imbécile qui me lit de vous faire passer les deux photocopies jointes à mes écrits.* »

« L'imbécile », sans un mot et dans un silence sépulcral, tendit les photocopies à mon père qui se dressa d'un bond de son siège pour les récupérer. Le paternel regarda les documents, blêmit subitement, les yeux écarquillés, puis les passa d'une main tremblante à son frère Émile avant de s'effondrer sur son siège. Leur circulation dans notre groupe fut ponctuée par une série de cris stupéfaits, incrédules, mais également et surtout émerveillés. À croire que le père Noël en personne venait de débarquer parmi nous pour une seconde tournée : « Coucou... me revoilà, y a du rab ! »

Les documents passèrent entre les mains de tous les adultes présents – moi, je ne comptais que pour quantité négligeable – et revinrent à mon père qui les serrait maintenant contre sa poitrine.

Quand tout le monde eut pris connaissance des documents, le notaire reprit le cours de sa lecture :

« *La vie éclaire parfois le chemin des putains : la lumière a plus de mal à passer, c'est tout. Peut-être parce que la forêt de leur vie est plus sombre, plus étouffante. Eh oui... j'ai été aimée. Pourtant, je n'ai pas donné à cet homme plus de tendresse qu'à tous ceux qui venaient me voir. Mais, comme je dis toujours : "Une gentillesse en appelle une autre." Cet ancien amant, à sa mort, m'a laissé tous ses biens : je ne savais pas qu'il avait autant d'argent. Cela représentait à peu près quinze millions de francs de l'époque.* »

Le notaire marqua un arrêt devant l'importance de la somme.

« *Malheureusement pour moi, ce pactole arrivait un peu tard dans mon existence. Une existence sans gros besoins, sans grandes peines, mais aussi sans grandes joies... Presque sans moi. Au début, je l'avoue, j'ai souffert de votre attitude ; vous m'avez tellement déçue. Quand vous étiez enfants et que nous habitions sous le même toit à Prats, je croyais, j'espérais que vous vous montreriez plus intelligents et plus tolérants que votre père. Celui-là, non content d'avoir assombri ma jeunesse, a réussi à me faire déshériter grâce au sacro-saint droit d'aînesse ainsi qu'aux conseils avisés du notaire de la famille. Vous comprendrez que, depuis cette époque, je ne tienne guère cette engeance en estime. Enfin, certains métiers sont comme le papier toilette : un peu dégoûtants à l'usage, mais indispensables.*

« *Je n'ai jamais pardonné ce coup bas à mon frère ni la faiblesse de mes parents à son égard. J'ai donc décidé de quitter pour toujours la maison familiale en essayant toutefois de garder le contact avec vous que j'aimais comme de jeunes frères... Et puis je vous ai revus, bien des années plus tard ; mais je n'ai pas retrouvé les enfants que j'avais laissés. Non : j'ai retrouvé des juges. Le temps est carnivore : il mange des enfants aux yeux tendres et rieurs pour déféquer des adultes qui se disent honnêtes et responsables. J'ai vite compris que nous n'avions plus rien en commun, aussi ai-je laissé le fragile lien qui nous unissait encore se défaire au fil des années.*

« Comme je sais que vous avez toujours été indifférents à mes états d'âmes, je reviens au sujet qui vous intéresse beaucoup plus : mon patrimoine ! Cette fortune est venue sérieusement grossir les économies de toute une vie. Oh, je n'avais pas trop à me plaindre, car on ne s'imagine pas le succès que peut rencontrer une prostituée dans les campagnes. Oui, j'ai fait la pute ! Oui, j'ai fait la vie ! Mais je suis restée libre malgré la méchanceté et les humiliations des gens... Sachez que j'ai toujours craché une fois sur les maîtres et deux fois sur les larbins ! Cet argent m'a quand même apporté une grande joie : il m'a permis de me payer une employée de maison. C'est l'une des meilleures décisions que j'ai prises dans ma vie. Maïté m'a aimée telle que j'étais, sans jamais me juger ni prêter

attention aux médisances. Certains diront que c'est parce qu'elle n'avait pas la capacité intellectuelle d'appréhender ma situation, mais je préfère croire en sa nature bonne et simple. Même si je ne le lui ai jamais dit, je veux qu'elle sache que je l'aimais au moins autant qu'elle a pu m'aimer. »

Un gros « pouaaah ! » sonore retentit à la fin de la phrase. Mademoiselle Passy-Coucet, le corps secoué de sanglots, renifla bruyamment dans un large mouchoir. Le notaire s'interrompit, visiblement contrarié par cette gênante manifestation de chagrin. Il fallut que Tatie Agnès prenne Maïté par les mains et lui souffle quelques paroles apaisantes pour qu'au bout de plusieurs minutes l'atmosphère retrouve enfin la sérénité et la dignité qui siéent à pareil événement.

« Un peu de pudeur, tout de même ! » lui lança Tonton Émile en fronçant les sourcils.

« *Personne n'a jamais su que j'étais devenue millionnaire et c'était très bien ainsi*, continua le notaire. *Je n'en ai jamais parlé à quiconque et surtout pas à vous : je n'avais nulle envie de vous voir débarquer avec femmes et enfants pour venir prendre des nouvelles de votre "chère"* – entre guillemets, précisa le notaire – *Tata Lucie. Je n'ai fait aucune folie avec cet argent, je n'ai rien acheté d'extraordinaire si ce n'est des boîtes "spécial gourmet" pour Joyeux, mon chat. Ces quinze millions – vous avez dû voir la photocopie de mes relevés de compte – ont été déposés à la Caisse d'épargne de Morlaàs. Le numéro du compte et la situation de celui-ci figurent sur la seconde photocopie. Vous avez pu vérifier que le capital a plus que doublé en dix ans. Cette confortable plus-value servira à payer en grande partie les droits de succession : le notaire saura vous renseigner sur ce dernier point.* »

Pétrifiés, nous étions pétrifiés ! Nous ne respirions plus, nous n'existions plus et l'on n'entendait que les reniflements de Maïté et les raclements des pieds de Caroline qui depuis un moment manifestait ainsi son envie d'aller pisser : normal pour une pisseuse. Nous venions de pénétrer dans la quatrième dimension, celle où l'espace-temps se fige.

Comme j'examinais mon entourage pour voir lequel d'entre nous romprait en premier les barrières de cette dimension – mon père, certainement, car il était le moins impressionnable –, je m'aperçus avec surprise que le menton de Tonton Gus tremblait légèrement. Je me sentis gêné en croisant son regard empli d'une indéfinissable tristesse. Je décidai de reporter mon attention sur Me Lafarge qui, après s'être emparé du dernier feuillet, s'apprêtait à le lire. Il marqua une pause, suspense oblige, et entama à voix forte :

« *Après cette longue mais nécessaire digression, voici donc mes volontés... Moi, Lucie Castet, laisse à Mademoiselle Maïté Passy-Coucet la somme de quatre millions de nouveaux francs.* (Nous n'étions pas encore passés aux "joies" de la conversion en euros.) *Cela devrait lui permettre de trouver un organisme d'accueil haut de gamme : son argent, évidemment, devra être géré par un tuteur. Je lui demande simplement en souvenir de notre amitié de prendre soin de mon chat Joyeux. Je l'ai recueilli il y a bien longtemps alors qu'il venait d'être abandonné par des salauds et je ne voudrais pas que d'autres salauds l'abandonnent à nouveau à la SPA ou ailleurs. Il n'est pas bien intelligent, mais il ne mérite pas de finir avec une piqûre au cul.*

« *En ce qui concerne mes neveux, Messieurs Émile, Gustave, Bernard et Michel Castet, je leur demande d'examiner attentivement mon portrait qui, normalement, doit se trouver devant eux.* (Tous les regards convergèrent d'un bloc vers la photo de Tata Lucie.) *Le cancer qui m'a emporté est une maladie redoutable, certes, mais qui m'a laissé du temps pour réfléchir... Et une idée amusante a fini par germer dans mon esprit. Sur ce portrait, je porte au cou une turquoise suspendue à une chaînette. Cette pierre n'a aucune valeur si ce n'est celle que je vais lui donner maintenant. Je l'ai soigneusement dissimulée dans ma propriété et, de par mes dernières volontés, je lègue la totalité de mes biens à celui de mes neveux qui saura la retrouver.*

« J'ajoute que, passé un délai de un mois après l'ouverture de ce testament – délai pendant lequel mes neveux pourront habiter chez moi –, ceux-ci ne pourront plus prétendre à hériter en cas d'échec. Dans ce cas, toute personne qui retrouvera la turquoise héritera à leur place.

« J'ajoute également que Me Philippe Pécastaing, huissier à Pau, possède un double en verre de ce bijou et que lui seul sera habilité à vérifier l'authenticité de la pierre que vous présenterez au notaire... Au cas, bien sûr, où l'un d'entre vous aurait eu l'idée de s'entendre avec ce dernier ou de lui présenter une fausse pierre. On n'est jamais trop prudent surtout quand il s'agit de telles sommes !

« Pour vous aider dans vos recherches, je vous laisse l'indice suivant : "Je devrais être au chaud bien à l'abri du soleil."

Sur ce, et avant de vous quitter pour toujours, je voudrais vous dire une dernière chose... Vraiment, vraiment, du fond du cœur... je vous emmerde tous ! »

4

— C'est fou !

— Ça alors !

— Ben ça alors !

— Comment, comment, comment ?... »

La stupeur, l'incompréhension et l'indignation mêlées jaillissaient en un seul cri de toutes les gorges. Mon père avait sauté de son fauteuil et fixait d'un œil assassin le notaire en lui lançant de terribles : « C'est quoi ce bordel ? »

Mes oncles et mes tantes n'auraient pas dépareillé dans un poulailler visité par un renard. Les femmes caquetaient entre elles, affolées et incrédules ; les hommes, furieux, poussaient de vigoureux jurons et, l'air vengeur, commençaient à lorgner méchamment en direction du notaire. Seul Tonton Gus se démarquait du reste de la volaille en arborant un certain sang-froid. Il considérait même cette agitation avec ce qui me sembla une lueur d'amusement dans le regard.

Malheureusement, son attitude stoïque provoqua l'ire de sa tigresse d'épouse :

« Et toi, tu ne dis rien ? Tu restes planté sur ton fauteuil alors que l'on est en train de nous déshériter ! Ah mon Dieu ! se lamenta-t-elle, j'ai épousé une lavette !… une lavette ! »

Surpris par ce tohu-bohu révolté, Me Lafarge, par précaution, commença à ranger les documents épars sur son bureau. En bon capitaine de navire affrontant un orage, il attendait que les éléments se calment. Malheureusement pour lui, il avait affaire non à une simple tempête, mais à une véritable tornade.

Non content de pointer un doigt accusateur sur lui, mon père tapait maintenant du poing sur le bureau en hurlant :

« C'est quoi toutes ces conneries ?… J'exige une explication ! »

Tatie Cynthia se leva à son tour et ondula jusqu'au bureau ; elle se plaça devant le notaire, demanda le silence, puis roucoula d'une voix suave voilée néanmoins d'une pointe d'irritation :

« Cher Maître, veuillez pardonner cet accès d'humeur, mais vous comprendrez que les clauses farfelues de ce testament nous laissent perplexes. Je reste néanmoins convaincue – et elle se tourna vers nous en quête d'approbation – que nous allons trouver un arrangement qui satisfera tout le monde. »

Me Lafarge, d'un geste apaisant de la main, invita mon père et Tatie Cynthia à se rasseoir en esquissant un sourire gêné. Mal à l'aise, il croisa ses mains sur son bureau, prit une profonde inspiration et entama avec gravité :

« Croyez bien que je suis désolé pour vous, mais le testament de votre tante est inattaquable. Il est daté, signé, écrit de la main de la défunte et a été déposé en bonne et due forme. Les dernières volontés de la testatrice sont certes excentriques, mais elle avait parfaitement le droit de disposer à sa guise de sa fortune ainsi que de décider des modalités concernant le partage et la succession de celle-ci. Je le redis fort et net : ce testament, juridiquement, est inattaquable. De plus, ce n'est pas la peine de vous en prendre à moi, car j'ai pris connaissance du contenu du testament en même temps que vous... Je n'avais vraiment aucune idée de ce qu'il pouvait contenir. Maintenant, si vous avez des questions à me poser – dans le calme, si possible –, ou si je puis vous aider en quoi que ce soit (il jeta un regard appuyé à Tatie Cynthia), n'hésitez pas à m'en faire part. »

C'était le silence après les grandes batailles. L'abattement venait de remplacer la colère : les hommes secouaient la tête d'un air dépité et les femmes avaient ressorti leurs mouchoirs. Une voix décidée s'éleva pourtant derrière moi :

« Maître, pourriez-vous nous faire un résumé de la situation ? lança Tonton Gus. Cela éclaircirait les esprits, j'en suis convaincu.

— Un résumé de la situation ? gronda Tonton Émile : je vais te le faire, moi, le résumé. On est dans la merde ! Dans la merde !

— Allons, allons, tempéra le notaire, la situation n'est quand même pas désespérée. Je résume le testament en quelques mots : votre tante a laissé la somme de quatre millions de francs à Mademoiselle Passy-Coucet en échange de quoi celle-ci devra s'occuper de son chat. Vous avez bien compris, Mademoiselle ? fit-il à l'adresse de Maïté qui continuait à mouiller son mouchoir avec l'humilité et la régularité d'un pèlerin nécessiteux à Lourdes. Tout est clair, n'est-ce pas ? redemanda-t-il d'un ton paternaliste. En contrepartie de l'argent, vous vous chargerez du chat de votre ancienne patronne. Vous êtes contente, j'espère ?...

— Oh oui, oh oui, je suis contente, réussit-elle enfin à articuler en extirpant un nouveau mouchoir de sa poche. Je vais m'occuper du chat... »

Elle se tourna vers nous avec un sourire radieux :

« Vous vous rendez compte, je vais m'occuper du chat !... que je suis heureuse ! »

Pour une âme simple, c'était une âme simple. Heureux les simples d'esprit, car ils verront Dieu. En attendant, elle allait voir la couleur de l'argent... ce qui n'était pas le cas de tout le monde.

« Elle garde le chat et elle est heureuse ! gémit mon père. Elle touche quatre cents briques et elle est heureuse parce qu'elle garde le chat ! Non, mais dites-moi que je rêve...

— En ce qui vous concerne, reprit le notaire en s'adressant plus particulièrement à mon père en qui il sentait l'Autorité de la famille, le testament est précis : vous disposez d'un mois à partir d'aujourd'hui pour retrouver dans la propriété de votre tante la turquoise qui apparaît sur ce portrait. »

Il nous désigna le portrait désormais honni de Tata Lucie ; je ne sais pourquoi, mais un féroce rictus ironique venait de remplacer le sourire mielleux de ma première impression. Le miel se changeait en fiel.

« Si l'un de vous récupère la pierre, la fortune lui appartient. Passé le délai de un mois, c'est-à-dire le deux août à minuit, quiconque, hormis vous, retrouvera la turquoise pourra prétendre à cet héritage. Je vous rappelle que la testatrice a laissé une indication susceptible de vous aider dans vos recherches... »

Il fouilla dans un classeur et sortit une feuille qu'il lut à voix basse avant de s'exclamer : « Ah ! voilà…

Je devrais être au chaud,
mais bien à l'abri du soleil.

— Et nous on devrait être au chaud sur la côte landaise au lieu d'écouter toutes ces âneries ! grommela mon père.

— Ces indications paraissent quelque peu ténébreuses, ne vous semble-t-il pas ? demanda Tatie Cynthia.

— Certes, certes ; mais je suis sûr, chère Madame, qu'une personne de votre qualité aura tôt fait de lever le voile sur cette énigme, répondit le notaire avec un sourire flatteur et appuyé. En compagnie, évidemment, de votre dynamique famille, corrigea-t-il avec diplomatie. Mais, pour commencer, je vous conseille d'abord de vous installer chez votre tante ; le testament vous y autorise. Puis d'entamer les recherches dès que possible. Il serait sans doute judicieux de vous unir : après tout, l'union fait la force et limiterait les éventuelles frictions qui pourraient surgir entre vous. Enfin, ce n'est qu'un avis personnel. »

Soudain, un cri perçant tira ma famille de l'apathie dans laquelle elle était tombée.

« Je veux mon chat ! » se mit à hurler Maïté.

Elle bondit de sa chaise et continua à vociférer :

« Je veux mon chat, je veux mon chat !... Le chat est à moi ! »

Devant ce spectacle extravagant, je ne pus m'empêcher d'éclater de rire, surtout quand je vis les figures consternées de ma famille.

« Calmez-vous, calmez-vous, essaya de la raisonner le notaire ; vous allez bientôt le retrouver.

— Je veux mon chat ! Je veux mon chat ! » singea Caroline en éclatant de rire à son tour.

On réussit enfin à calmer Maïté en lui promettant de partir sur-le-champ récupérer le chat, resté chez son ancienne patronne.

« Comme ça, bougonna mon père, on se débarrasse du chat et de l'hystérique ! »

Et pour être certain qu'elle s'en aille avec chat, armes et bagages, il demanda au notaire de prévenir le curé afin qu'il vienne récupérer le tout dans les plus brefs délais.

« Ce ne sera pas nécessaire, commenta le notaire, car Monsieur l'abbé doit reprendre Maïté vers cinq heures... et ceux-ci viennent juste de sonner », constata-t-il avec un évident soulagement.

Encore un qui se souviendrait de cette journée. Aujourd'hui, il n'avait pas volé ses honoraires. Puis, signifiant le moment de se séparer, il quitta son fauteuil. Certainement pressé d'en finir avec cette turbulente clientèle, il nous raccompagna d'un pas leste jusqu'à la sortie.

« Surtout, vous me rappelez pour me tenir au courant… lança-t-il sur le pas de la porte. Vous savez que je suis votre affaire de très près…

— Merci pour vos précieux conseils, ronronna Tatie Cynthia en lui serrant la main. Avec un peu de chance, nous nous revoyons avant la fin de la semaine pour vous remettre en main propre la turquoise.

— Je n'en doute pas une seconde, répondit-il avec affabilité. Je suis sûr qu'il ne va s'agir que d'une simple formalité. »

Je peux vous le dire maintenant, on ne se méfie jamais assez des formalités !

Nous bavardions sur le pas de la porte depuis cinq minutes quand l'abbé Gracieux arriva dans une Renault 18 break. À peine fut-il sorti de la voiture que Maïté se rua vers lui en poussant un déchirant : « Je veux mon chat, Monsieur l'abbé... Je veux mon chat ! »

En peu de mots – inutile de préciser le « sort terrible » qui s'abattait sur notre famille –, l'homme de Dieu fut instruit de la situation et accepta aussitôt d'installer Maïté chez lui.

« Parfait, déclara Me Lafarge, je vous vois en bonne compagnie, aussi me permettrez-vous de vous laisser. »

Nous le lui permîmes. Il se cassa. Bon débarras. Je ne sais pour quelle raison, mais cet homme m'était antipathique ; peut-être à cause du mépris et de la suffisance que je ressentais derrière cette onctueuse amabilité de circonstance. Je crois pouvoir dire que je l'aimais rasoir, celui-là !

La bonne s'étant arrêtée de brailler, nous décidâmes de partir. Et c'est ainsi qu'escortés par l'abbé Gracieux, nous effectuâmes en sens inverse le chemin de l'aller.

En sortant de Simacourbe, nous reprîmes la petite route de Moncaubet. À ma grande joie – et à celle de mon père –, plusieurs chiens s'en prirent à nouveau à la 4L de Tonton Michel en essayant encore et toujours de mordre les pneus.

Peut-être étaient-ils excités par l'odeur du bouc de mon oncle qui montait parfois dans la voiture ? J'avoue qu'il y avait de quoi s'offusquer quand on connaissait les mœurs de telle créature (je parle du bouc, pas de mon oncle, évidemment. Quoique...). Tonton Michel ne m'avait-il pas appris que les boucs s'urinent dessus afin d'attiser la libido de leurs galantes ?… D'où l'épouvantable odeur dégagée par ces bestioles. Je ne pouvais donc qu'approuver la réaction saine et logique de la gent canine.

Comme la 4L faisait un écart pour éviter l'un des chiens, plus téméraire que ses compagnons (inconscient aurait-il fallu dire s'il avait connu la réelle capacité de freinage du véhicule auquel il s'attaquait), elle manqua d'un cheveu aller s'écraser contre un tracteur arrivant à fond de train juste en face.

Le conducteur de l'engin put se ranger in extremis le long du fossé et nous regarda passer en levant les bras au ciel en signe de protestation. Nous reconnûmes alors M. Murou qui nous gratifia – quand il nous reconnut à son tour – d'un amical et énergique :

« Whoow !… les Parisiens ! »

On devait avoir l'habitude de la conduite « sportive », dans le pays, car il repartit aussi sec en klaxonnant à tue-tête. J'appris plus tard que les étrangers en vacances ne se risquaient qu'avec la plus extrême prudence sur les routes de la région ;

l'autochtone faisait de la résistance en répandant la terreur sur le bitume.

C'était bien sûr avant que les lois sur la sécurité routière ne soient renforcées. Après des années de spots télé inutiles, les politiques s'étaient enfin rendu compte que seule la répression permettrait une diminution sensible des morts sur la route. Le portefeuille est le meilleur garant de la Sagesse !

Enfin, nous repassâmes devant le cimetière de Moncaubet ; nous aperçûmes à l'entrée Gégène, dit le « Crapouillot », en « plein travail »... appuyé sur sa pelle. Il nous adressa de grands signes de la main en nous reconnaissant. Nous lui répondîmes par quelques discrets appels de phare : l'heure n'était pas à la rigolade. Toujours appuyé sur sa pelle, figé dans sa posture, le Crapouillot nous regarda nous éloigner.

Un peu plus loin, le bitume laissa la place à un chemin de terre crevassé par le soleil. Il bordait des bois de chênes et de châtaigniers. Ces derniers alternaient avec des pâturages qui élargissaient soudain l'horizon jusqu'au fond de la vallée en contrebas. Le chemin se divisa en deux, et la voiture du curé s'engagea sur la voie de gauche, descendant en pente douce vers la vallée.

La journée tirait à sa fin et la chaleur s'alanguissait, perdant de son ardente brûlure. Comme nous progressions, de part et d'autre du chemin s'érigea une haie compacte et imposante de cornouillers, de chênes, de noisetiers, de ronces et de charmilles –

j'en passe et des plus valeureux. Ces coriaces végétaux semblaient se serrer les coudes pour résister aux assauts du feu céleste et aussi, certainement, pour se donner le courage de résister aux remembrements agricoles et aux coupes sauvages des employés des lignes électriques.

Pendant des années, on avait arraché des haies au nom du rendement et de la logique économique. Ces messieurs du ministère de l'Agriculture s'étaient rendu compte, un peu tard, de la beauté et de l'utilité des haies pour lutter contre l'érosion et le ruissellement excessif des eaux de pluie ; sans parler de la richesse de la faune et de la flore qu'abritent celles-ci.

Après avoir arraché des kilomètres de haies pendant des années, et devant les catastrophes provoquées par leur disparition, des crédits avaient été votés d'urgence pour replanter... les haies d'origine.

Tonton Michel, quand il ne délirait pas avec son New Age, tenait parfois des propos sensés : « La connerie est toujours sanctionnée par la Nature ! » disait-il lorsqu'il me faisait découvrir cette dernière lors des vacances dans les Pyrénées. Il m'apprit ainsi à reconnaître nombre d'arbres et d'arbustes.

Je finis par éprouver une véritable passion pour la flore sauvage, d'autant que les baies de certains arbustes – provoquant diarrhées, ballonnements, nausées et autres « délicatesses » – me donnèrent l'opportunité et la joie de les faire goûter à ma cousine Caroline les jours où elle se montrait par trop pénible.

Après la « dégustation », elle me fichait la paix pour le restant de la journée. Et puis j'aurais eu tort de me priver de ces menus plaisirs, car je n'avais jamais été inquiété : on accusait à chaque fois les préparations culinaires « exotiques » de Tatie Agnès.

Ah ! les joies et les satisfactions procurées par la Nature !

La haie encadra au loin le clocher de l'église, et j'en conclus que nous avions effectué une sorte de boucle. Le clocher disparut dans un tournant au bout duquel la haie, cessant de nous escorter, nous abandonna devant la propriété de Tata Lucie.

Ce qui me surprit le plus en la voyant fut qu'elle n'avait pas changé par rapport à la photo que l'on avait prise bien des années auparavant. Notre tante n'avait pas profité de ses millions pour embellir – ou simplement entretenir – sa maison.

Il suffisait de regarder les tuiles décalées et moussues qui recouvraient le toit, les murs de galets prenant du ventre, les volets dont la peinture s'écaillait par plaques et la porte d'entrée, bancale et charbonneuse, qui nous attendait d'un air peu avenant.

Il s'agissait d'une longère dans le plus pur style béarnais avec ses chiens-assis au grenier et son appentis accolé à l'arrière de la maison.

Un muret s'étirait le long de la propriété ; il s'était effondré par endroits et l'on avait planté des cyprès et des lauriers pour combler les vides. L'endroit me parut inhospitalier de prime abord, mais un verger, quelques mètres plus loin, me fit changer d'avis. Je crus reconnaître des prunes, des pêches et des abricots et je me promis de le visiter sous peu.

La voiture de l'abbé Gracieux se gara juste devant la porte d'entrée ; mon père et ses frères, en épi, le long d'un alignement de vigoureux lauriers-palmes bordant la maison sur le côté droit.

En descendant de voiture, je vis la caravane de Tonton Gus parquée à l'ombre d'un immense tilleul qui ombrageait une partie de la demeure ; elle reposait sur quelques blocs en ciment que mon oncle avait dû prélever parmi ceux qui gisaient en tas au pied du grand arbre.

Nous nous dirigions tous vers le seuil de la maison quand une silhouette gracile jaillit de la caravane et poussa un joyeux « Salut ! » en nous apercevant. Ma cousine Valérie. Le choc.

J'avais quitté l'an dernier une gamine maigrichonne et je retrouvais une femme. Elle qui n'était toujours pas « réglée » à quatorze ans avait rattrapé le temps perdu et avait fini par s'épanouir... Et de quelle façon.

Elle se précipita sur moi et m'embrassa deux fois sur chaque joue en plaquant ses seins (encore naissants, mais déjà si troublants) contre ma poitrine. Quelle délicieuse sensation. J'étais agréablement troublé, mais aussi inquiet : je ne connaissais plus la fille (la femme) qui se pressait contre moi. Je craignais d'avoir perdu mon ancienne confidente et camarade de jeux. Je pressentis pour la première fois de ma vie l'abandon prochain et inexorable du monde de l'enfance.

Même si nous étions toujours des gamins dans nos têtes, nos corps (surtout le sien) nous interdiraient désormais les caresses, baisers et autres effusions spontanées et innocentes des tendresses de l'enfance.

J'admirais la femme tout en regrettant la jeune fille.

« Et alors, cousin, on t'a coupé la langue ? » me lança-t-elle en riant alors que j'étais incapable de proférer un seul mot.

J'aurais eu envie comme avant de la serrer très fort dans mes bras, de l'embrasser à tout rompre, de la prendre par la main et de m'enfuir avec elle, mais je ne le pouvais pas... je ne le pouvais plus. Je réussis néanmoins à articuler :

« Tu as... tu as changé, dis donc !...

— Ah ouais, tu trouves ?… » répondit-elle d'un air faussement détaché.

Pour sûr, elle était fière et heureuse d'exhiber ce corps neuf, ce corps de femme... ce corps de séductrice. J'éprouvai une pointe d'envie et de jalousie en comparant cette poupée de chair avec mon corps d'adolescent prépubère. Une virile pilosité, fort honorable pour mon âge, ne pouvait se comparer à de tels charmes.

Mais ma rancœur tomba très vite quand, après m'avoir gratifié d'un adorable : « Je suis si contente de te revoir ! », elle se porta à la rencontre du restant de la famille. Je n'avais d'abord pas prêté attention au short qu'elle portait, mais je me rendis compte qu'il était vraiment très court et très serré, dessinant des contours sensuels que j'eus honte à contempler. C'était ma cousine, tout de même ! Le bref contact de ce corps tendre et plein venait de susciter en moi une émotion que je préfère ne pas préciser. J'essayai de me persuader que ce n'était point là de la perversité, mais uniquement la réaction normale et inévitable de la tempête hormonale qui sévissait lors de l'adolescence.

Valérie fut accueillie par un concert de « Qu'elle a changé ! », « C'est une femme, maintenant ! », « Qu'elle est belle ! », « On va plus pouvoir te prendre sur les genoux ! » qui les fit, elle et ses parents, rayonner de plaisir. Tatie Cynthia se pavanait autour de nous, rappelant à tous qu'elle était la génitrice de cette délicieuse créature. Et elle était délicieuse avec ses cheveux courts, ses yeux verts, son visage aux traits fins, son regard espiègle et décidé... plus un physique qui promettait de ressembler à celui de sa mère.

D'ailleurs, celle-ci finit par lâcher un modeste : « Elle va être belle comme sa maman ! »

Ce qu'on ne pouvait que lui souhaiter... pourvu que les similitudes s'arrêtent là.

Je vis Caroline en train de bouder à l'écart, mécontente sans doute de n'être plus le principal pôle d'intérêt et d'admiration de notre groupe, et j'en conçus une tendresse accrue pour ma cousine Valérie.

L'abbé Gracieux laissa épancher nos effusions avant de demander si l'un d'entre nous détenait les clefs de la maison.

« C'est moi qui les ai ! » s'écria joyeusement Maïté, et elle retira d'une poche de sa veste informe une clef aussi large et épaisse que le poing de Tonton Émile. Elle l'exhiba fièrement et l'enfourna d'un coup dans la serrure ; après deux tours de clef exécutés d'une main ferme, la porte s'ouvrit en grinçant. L'abbé s'écarta du passage et dit :

« Je vous en prie... Je ne saurais passer avant les propriétaires… »

Personne ne bougea. Mon entourage se contentant d'échanger des regards perplexes.

« Faites, faites, mon Père, lança le mien en désignant l'intérieur de la maison. L'émotion, vous comprenez… et puis il est bon que Dieu nous précède. »

Agréablement surpris par cette marque de respect, l'abbé Gracieux lâcha d'une voix emphatique, conscient de son effet auprès de ses fans :

« Alors appuyez-vous sur moi comme je m'appuie sur Dieu. »

Ça tombait bien parce qu'avec ce qui nous attendait, on allait avoir besoin d'une bonne béquille.

Je partageais moi aussi les réticences de ma famille : pénétrer dans l'antre de la « terrible » Tata Lucie avait de quoi impressionner, voire inquiéter. Qui sait ce qu'elle avait pu encore nous préparer comme désagréables surprises ?...

Mais, une fois que l'abbé et Maïté eurent passé le seuil, il fallut bien se décider. Fidèle à son statut de leader, mon père prit l'initiative en saisissant ma mère par le bras et en pénétrant à l'intérieur. Il fallut à notre tour nous résoudre à les suivre : je laissai poliment (prudemment) passer mes oncles et mes tantes.

Notre première surprise fut loin d'être désagréable : une apaisante et bienvenue fraîcheur nous accueillit dès que nous pénétrâmes dans la maison. L'épaisseur des murs en galets – presque soixante-dix centimètres à leur base – devait largement contribuer à l'isolation. La pièce où nous nous tenions comprenait d'un seul tenant la cuisine et la salle à manger.

Le carrelage en terre cuite, noirci et usé par des générations de pieds, avait gardé par endroits les reflets chauds et cuivrés de la tommette d'origine. Certains carreaux s'étaient détachés – le ciment sans doute rongé par le temps et l'humidité – et je vis des bouts de pain et de fromage disposés à l'intérieur des espaces laissés à nu. Curieuses gamelles certainement destinées au chat.

Une immense cheminée, surmontée d'une poutre en chêne, s'adossait au mur, en face de nous, avec à ses pieds un énorme tas de bûches attendant d'être jetées dans sa gueule.

Une table aux dimensions imposantes – en chêne massif, elle aussi – trônait au centre de la salle. Une petite télévision, jaune de poussière et de graisse, reposait sur la table.

Au fond de la pièce, un buffet couvert de cadres – contenant les photos d'un chat pris sous toutes les coutures – jouxtait un réfrigérateur dont les points de rouille et la crasse auraient fait rougir de honte un paysan sibérien. Sans doute aurait-il été instructif d'envoyer ce frigo à un couple d'indigents en Sibérie ou ailleurs (les pays de l'Est n'ont pas le monopole de la misère), afin de relativiser dans les esprits les mirages de la société capitaliste et technologique. Il suffit parfois de si peu pour retourner une opinion.

Une grande cuisinière à bois de type « Landru » (si vaste que ce dernier aurait pu se débarrasser de ses malheureuses victimes en une seule fournée) et un évier en pierre complétaient le tableau. L'évier était encombré par trois jarres ventrues certainement en train d'accomplir leur mue, car l'émail bleuté les recouvrant partait en plaques écaillées. Plusieurs paires de gants en caoutchouc rose s'empilaient dans un coin avec, au sommet de la pile, un savon de Marseille qui ne devait guère être utilisé à voir son aspect sec et rugueux et son teint cireux.

Les deux fenêtres de la pièce n'apportaient pas suffisamment de clarté, d'autant que les grosses poutres du plafond, noircies par des générations de feux de cheminée, obscurcissaient l'ensemble.

Quelques serviettes de toilette à la propreté plus que douteuse pendaient, accrochées à des clous, le long du mur. Reconnaissables uniquement par leur saleté plus prononcée, des torchons se mélangeaient sans complexe aux serviettes.

« J'ai l'impression qu'on est devant le cabinet de toilette, gémit Valérie... Ça va pas être pratique pour se laver !

— C'est bien gaulois, rajouta sa mère. Quelle horreur ! Se laver à l'endroit où l'on fait la vaisselle ! Je ne vous raconte pas l'hygiène... Répugnant !

— C'est pourtant bien pratique, intervint Maïté. On se lave, ensuite on lave ses petites affaires et, si l'eau est pas trop sale, on peut s'occuper de la vaisselle. Ça fait des économies d'eau, pour sûr. »

Un frémissement de dégoût parcourut le rang des femmes. De leur côté, les hommes eurent du mal à ne pas éclater de rire. *Et encore heureux*, pensai-je, *que l'utilisation de l'eau se fasse dans cet ordre-là !...*

« Vous, évidemment, cela vous amuse ! grognèrent en chœur mes tantes et ma mère.

— Vous oubliez qu'on va se retrouver à onze dans cette baraque ! s'indigna Tatie Nathalie. Nous n'allons pas vivre dans ces conditions, tout de même ?…

— Je vous avertis, je peux pas rester un jour sans me doucher ! » surenchérit Valérie en prenant sa mère à témoin.

Elle avait décidément bien changé, ma cousine : elle qui adorait se salir en faisant les quatre cents coups avec moi, voilà qu'elle prenait une douche par jour. Il est vrai que la prise de conscience de l'importance de l'hygiène est l'un des signes marquants du passage de l'état de fille à celui de femme. Un signe qui n'est pas toujours évident chez certaines personnes, hélas !

Je m'étais persuadé qu'il en allait différemment pour les hommes. Je pensais, à l'époque, qu'un certain relâchement dans l'aspect des vêtements et une morale hygiénique peu rigoureuse ne pouvaient que mettre en valeur une virilité encore balbutiante. Je précise que mes convictions ont évolué avec l'âge.

« Et les toilettes ? demanda anxieusement Tatie Nathalie. Où sont les toilettes ?…

— Elles sont dehors, dans la cabane en bois, répondit Maïté en riant. Et il faudra faire attention de pas tomber dans le trou... Moi, un jour, j'ai failli passer à travers le plancher !

— C'est gaulois ! C'est vraiment gaulois ! s'emporta Tatie Cynthia. Moi, dans ces conditions, je vais coucher à l'hôtel ! »

Comme la colère et les lamentations de ces dames allaient en s'amplifiant, les messieurs durent promettre haut et fort l'installation de douches, la réfection des sanitaires et la désinfection de l'évier.

L'héritage de Tata Lucie prenait des allures de cauchemar. Pour couper court à ces déplaisantes évocations, nous continuâmes l'inspection attentive des lieux ; la turquoise, sésame indispensable pour accéder à la fortune de notre tante, reposait peut-être à quelques mètres de nous.

« Depuis que la maîtresse est partie à l'hôpital, c'est moi qui me suis occupée de tout », commenta Maïté quand nous eûmes achevé notre visite.

Ceci expliquait cela.

Elle nous désigna une porte s'ouvrant à côté de la cuisinière, et nous nous apprêtions à poursuivre notre visite quand un grondement plein de menace s'éleva de dessous la table. Les femmes poussèrent de petits cris d'effroi, et les hommes eux-mêmes ne purent s'empêcher de sursauter devant cette sinistre manifestation.

Notre assemblée s'éloigna d'un seul bloc de la table : seule Maïté ne sembla pas impressionnée par ce grondement issu d'un gosier qui ne pouvait être qu'inhumain. Plus personne ne bougeait.

Caroline se mit à hurler en se jetant dans les bras de son père, et je peux dire qu'à cet instant, nous nous attendions à voir surgir devant nous une représentation spectrale de Tata Lucie. Une Tata Lucie échappée de sa sépulture, que j'imaginais couverte de terre, la chair déjà parcourue d'asticots, une grosse pierre bleue autour de son cou décharné et en train de nous fixer d'un doigt vengeur en crachant de sa bouche édentée :

« Je vous emmerde tous !... Je vous emmerde tous ! »

Le grondement était assez terrifiant pour faire naître de telles images dans mon esprit, et nous aurions vite abandonné les lieux si Maïté ne s'était précipitée sous la table en bousculant une ou deux chaises sur son passage.

Elle poussa un cri de triomphe en jetant un bras en avant et ramena une boule poilue qu'elle brandit sous nos yeux en riant de bonheur :

« C'est Joyeux !... Voilà Joyeux ! N'ayez pas peur, il rouspète, mais il est pas méchant ! Hein ? que t'es pas méchant, petit vaurien ?... »

Les miaulements hystériques que poussait le « petit vaurien » démentaient formellement cette affirmation. En voilà un au moins qui avait hérité... du caractère charmant de sa maîtresse.

Je n'avais jamais vu – et je n'ai jamais revu – un chat aussi gros. Il devait peser ses dix kilos ; une tête massive et ramassée émergeait d'un corps recouvert de longs poils soyeux couleur fauve. Une boule de poils dans laquelle scintillait le feu de deux yeux jaunes. Quant à sa race, impossible de l'identifier.

Maïté, après l'avoir fièrement promené autour de nous en le tenant par la peau du cou, le reposa à terre. Dès que ce fauve en miniature eut regagné le plancher des vaches, il courut se réfugier à nouveau sous la table. Pas sociable, le bougre : encore un trait commun avec son ancienne maîtresse.

« Il peut se vanter de nous avoir flanqué une sacré trouille, cet animal ! tempêta Tonton Émile.

— Un vrai démon, oui ! ajouta sa femme.

— Non, mais vous l'avez entendu miauler ? s'exclama Tatie Agnès ; j'ai cru un instant qu'une bête dangereuse s'était réfugiée dans la cuisine et s'apprêtait à nous sauter dessus !

— Je n'ai jamais rencontré de chat aussi agressif, observa Tonton Michel... C'est étrange, d'ailleurs.

— Je crois pouvoir expliquer le comportement agressif de cet animal, intervint l'abbé Gracieux. On l'a sans doute effrayé en pénétrant sur son territoire. Mais le regrettable désagrément – provoqué par Maïté –, précisa-t-il en lançant à cette dernière un regard lourd de reproche, n'a certainement pas dû améliorer son caractère. Et on peut le comprendre !

— Sur le moment, j'ai cru bien faire, répliqua l'accusée en baissant les yeux d'un air coupable. Pour ça, la maîtresse m'a bien punie, oh oui ! Mais c'est pas ma faute ! J'ai cru bien faire !

— Mais qu'est-ce qui s'est passé au juste ? demanda Tonton Émile, supputant déjà une histoire rocambolesque.

— Oh, cela tient en peu de mots, poursuivit l'abbé. Maïté, ici présente, a eu un jour la malencontreuse idée de... comment pourrais-je dire pour ne pas choquer les enfants ?… Euh… de stériliser ce pauvre animal par un moyen on ne peut plus radical.

— Stériliser ? s'étonna ma mère, déjà épouvantée par ce qu'elle avait cru comprendre.

— Oui, euh, voyons... sans rentrer dans les détails, expliqua-t-il avec embarras, eh bien, Maïté lui a coupé les... parties nobles, si vous voyez ce que je veux dire. »

On voyait parfaitement ! Devant nos figures consternées et accusatrices, Maïté tenta de se défendre en pleurnichant :

« Quand les chattes du voisinage avaient leurs chaleurs, il pissait partout !... Et c'est moi qui devais nettoyer ! Alors, un beau jour (pas pour le chat), je lui ai coupé les roubignolles ! »

Les femmes poussèrent en chœur un cri horrifié tandis que les hommes – solidarité de mâle, oblige – dardaient des regards noirs et indignés sur la castratrice.

« Mais c'était pour le calmer ! poursuivit Maïté. (En ce qui concerne la bagatelle, le chat devait être définitivement "calmé".) En plus, il a presque rien senti ! J'avais un bon instrument, vous allez voir… »

Elle se précipita sur le buffet, ouvrit l'un des tiroirs et brandit un énorme et inquiétant (surtout entre ses mains) sécateur.

Je ne pus m'empêcher de porter la main en direction de mon bas-ventre, craignant un instant qu'elle ne veuille nous donner un nouvel aperçu de ses talents de chirurgien.

« On vous croit, Maïté, on vous croit ! assura l'abbé Gracieux. Mais reposez ce sécateur, ce n'est pas le moment de blesser quelqu'un... »

Elle reposa l'instrument à sa place, tout doucement, comme à regret, avec dans les gestes le respect et l'amour d'un artisan qui range son meilleur outil ; puis elle nous tourna le dos et partit bouder dans un coin de la cuisine.

« Mais... mais, elle lui a tranché les... les trucs à vif ? s'enquit Tatie Agnès en grimaçant d'horreur.

— À vif, soupira l'abbé. Le pauvre animal est resté plusieurs jours entre la vie et la mort chez le vétérinaire. Sa constitution robuste et son jeune âge lui ont permis de survivre. Je peux vous dire que cette sordide histoire a fait le tour de la région.

— On vous croit sans difficulté, observa Tonton Gus.

— Remarquez, il n'y a pas plus brave personne que Maïté, mais il lui arrive parfois de perdre les pédales. La preuve en est que, pour se faire pardonner – sa patronne n'ayant pas du tout apprécié cette mutilation (le chat non plus, présumai-je) –, Maïté a récupéré les testicules de l'animal, les a mis à sécher, enveloppés dans de petites bourses en cuir puis les a offerts en guise de joujoux à ce malheureux Joyeux ! »

À la pensée (horrible, il est vrai) de ce pauvre chat en train de faire mumuse avec ses anciennes bouboules, tout le monde éclata de rire. Le tableau était complet entre la bonne qui avait perdu la boule et le chat qui avait perdu les boules.

« Pour résumer, lâcha mon père, Joyeux ne l'est plus, car on lui a coupé les... *joyeuses* ! »

Et, accompagné par ses frères, il partit d'un rire à se décrocher les mâchoires. Les dames, plus réservées devant le prêtre, se contentèrent d'esquisser un léger sourire.

« Oh putain ! s'époumonait mon père. Joyeux n'a plus ses joyeuses ! Joyeux n'a plus ses joyeuses ! »

Maïté, consciente d'être quelque part la vedette de cette conversation, se joignit à la gaieté générale. Je la vis même jeter un œil gourmand et inquisiteur sous la table : ne restait-il pas quelque chose à couper en vue d'amuser la galerie ?…

Impénétrable à ce genre d'humour, l'homme d'Église laissa se calmer son entourage avant de reprendre la discussion d'un ton sévère :

« J'espère que Maïté saura se montrer plus charitable envers cette pauvre bête. »

Il se tourna vers elle :

« N'oubliez pas que votre maîtresse vous l'a laissée en garde, elle est sous votre responsabilité, maintenant !...

— Je la soignerai aussi bien que je me suis occupée de la maison », promit-elle haut et fort.

Pauvre, pauvre Joyeux.

« Et puis n'oubliez pas que, si vous faites du mal à ce chat, même si je ne le vois pas, même si je ne l'apprends pas, Dieu qui nous entoure et sait tout saura vous punir un jour pour vos actes ! » menaça l'abbé.

Joyeux n'avait donc plus de souci à se faire.

« Oui, mais s'il n'est pas sage ? demanda Maïté. Je serai bien obligée de lui donner la fessée ; à l'époque où il pissait partout, la maîtresse n'hésitait pas, elle, à lui flanquer un coup de torchon. C'est aussi à cause de ça, s'empressa-t-elle de préciser, que j'ai voulu le calmer en...

— Bon, bon, nous avons compris, la coupa le curé avec agacement. Je veillerai sur le chat de votre tante, comptez sur moi, dit-il en s'adressant à nous. Il finira sa vie paisiblement. »

La perspective de la retraite du chat préoccupait autant ma famille, en cet instant, qu'une piqûre de puce, un rat empoisonné.

Nous avions d'autres chats à fouetter : c'était le cas de le dire.

« Quoi qu'il en soit, je vais vous laisser visiter la maison en paix pendant que j'aiderai Maïté à finir ses valises. J'ai pris la liberté de déménager la plupart de ses effets personnels avant votre arrivée... Nous ne vous embarrasserons pas longtemps.

— Mais vous ne nous embarrassez pas, mentit admirablement mon père.

— Parfait, dans ce cas et si vous n'y voyez pas d'inconvénient, nous allons passer dans la pièce d'à côté...

— Nous vous suivons, lança Tonton Michel :

cela nous donnera l'occasion de prendre connaissance des lieux en votre compagnie. »

L'abbé Gracieux, escorté par Maïté et notre groupe, rejoignit la porte que nous avions failli emprunter avant l'intervention du « castrat ».

Elle débouchait sur un couloir sombre et étroit le long duquel des cloisons plâtrées s'effritant par endroits laissaient apparaître des planches disjointes. Au fond du couloir, une échelle en bois, privée de plusieurs barreaux, permettait d'accéder à une ouverture pratiquée à même le plafond.

« C'est décidément... rustique, déclara Tatie Cynthia. Je sens que nous ne sommes pas au bout de nos surprises. »

L'avenir devait lui donner raison.

Dans un premier temps, il nous fut formellement interdit de pénétrer dans la chambre de Tata Lucie. Nous : Caroline, Valérie et moi-même. Les adultes craignant sans doute que des vestiges sulfureux du passé de notre tante ne hantent ce lieu de débauche.

Cette interdiction – faite pour préserver l'intégrité morale de nos âmes innocentes – excita d'autant plus ma curiosité et arracha des « oh là là ! » excédés à Valérie. Par chance, après une longue et minutieuse inspection des « lieux » par les tenants de la moralité, nous eûmes la permission de franchir la porte de gauche donnant sur la chambre de notre tante.

Ma mère et mes tantes se tenaient devant le lit, vivantes statues serrées les unes contre les autres, le visage grave et muet devant cette vitrine de l'enfer.

J'éprouvai aussitôt une vive déception ; alors que je m'attendais à une débauche de couleurs criardes, de draps satinés, de peintures coquines, de glaces indiscrètes, de tapis moelleux et friands de confidences, bref l'image d'Épinal véhiculée par les médias audiovisuels et autres, je découvris un endroit d'une tristesse et d'une banalité désolantes. Vraiment pas de quoi exciter la curiosité malsaine de mes quatorze ans.

Pas de tapis, pas de moquette, pas de toiles égrillardes pour amuser et aiguiser les sens ; pas de fantaisie dans ce modeste lit aux couvertures rêches et aux draps blancs impeccablement tirés. Sur une table de nuit, le cœur d'un gros réveil couleur cuivre avait cessé de battre à 8 h 40 (du matin ou du soir ?… On ne saurait jamais). Une armoire massive tout en hauteur semblait porter le plafond sur ses larges épaules.

Les hommes étaient déjà en train de la fouiller. La chambre, n'ayant pas dû être aérée depuis plusieurs semaines, transpirait une odeur âcre et tenace de transpiration et de poussière.

Une odeur qui résumait à elle seule une vie de solitude et de rancœur.

Remarquablement discrète jusqu'à présent, Caroline se jeta soudain sur le lit, rebondit deux ou trois fois sur les couvertures et s'écria d'une voix joyeuse :

« Qu'il est confortable, ce lit !... Moi je veux dormir dans cette chambre, ce soir ! exigea-t-elle.

— Un peu qu'il est confortable ! approuva mon père en appuyant dessus avec ses grosses mains. Notre tante avait de la conscience professionnelle, rigola-t-il. N'est-ce pas à ses outils que l'on reconnaît le bon ouvrier ?... »

Sa remarque fit glousser les messieurs et frémir les dames qui protestèrent par le classique : « Pas devant les enfants, voyons ! »

Valérie se tourna vers moi et me glissa à l'oreille : « Non, mais, ils nous prennent pour des débiles... On est plus des gamins... à notre âge, on en sait plus qu'eux quand ils se sont mariés.

Ce qui était sûrement le cas. À cette époque, le Net n'avait pas encore tissé sa toile, mais certaines chaînes cryptées vous déniaisaient un adolescent en une soirée vidéo. Je me souviens encore du choc éprouvé à la vision de mon premier film porno enregistré et repassé en cachette sur le magnétoscope d'un de mes amis. Le romantisme et l'innocence de ma jeunesse avaient quelque peu souffert des diverses positions, pénétrations, éjaculations et autres fellations étalées sur bande magnétique. Certes, j'avais déjà caressé et embrassé le sexe opposé, mais entre ces plaisirs chastes et ces bestiales copulations, il existait un fossé dans lequel l'enfant que j'étais s'abîma...

Que l'on se rassure, je réussis vaillamment à encaisser le choc de ces images et fis même circuler la cassette au sein de ma bande, obtenant ainsi un brevet « d'affranchi » et de bon camarade.

On comprendra que la chambre de la défunte, même si elle avait abrité de terribles et nombreuses passions, ne m'impressionnait guère.

Par contre, la chambre de Maïté, de l'autre côté du couloir, se révéla beaucoup plus surprenante. Elle faisait penser à l'étalage d'un marchand de confiseries traversé par une tornade ; des dizaines de papiers de bonbons, de bâtons de glaces, de sucettes à moitié dévorées, de vieux chewing-gums collés un peu partout tels d'immondes punaises, de carrés de chocolats abandonnés dans des cendriers jonchaient le sol de la pièce, s'agglomérant en couches sucrées, collantes et multicolores. À tel point que le parquet disparaissait par endroits.

« Oh que c'est beau ! s'extasia Caroline... J'aimerais que ma chambre soit comme ça !

— Quelle bauge ! » grimaça Tatie Cynthia.

Et encore, quand nous étions entrés dans ce magasin de confiseries, l'abbé Gracieux finissait juste de remplir un sac poubelle des divers objets accumulés dans la chambre : un assortiment de revues de mode en partie découpées, de magazines télé, de linge froissé, de paquets de bonbons entrouverts et d'autres choses encore que je ne parvins pas à identifier.

Il dut aller chercher un nouveau sac poubelle pour y mettre les draps que Maïté était en train de défaire.

Je remarquai au passage qu'ils présentaient des traces jaunâtres et suspectes que l'on aurait pu attribuer à quelque débordement de sucrerie si ces traces ne s'étaient situées en des endroits ne laissant aucun doute quant à leur origine.

Ce spectacle répugnant m'arracha un haut-le-cœur, d'autant plus qu'une odeur que je qualifierais charitablement de « présente » venait compléter le tableau. Heureusement, afin d'aérer, les hommes se précipitèrent pour ouvrir la fenêtre étroite qui éclairait à peine le fond de la pièce. Peine perdue, car cette fenêtre donnait sur une mare et un poulailler abandonné d'où s'échappaient de lourds relents putrides. Au bord de l'asphyxie, les femmes se dépêchèrent d'enfouir les draps dans le sac que tenait le prêtre à deux mains.

« Et voilà ! lança ma mère à l'intention de Maïté ; il ne vous restera plus qu'à les laver et à les repasser. Par contre, vu leur état, je ne sais pas si vous pourrez récupérer le blanc. »

Il y a longtemps que le blanc avait dû se barrer avec épouvante.

« Ce sont des draps de coton métis, nota Tatie Agnès. Très résistants : une fois lavés à quatre-vingt-dix degrés, on verra plus rien, j'en suis certaine. »

J'eus une pensée émue pour la machine à laver :

avec le boulot qui l'attendait, y avait des chances pour qu'elle claque son moteur.

Tonton Gus et Tonton Michel aidèrent l'abbé Gracieux à nouer les deux sacs, puis les firent basculer sur leurs épaules et escortèrent le prêtre jusqu'à sa voiture. Maïté s'attaqua alors à une penderie plastique à moitié éventrée ; elle enfourna avec frénésie diverses affaires dans une énorme valise marron, posée à même le sol et déjà remplie à ras bord. Quand elle ne put plus la bourrer davantage, elle se mit à donner de grands coups de pied sur le dessus du linge en lançant de furieux : « Toi, mon cochon, je te tiens par la queue ! » ou alors : « Mon cochon, si t'en veux, t'en auras ! » ou bien encore et plus simplement : « Cochon de cochon de cochon ! » Elle avait peut-être un compte à régler avec la gent porcine... Allez savoir.

Après maintes malédictions et maints désagréments promis à ce sympathique animal, elle réussit enfin à boucler sa valise. Comme il s'agissait principalement de son linge intime, les dames ne s'étaient pas proposées pour l'aider. Il y a des limites à ce que peut supporter la nature humaine.

« C'est parfait, déclara l'abbé en nous rejoignant peu après. Je crois que nous n'avons rien oublié. Je vais finir de nettoyer, comme cela vous pourrez emménager de suite.

— N'en faites rien ! protesta vigoureusement ma mère. Nous vous sommes assez redevables comme cela ! Et puis vous allez avoir assez de tracas à vous occuper de Maïté, termina-t-elle en jetant un regard désolé autour d'elle.

— J'en ai conscience, approuva le prêtre en hochant gravement la tête. Quoi qu'il en soit, ajouta-t-il humblement, je suis seul, je n'ai pas de charge – si ce n'est celle de ma paroisse –, je peux donc me permettre d'accepter cette responsabilité... tant que je pourrai l'assumer. »

Et il acheva en soupirant :

« Sur cette terre, chacun porte sa croix, n'est-ce pas ?… »

Seulement, avec Maïté, le pauvre homme risquait de porter la croix, les clous et Jésus-Christ par-dessus le marché.

Afin d'alléger la charge du « crucifié », tout le monde se retrouva dans la cuisine afin de l'aider à capturer le chat. Épaulés par Maïté, Tonton Gus et Tonton Michel tentaient par diverses méthodes de s'emparer de Joyeux. Il fallut que les trois hommes l'acculent sous un coin de la table pour que Maïté, habituée à manier le farouche animal – et pour cause –, le saisisse par la peau du cou et le ramène tel un poisson furibond que l'on sort de l'eau.

L'indomptable avait une fois de plus trouvé son maître... Dans ce cas, il s'agissait plutôt de sa maîtresse. Il fallait voir la vigueur et la détermination avec laquelle Maïté le brandissait devant elle.

« Mais il va s'étouffer ! » s'écria Tatie Agnès, toujours prompte à se préoccuper de la santé des animaux. Elle se tourna vers nous pour nous prendre à témoin : « Et puis elle va finir par lui arracher la peau ! »

Je me mis à sourire en imaginant Maïté, plantée stupidement avec une fourrure vide et sanglante restée dans sa main, en train de considérer Joyeux, pelé comme un lapin à qui on a retiré son pyjama.

Comme elle trimballait ce pauvre animal d'un bout à l'autre de la pièce avec la délicatesse que l'on accorderait à un sac de patates, l'abbé Gracieux proposa de l'enfermer dans le coffre de sa voiture, le temps de l'emmener à son nouveau domicile.

Proposition que tout le monde accepta avec enthousiasme, d'autant plus qu'elle annonçait le départ du prêtre et de Maïté... le départ des gêneurs qui retardaient le début des recherches.

Il n'y avait qu'à observer les yeux de mon entourage pour y lire la fébrilité et l'impatience qui enflammaient les esprits.

Après avoir balancé le chat dans le coffre et l'y avoir promptement enfermé, on aida même le curé à caler la valise sur la banquette arrière ; Maïté s'installa à l'avant non sans nous avoir inondés de diverses matières peu ragoûtantes en nous disant au revoir.

Mais au moment où nous espérions enfin voir déguerpir les passagers de la Renault 18, Maïté bondit hors du véhicule et partit en courant en direction de la cuisine.

« Elle aura sans doute oublié quelque chose ! commenta, fataliste, Tatie Agnès. En tout cas, Monsieur l'abbé, j'espère avoir le plaisir de vous revoir… En tant qu'homme d'Église – homme à l'esprit ouvert – précisa-t-elle en jetant un œil entendu à ses beaux-frères, j'aimerais beaucoup vous entretenir de spiritualité.

— Ah mais, avec plaisir », sourit le prêtre.

Visiblement, il ne savait pas dans quoi il s'engageait.

— Vous savez, mon Père, reprit-elle, je considère les religions comme des portes de communication ; il faut savoir les ouvrir et surtout les franchir pour découvrir ce qui se passe derrière. »

À l'écouter, elle avait dû attraper un sacré courant d'air dans les neurones à force d'ouvrir ces fameuses portes.

« Telle est la voie de la vraie recherche spirituelle ; c'est un peu ce que je reproche aux religions classiques : elles n'osent pas franchir la porte... elles sont timorées. À ce propos, connaissez-vous le plus fameux des haïku de Bashô, Monsieur l'abbé ?...

— Des haï-quoi ?… bafouilla l'abbé Gracieux.

— Le haïku est une forme de poésie à portée philosophique. Celui du maître Bashô a révolutionné mon "moi intérieur". (Heureusement pour elle, car son "moi extérieur" n'était pas fameux.) C'est la synthèse ultime de la Pensée et je vous la livre telle quelle, dans sa splendeur rayonnante. »

Elle marqua une pause pour se concentrer et déclama :

« L'étang oublié… la grenouille saute… plop ! »

Elle fixa le curé d'un air radieux et lâcha d'une voix altérée par l'émotion :

« Il n'y a rien à ajouter, n'est-ce pas ? Les religions peuvent aller se rhabiller ! »

À voir la mine consternée du curé, pour sûr, y avait rien à ajouter.

« Un peu de modération, Agnès, fit mon oncle Gus... pas devant Monsieur l'abbé. Tu vas finir par heurter ses convictions. »

Je sentais qu'il retenait une furieuse envie de rire... Mon oncle, pas l'abbé, on l'aura compris.

Le curé venait juste de se réfugier dans sa voiture et de faire démarrer le moteur – les soupapes claquaient comme un dentier en mal de liberté, et le pot d'échappement ronflait méchamment, de quoi mettre du baume au cœur de Tonton Michel – quand revint Maïté.

Nous nous attendions à ce qu'elle soit allée chercher une vieille défroque débusquée dans un coin de la maison, mais à la surprise générale elle rapporta une grosse boîte d'allumettes qu'elle agita frénétiquement en hurlant de joie :

« C'est les roubignolles du chat !… Il adore jouer avec ! »

Horrible sensation que d'entendre les attributs virils du chat rebondir à l'intérieur de la boîte ! C'est donc avec un vif soulagement que l'on vit disparaître au premier tournant la voiture et ses encombrants passagers : l'abbé, la bonne, ses bagages, le chat et les roubignolles du chat. L'enseigne « Bon débarras ! » s'alluma dans nos regards.

Dès que l'on n'entendit plus le bruit du véhicule (ce qui prit un certain temps), mon père regarda sa montre, se frotta les mains et lança :

« Bon, il est presque sept heures ! Je propose avant toute chose que nous nous installions. Les hommes vont s'occuper des bagages, et les femmes de la popote. (Plan classique, mais éprouvé, pensai-je.) D'après mes observations, nous allons avoir un problème de logement, grimaça-t-il. Gus et sa famille peuvent loger dans leur caravane ; par contre il n'y a que deux chambres pour trois couples et deux enfants... Je sais pas comment on va se débrouiller… »

J'aurais bien voulu protester que je n'étais plus un enfant, mais Tonton Michel ne m'en laissa pas le temps.

« Pas de problème pour nous non plus, dit-il. Nous avons amené une tente ; une cinq places, précisa-t-il. Alors on peut prendre Joseph et Caroline avec nous : ça libérera de la place dans les chambres.

— Oh oui, chouette ! s'écria la Peste. On va faire du camping sous la tente... Comme les Indiens ! » Et elle poussa des cris suraigus d'Indiens castrés en virevoltant autour de nous.

« Ah les gosses ! s'extasia ma mère. Il leur faut tellement peu de chose pour s'amuser !

— Qu'elle est vive, mais qu'elle est vive ! » souligna Tatie Cynthia en riant.

Tout le monde y alla alors de sa flatterie. Pénible moment.

« Et toi, Joseph, me demanda Tonton Michel, t'es content de dormir sous la tente avec nous ?… T'auras l'impression de jouer aux Indiens, hein ?… Et puis, s'il continue à faire beau, tu pourras même dormir à la belle étoile. »

Ouais, c'est ça, pensai-je, *pour être bouffé par les moustiques !*

Je rougis subitement en lançant un regard à Valérie : je passais vraiment pour un gosse attardé. Merde ! je n'étais plus un gosse ; Tonton Émile aurait pu le leur dire, lui qui avait constaté les preuves tangibles d'une virilité naissante : le développement de mon système pileux. Il m'en avait assez parlé, ce cornichon ! Mais non, il préféra me planter un couteau dans le dos en poussant à son tour des cris d'Indiens :

« Youyouyouyou ! Méfions-nous, s'esclaffa-t-il, les Apaches sont sur le sentier de la guerre !

— Tu as de la chance, ajouta ma mère en enfonçant cruellement le couteau dans la plaie. Tu pourras former une tribu avec Caroline !

— Oh oui, oh oui ! répondit la Peste en battant des mains... Qu'est-ce qu'on va s'amuser avec Jojo ! »

Elle aimait me ridiculiser en utilisant ce sobriquet.

« C'est ça, avec Jojo ! » répétèrent-ils tous en éclatant de rire.

Je vis avec horreur que même Valérie riait. Humiliation suprême.

« En attendant, railla mon père, le Jojo, avant d'aller faire le... zozo sous la tente, il va sortir les valises des voitures. Je sais que les Peaux rouges ne craignent pas les efforts physiques ! »

Ce n'était plus une plaie, mais un trou béant ! Ouh là là ! Je sentis confusément que ces vacances ne seraient pas de tout repos et… en vint à regretter de n'être pas resté à Paris en compagnie du frangin.

5

Nous venions de terminer de manger, et notre tribu rassemblée autour de la table attendait que le grand chef – mon père – ait terminé son dessert. Avant de partir, Tatie Agnès avait confectionné deux tartes aux cerises ; enfin, je pense qu'il s'agissait de cerises à la forme des noyaux. Impossible d'identifier un goût quelconque dans cet amas de pâte gluante et de crème insipide. Il fallait vraiment avoir faim pour venir à bout de ce dessert.

Les hommes avaient réquisitionné d'office les lourdes chaises encadrant la table ; à l'exception de Tonton Gus qui, abandonnant la sienne à Tatie Cynthia, s'était contenté (à l'instar des femmes) des sièges pliants emportés par lui-même et Tonton Michel. Caroline et moi avions hérité de tabourets à trois pieds, récupérés devant la maison et supportant auparavant des pots de géraniums desséchés par le soleil. Non seulement ces tabourets s'avérèrent durs et inconfortables pour mon mince postérieur, mais ils étaient fabriqués de façon si rudimentaire (à la hache, sûrement), que je réussis à m'enfoncer une écharde dans la main gauche.

Au fil du repas, je tentai de capter l'attention de Valérie en lui souriant. Peine perdue, car elle était en grande conversation avec Tonton Michel. Lui et Tatie Agnès venaient de déposer sur l'assise de leurs sièges une peau de mouton.

Comme ils nous l'expliquèrent par la suite : « Rien de tel pour mieux sentir les vibrations de notre environnement. » Les vibrations, je sais pas, mais ce qui est sûr, c'est que les peaux de mouton, elles, on les sentait. Et bien même ! C'était pas possible, ils avaient dû les rouler dans de la fiente tellement elles puaient.

Comme Tatie Cynthia s'était plainte – pour une fois avec raison – de l'odeur dégagée, Tatie Agnès avait sèchement répondu que : « Premièrement, ce n'était pas une odeur désagréable – nos nez de citadins ayant simplement perdu l'habitude des senteurs vraies et naturelles – et que, secondement, il n'existait rien au monde de plus confortable qu'une peau de mouton pour s'asseoir. Ni de plus sain d'ailleurs, car elle avait la propriété d'annihiler les ondes nocives.

Pas les ondes olfactives, en tout cas. Ah ! il fallait le voir, Tonton Michel, caresser avec amour les poils rêches et clairsemés des peaux en nous expliquant :

« Ça vit, vous comprenez, ça vous parle, ça vous réchauffe ; c'est une autre sensation que celle que peut vous apporter le métal, le plastique ou même le bois... »

Et Tatie Agnès d'ajouter :

« Ah oui, c'est plus causant, plus chaleureux que le bois. Tenez, ces peaux que vous voyez et que nous emportons toujours avec nous d'ailleurs, eh bien, elles proviennent de deux moutons auxquels nous étions très attachés... C'est une façon de communier avec eux à travers un champ de perceptions qui n'est pas à la portée de tout le monde. Évidemment, il faut avoir pratiqué… »

Nous avions pourtant l'habitude de telles envolées métaphysiques, mais ces deux énergumènes arrivaient quand même à nous surprendre.

Pour ma part, je ne pouvais m'empêcher d'éprouver une réelle tendresse amusée pour mon oncle et ma tante. Le fait est que je passais souvent d'excellentes vacances chez eux... si je faisais abstraction, bien sûr, de leurs crises de délire et de leur cuisine bio – dans les meilleurs jours – et macrobio dans les pires.

Nous avions dû nous contenter d'un repas frugal composé de raviolis en boîte, retrouvés dans un placard du buffet : personne n'ayant eu l'idée de faire quelques emplettes pour la journée ni l'envie d'aller manger au restaurant. Le frigo de la cuisine contenait une motte de beurre rance, une poignée de légumes pourris et une demi-douzaine de côtelettes de porc avariées qui dégageaient une odeur pestilentielle. Ce qui réjouit Tonton Michel, car il expliqua ainsi l'origine des odeurs nauséabondes que nous imputions – à tort ! répéta-t-il – à ses chères peaux de mouton. Les plus courageux d'entre nous durent se contenter d'une miche de pain retrouvée également dans le buffet et sur laquelle les souris avaient déposé par endroits des crottes noires et dures : sûrement pour se venger de s'y être cassé les dents.

Les couverts et la vaisselle étaient originalement décorés de jaune d'œuf et autres substances moins identifiables, mais tout aussi solidement incrustées. Tonton Gus et Tonton Michel sauvèrent une fois de plus la situation avec leurs équipements respectifs de camping : couteaux et fourchettes en plastique, assiettes en carton et serviettes en papier.

Les estomacs avaient entamé leur lutte contre le dessert de Tatie Agnès depuis un bon quart d'heure et l'on attendait toujours que mon père, qui s'était mêlé de loin aux conversations, prenne en main la situation. Nous attendions, en fait, qu'il fasse état de ses réflexions... de ses décisions.

Son autorité était incontestable au sein de la famille ; étant l'aîné, ses frères avaient pris l'habitude de se reposer sur lui lorsque surgissait un problème... Et cette fois, il était de taille.

Enfin, mon père se racla la gorge, signifiant qu'il allait prendre la parole. Tout le monde se tut d'un commun accord inconscient : non pas tellement par crainte ou par déférence, mais l'on savait qu'il représentait l'un des vecteurs-clés de la réussite. Nous devions mener un dur combat, et il n'existe pas de combat sans armée ni d'armée sans chef. Il était l'autorité, mais surtout... l'espoir.

Il fallait qu'il insuffle aux troupes l'énergie qui nous mènerait à la victoire. Il devait parler plans, discipline, organisation, courage, et obligatoirement... succès et fortune. Et c'est ce qu'il fit avec un brio certain.

À l'entendre déclamer son discours, je sentis qu'il voulait que personne ne puisse venir contester ses décisions et son leadership. Mais nul d'entre nous, en cet instant, n'avait ce genre de pensées.

On ne contrarie pas quelqu'un qui vient vous promettre la fortune. A-t-on jamais vu un voyant annoncer maladies, chômage et autres catastrophes à l'un de ses clients ? Non, évidemment. Il va plutôt le charmer en lui faisant miroiter gains au loto, retour de santé, d'amour, de travail. On n'écoute et on ne suit que les gens qui nous font rêver.

« Bon », commença-t-il.

Il ponctua son « bon » d'une courte pause. Le leader pesait ses mots : il fallait bien justifier son long mutisme et l'espoir qu'on plaçait en lui.

« Je vous propose de faire un court résumé de la situation et ensuite d'élaborer un plan de travail ; vous comprendrez facilement qu'on peut pas se permettre de faire n'importe quoi, n'importe comment, n'importe où. Nous devons nous or-gani-ser ! Organisation : voilà le maître mot ! (Nous buvions ses paroles.) Énoncé du problème : notre tante a dissimulé une turquoise dans sa propriété ; où exactement ? On sait pas. À nous de nous débrouiller. Je pense qu'à vue de nez, il y a à peu près un hectare de terrain à fouiller...

— Pfuiiii ! je me demande si la cause n'est pas perdue d'avance ! siffla Tonton Gus. Parce que, si je me souviens bien, cette pierre est pas plus grosse que mon pouce... autant chercher une aiguille dans une botte de foin ! »

Il venait de perdre une occasion de se taire.

« Mon pauvre ami, je te reconnais bien, là ! cracha Tatie Cynthia... Mais, avec ce genre de raisonnement, on n'avance pas dans la vie ! »

Elle se tourna vers nous en se mettant à crier : « Mon mari est un légume ! Il n'a pas de passion, pas d'ambition, pas de volonté !... Il est incapable de prendre la moindre initiative ! J'ai épousé un raté ! Un raté ! répéta-t-elle avec rage.

— Chacun a son tempérament, plaida Tatie Agnès... Tout le monde ne peut pas avoir la mentalité d'un *golden boy*, tenta-t-elle de plaisanter. Et puis n'oublions pas cet adage : excès d'ambition ruine la raison. »

Celle-là, elle prêchait pour sa paroisse... car son mari n'avait rien lui non plus d'un jeune loup ambitieux. Des quatre frères, il détenait les revenus les plus modestes, mais, comme les besoins de son foyer ne l'étaient pas moins, sa situation financière se révélait moins préoccupante que celle de Tonton Gus et de son « onéreuse et dévorante épouse » (selon les termes utilisés par mon père).

« Je crois que nous nous sommes mal compris, rétorqua avec sa placidité coutumière le "légume". Je n'ai en rien voulu entamer votre... notre détermination, mais j'ai simplement voulu souligner le fait que…

— Tu causes, tu causes… le coupa mon père en grognant. C'est bien beau de causer, mais l'essentiel à présent, c'est d'agir !

— Tu peux écouter ton frère, le tança Tatie Cynthia. Il a sa tête sur les épaules, LUI !

— Moi, ce que je crois, continua mon père, c'est que cette garce de Tatie Lucie ne va plus nous emmerder longtemps !

— Oh ! cette garce ! protesta ma mère... enfin, Bernard, tu parles d'une personne décédée, et de ta tante, qui plus est. Même si sa conduite n'a pas...

— Et moi je dis cette garce ! la coupa-t-il en hurlant... Et je le maintiens ! Parce que, quand on a des millions par dizaines, on s'amuse pas à ce genre de conneries !… Et que je te cache un bijou, et que je t'invente une énigme de merde, et que j'insulte la seule famille qu'il te reste et qu'en fin de compte, hein, en fin de compte, je la fais tourner en bourrique !... Je la rends malade ! »

Le ton de sa voix montait au même rythme que le rouge à ses joues.

« Alors maintenant, moi, si je veux la traiter de garce, eh bien, je la traiterai de garce, et encore je suis charitable !… Et il y a les enfants ! »

En fait, les enfants étaient ravis de cet accès de colère et regrettaient que le côté « charitable » de mon père lui interdise de consulter plus avant le catalogue de ses jurons préférés.

« La fortune existe, reprit-il avec force, nous l'avons vérifié sur les comptes bancaires ; la turquoise existe, nous l'avons vue sur le portrait ; donc, à nous de nous serrer les coudes, de ne pas nous laisser aller au découragement (et il lança un regard noir à Tonton Gus) ; à nous de réfléchir, de nous organiser afin de mettre au plus vite un terme heureux – je l'espère – à cette affligeante affaire ! »

Un concert de « Formidable ! », « Bravo, Tonton ! », « On te suit ! », « Vas-y, Bernard ! » salua avec flamme son discours. Il venait de conquérir définitivement le cœur de son auditoire.

« Nous allons orienter nos recherches sur plusieurs axes, ajouta-t-il en faisant taire la troupe d'un geste autoritaire de la main. J'envisage de créer deux groupes : un premier sera chargé de la reconnaissance et de l'inspection du terrain, et un second – que je qualifierais de groupe de réflexion – étudiera l'énigme qui nous est posée. Énigme dont l'énoncé est le suivant : *Je devrais être au chaud, mais bien à l'abri du soleil.*

— J'ai compris, y a qu'à chercher un parasol ! » plaisanta Tonton Émile avec son humour coutumier.

Quelques rires ponctuèrent son intervention.

« Vous pouvez rigoler ! gronda mon père. Mais je vous rappelle quand même que, si dans un mois nous n'avons pas résolu ce charabia, nous pouvons dire adieu au pognon ! »

Ces dernières paroles douchèrent instantanément ces téméraires et contrariantes manifestations de gaieté. On ne vient pas ainsi troubler le Sage quand il répand la bonne parole : il faut se contenter de le vénérer.

« Moi, j'ai pas le cœur à plaisanter, continua-t-il à tonner. Y a deux cents briques en jeu !... Et pour chacun d'entre nous ! J'ai fait le calcul ! »

On pouvait le croire. Cette fois, non seulement on ne souriait plus, mais on ne respirait plus.

« Hum, et, euh... t'as une idée pour l'organisation de ces deux groupes ? demanda humblement Tonton Émile, encore penaud d'avoir pu déplaire au maître de cérémonie.

— Puisque tu me le demandes, répondit son frère d'une voix radoucie, voilà comment je vois les choses... Je ne veux évidemment pas vous imposer mes vues, mais je crois qu'elles méritent toute votre attention. (Ah ! quand la modestie vient à la rencontre du talent.) Pour le groupe de reconnaissance, il faut employer des personnes de terrain : actives, fouineuses, qui n'auront pas peur de se salir les mains quand se présenteront des travaux physiques. Émile, Michel et moi-même constituerons ce groupe. Gustave et Agnès formeront le groupe de réflexion : à ce poste, il nous faut des intellectuels. Alors faisons confiance au corps enseignant pour éclairer nos esprits. Je suis sûr qu'Agnès saura communiquer de son allant et de son enthousiasme à ce mollasson de Gus. »

Avec Tatie Agnès qui avait abandonné l'enseignement pour se consacrer à la recherche du moi, du surmoi, de l'ailleurs et du reste, je trouvais mon père bien optimiste en ce qui concernait l'efficacité supposée du groupe de réflexion.

« Valérie et Joseph serviront d'agents de liaison entre nous tous : ils coordonneront les efforts des deux groupes. Quant à Simone, Nathalie et Cynthia, elles s'occuperont de l'intendance.

— L'intendance ? s'enquit Tatie Nathalie d'une voix méfiante.

— La bouffe, quoi ! Et le ravitaillement... Il faut bien que quelqu'un s'en occupe.

— Je ne vois pas pourquoi Agnès serait la seule à échapper aux corvées de la cuisine ! protesta Tatie Cynthia. En plus, je constate que nous, les femmes, sommes encore cantonnées dans nos rôles de ménagères !

— Je vous en prie, ne minimisez pas l'importance de vos activités, rétorqua mon père, car, sans vous, nous ne pourrions nous consacrer entièrement à nos recherches. Quant à Agnès, je suis persuadé qu'elle se rendra plus utile dans le groupe de réflexion. »

Le paternel s'avérait un chef et un tacticien exceptionnels. Non seulement il venait de planifier avec une rigueur et une maîtrise quasi militaire nos moindres faits et gestes, mais il avait réussi à éloigner, sans la vexer, Tatie Agnès de la cuisine. Quel soulagement ! Je pensais avec dégoût aux horreurs auxquelles nous allions échapper : nouilles gélatineuses préparées à partir de farine bio, confitures à la tomate ou à la banane, liqueurs abjectes de baies de sureau – généreuses en vitamine C (à condition de pouvoir les absorber) –, beignets de fleurs d'acacia qui auraient pu être délicieux si elle n'en relevait la saveur avec des « binettes » – plantes poussant le long des fossés, aux tiges rouges et craquantes, à la saveur acidulée et que les herbivores de sa ferme (j'avais pu l'observer avec inquiétude) prenaient soin de ne pas brouter.

À les voir tous, en cet instant, discuter entre eux, je saisis le jeu subtil des alliances et l'établissement sournois d'une hiérarchie (j'ai toujours détesté ce mot ; il pue jusque dans sa dernière syllabe). En haut de la pyramide trônait mon père ; une marche plus bas venaient ses assesseurs directs : Tonton Émile et Tonton Michel. Ces trois-là formaient l'élite. Ensuite venaient les cuisinières, chargées (et honorées) de nourrir cette élite. Enfin, tout en bas de la pyramide... les penseurs (donc quasiment les inutiles) et les jeunes (donc obligatoirement les larbins).

« Parfait, poursuivit le big boss, en ce qui concerne l'énigme, pas la peine de chercher midi à quatorze heures, la tata Lulu, elle était pas funambule sous le chapiteau de la pensée. "À l'abri du soleil" signifie que la turquoise n'est pas à l'extérieur, donc est planquée dans la baraque et "bien au chaud"... ben, ça doit simplement signifier que la turquoise est planquée près d'un endroit chaud : la cheminée ou la cuisinière. C'est IM-PA-RA-BLE, assena-t-il avec force. Bon, ceci dit, avez-vous d'autres idées à proposer ?... »

Mazette ! Ça fumait sous le « chapiteau » du paternel ! Un mutisme studieux et songeur flotta dans les rangs. Mutisme soudain troublé par la voix joyeuse de Caroline :

« Moi, je sais quelque chose !...

— Laisse les adultes discuter en paix ! Tu sais pas de quoi on parle », grogna Tonton Émile.

Il devait être à cran, le Tonton, pour parler ainsi à sa fifille chérie.

« Mais laisse-la donc parler, cette petite, objecta Tatie Agnès. Les enfants ont souvent une perception extrasensorielle, une prescience que nous autres, adultes, avons oubliées... Leur karma est plus vibratoire. (Je voulais bien le croire, car le "karma" de ce démon miniature avait souvent fait vibrer mes nerfs.) Ce n'est pas une question d'intelligence, mais de...

— Ben tiens ! T'as qu'à dire que ma fille est une imbécile et qu'elle s'appelle Jeanne d'Arc ! se mit à rugir Tonton Émile. Je comprends rien à tout ton micmac extrasensoriel, mais je tolérerai pas qu'on insulte ma fille !

— Mais enfin, Émile, je n'ai pas voulu insulter Caroline, mais simplement vous faire comprendre que...

— ... que c'est une fada qui a des visions ! la coupa-t-il en hurlant. Elle a pas de visions, ma fille ! Et moi non plus ! À part, peut-être, la nuit, après avoir ingurgité ta soupe macrobiotique !

— Mon pauvre Émile, répondit-elle d'un air ulcéré. Que tu es borné !… Il est regrettable que tes ambitions culinaires se résument aux viandes saturées d'hormones, aux frites industrielles et aux vins aromatisés aux produits chimiques !

— Au moins, eux, ils me foutent pas la CHIAAAASSSE ! explosa-t-il.

— Je t'en prie, Émile, arrête ! s'exclama Tatie Nathalie : pas devant les enfants.

— Ta femme a raison, intervint Tonton Gus. Essaye de garder ton calme. Agnès n'a jamais voulu dire que Caroline était une imbécile. Ses propos signifiaient simplement que la petite possède des dons cachés propres à l'enfance... une sorte de talent inné. »

Un talent inné pour emmerder son monde : là aussi, je ne pouvais qu'approuver.

« Bon… vu sous cet angle, réfléchit Tonton

Émile, je… je reconnais mes torts et m'excuse de m'être légèrement emporté.

— *Légèrement emporté* ! maugréa Tatie Agnès... Je veux bien passer outre ton incrédulité face aux phénomènes extrasensoriels, mais tu as insulté la femme que je suis en répandant des horreurs sur ma cuisine. Une cuisine qui demande beaucoup de préparation et de méticulosité. Et puis, à part toi, personne n'a jamais eu à s'en plaindre jusqu'à présent. »

C'est que nous prenions nos précautions : citrate de bétaïne quand les plats étaient mangeables ; dans le cas contraire, vidage de nos assiettes dans l'écuelle du chien dès que l'occasion se présentait. J'étais moi-même délégué au remplissage de la gamelle. Je me souviens d'ailleurs d'une fois où, personne n'ayant pu avaler une bouchée d'un cassoulet « accommodé » par Tatie Agnès, le chien avait hérité de l'ensemble du contenu de nos assiettes. La malheureuse bête, en proie à d'horribles coliques, avait gémi pendant deux jours. Bon sang ! On avait bien rigolé, cette fois-là.

« Bon alors, où tu l'as vue, la bague ?… demanda Tonton Émile à sa fille, sur un ton radouci.

— Ben en rêve », répondit-elle.

Tonton Émile se tourna vers sa femme et marmonna d'une voix lasse :

« Bon, tu peux aller la coucher, je sens qu'elle est fatiguée…

— J'ai pas sommeil, se mit à brailler la Peste,

je veux rester avec vous pour trouver la pierre précieuse !

— N'aie pas peur, mon ange, répondit mon père. On la cherchera pas sans toi. Tout le monde va d'ailleurs s'en aller au lit. Une bonne nuit de repos et demain à nous les sous ! »

« L'ange », cette fois, ne protesta pas. Mais « il » eut quand même la force, au moment de nous quitter, de me tirer la langue. Caroline n'avait pas eu l'occasion de m'empoisonner avec son « baiser de la limace », alors il lui fallait bien une compensation.

Comme elle disparaissait dans la nuit (douce et bienfaisante), en compagnie de sa mère, de Tonton Michel et de Tatie Agnès, me vint une pensée que je trouvai fort belle et que je me promis de noter pour la prospérité :

« La Peste s'endormait... laissant les hommes en paix. »

La maison retrouvait une certaine sérénité au fur et à mesure que ses nouveaux occupants gagnaient le pays magique et idyllique dans lequel de riches et généreux donateurs lèguent leurs fortunes à des héritiers encore jeunes (ce qui n'est pas souvent le cas dans la réalité) et insouciants.

Des oncles, tantes et autres parents qui s'en vont, le cœur réchauffé de réchauffer celui de leurs légataires. Dans ce pays merveilleux, il n'existe pas de droits de succession, de taxes parafiscales, de devinettes tordues et de vieilles garces aux idées saugrenues. Non ! rien de tout cela... Il n'y a que des héritiers comblés qui contemplent leurs fortunes.

Moi, je me contentais de contempler les astres en compagnie d'une femme que je découvrais peu à peu : ma cousine Valérie. Nous étions sortis et observions les étoiles projeter l'éclat de leurs diamants au-dessus de nos têtes.

Elles étaient belles et elles se taisaient : des qualités que l'on ne rencontre jamais chez une femme, aurait dit Tonton Émile. Il faut dire que les étoiles n'avaient pas grand-chose d'autre à faire... et nous non plus, d'ailleurs, qui les considérions en silence. Le néon de la lune éclairait la campagne endormie, se joignant à l'ampoule électrique située au-dessus de la porte d'entrée.

La « femme » s'était allongée dans l'herbe et moi, assis à ses côtés, je me forçais à fixer le ciel pour ne pas m'attarder sur les collines de ses seins. Collines qui provoquaient en moi un sentiment de honte mâtiné d'envie.

En sortant de table, Valérie m'avait proposé de prendre l'air et de discuter un moment avec elle. J'avais accepté avec joie ; d'autant plus que je n'étais pas pressé de gagner la tente où m'attendaient le sommeil toujours agité de la Peste et l'odeur fétide des peaux de mouton que Tonton Michel avait disposées sous nos sacs de couchage. Enfin, avec un peu de chance, l'odeur éloignerait les moustiques.

Malgré l'heure tardive – il ne devait pas être loin de minuit –, une atmosphère lourde et étouffante, suintant de la nuit, nous avait surpris dès que nous avions quitté l'oasis des murs épais de la maison. Je souffrais d'autant plus que, comme tout au long de l'année, je portais un pantalon en velours. J'acceptais l'épreuve que m'imposait la saison chaude, car il était hors de question que je troque mes velours (mon entourage me le conseillait tous les jours) pour une paire de jeans ou, pire, de shorts. Vu ma maigreur, les jeans (oh que je les haïssais !) et surtout les shorts auraient révélé à un monde sarcastique et cruel l'ampleur de ma pauvre condition physique.

À quatorze ans, on a sa fierté. Et si la Nature m'avait épargné acné et points noirs (fléaux habituels de l'adolescence), elle n'avait pas encore voulu que mon corps se virilise au même rythme que celui de ma voix ou de mon système pileux.

Valérie laissa échapper un soupir, s'étira langoureusement, ce qui eut pour effet de tendre un peu plus son tee-shirt sous la pression de ses seins. Heureusement que je portais un pantalon, car il dissimula une « émotion » que j'eus le plus grand mal à contenir. Cette extrême sensibilité s'émousse avec le temps et « l'usage » : une chance pour l'homme dont la vie deviendrait vite un enfer... sans parler de celle de la femme.

« T'as pas chaud avec ce pantalon ? » demanda Valérie, rompant enfin le silence.

Je bafouillai qu'il s'agissait d'une question d'habitude et d'autres vagues explications.

« Puisqu'on est entre nous, annonça-t-elle, je vais enlever mon tee-shirt... je serai plus à l'aise. Je te préviens, je porte pas de soutien-gorge, car ça m'irrite la peau. Ça te gêne pas, au moins ?... »

Elle n'attendit pas ma réponse et, d'un geste gracieux, eut tôt fait de libérer deux mamelons pleins, fermes, ingénus malgré leur insolence comme seuls peuvent l'être ceux des adolescentes. Évidemment, à l'époque, je n'étais pas un fin connaisseur de l'anatomie féminine, mais a-t-on besoin de savoir conduire pour apprécier une belle voiture ? Je ne pus réprimer un charmant et naïf soupir d'admiration :

« Tu sais... tu es très belle... aussi belle que… que les étoiles qui nous entourent ! »

Je m'en voulus aussitôt pour la platitude de ce compliment, mais il plut néanmoins à sa destinataire.

« C'est gentil, se rengorgea ma cousine. c'est vrai que je suis pas mal foutue, mais, bon, il y a plus belle que moi, tu crois pas ? » Et, au regard qu'elle me lança, je sentis qu'il valait mieux ne pas abonder entièrement dans son sens.

« Possible… mais alors avec beaucoup de maquillage.

— Là t'as raison. Je trouve qu'une femme est plus belle quand elle se présente sans artifice... Je l'ai lu dans un magazine », précisa-t-elle.

Et pour prouver ses dires, elle bomba son torse afin de mettre en valeur sa poitrine. Je m'efforçai de cacher une réaction physiologique aussi gênante... qu'agréable. Je bandais pour ma cousine : quelle honte ! Malgré ce sentiment de culpabilité, je ne pouvais m'empêcher de dévorer des yeux les beaux fruits laiteux que cette diablesse en herbe balançait devant moi. Elle prenait le chemin de sa mère, celle-là, à toujours se mettre en valeur et à se croire supérieure en tout et pour tout. Certes... certes, ma cousine était orgueilleuse et imbue d'elle-même, mais je ne lui en tenais pas rigueur, car la beauté efface tellement de défauts... surtout aux yeux de ceux qui sont moches.

« Je suis en train de me faire femme, reprit-elle d'une voix suave ; tu peux pas t'imaginer ce que je peux ressentir. (Sûr que ça risquait pas de m'arriver.) Certains jours, je vois la vie en noir, y a rien qui m'intéresse, je parle à personne, j'ai presque envie de mourir alors que d'autres, j'ai envie de vivre, de hurler, d'exploser ! C'est arrivé en même temps que mes règles... Papa dit que ce sont mes hormones qui sortent du sommeil de l'enfance : elles se réveillent de méchante humeur, elles bâillent, s'étirent et donnent de grands coups de pied dans tout mon corps. D'après lui, c'est ce qui explique mes sautes d'humeur. Il est génial, papa, il trouve toujours l'image ou le mot exact pour faire comprendre les choses simplement… »

C'est pas moi qui allais la contredire :

« Il est génial, Tonton Gus !

— Quand on pense que, l'an dernier, on jouait aux petits chevaux, dit-elle en riant ; tu te souviens, on s'amusait également à faire rouler les *roundballers* de foin dans les prairies de Tonton Michel ?...

— C'était super ! m'exclamai-je en éclatant de rire à mon tour. J'espère que nous nous amuserons autant cette année ! »

Elle me regarda avec un demi-sourire dédaigneux qui me blessa davantage que la relative indifférence qu'elle avait affichée à mon égard lors de nos retrouvailles.

« Tu sais, répondit-elle, j'ai passé l'âge de batifoler dans les champs ou de m'occuper l'esprit avec des jeux débiles. Je ne suis plus une gosse... »

Et je lisais avec mortification, dans ses yeux : « Je ne suis plus une gosse... MOI ! »

Nous avions été trop proches pour qu'elle ne sente pas mon désarroi, aussi s'empressa-t-elle d'ajouter :

« Je suis si contente de te retrouver, nous avons tellement de souvenirs d'enfance en commun. Maintenant, tout ça, c'est du passé, nous sommes des adultes... Si c'est pas dans nos corps, du moins dans nos esprits, précisa-t-elle charitablement à mon égard. Au fait, tu continues ta collection de bandes dessinées de super-héros : *Strange*, *Titans*, *Nova* ?... »

J'allais fièrement annoncer que j'avais enfin réussi à réunir la collection complète des deux premières revues citées quand elle acheva : « Et autres débilités… »

Je me repris juste à temps et, ma foi, avec un certain brio :

« Oh, tu sais, moi aussi j'ai passé l'âge de lire ces revues enfantines... Je… euh, je les ai données à un petit voisin. Il faut savoir tourner la page, terminai-je avec esprit.

— Eh oui, toi, tu as laissé tomber tes vieilles BD et moi j'ai arrêté de pleurer devant les épisodes de *La Petite Maison dans la prairie.* Tu te souviens de la famille Ingalls ?... »

Si je m'en souviens ? La famille Ingalls sévissait dans ce feuilleton télévisuel diffusé en boucles ininterrompues depuis de longues années. Pas de sexe, pas de violence, rien que de bons gros sentiments à la sauce *Moral Majority* ; de quoi complexer le pape lui-même devant tant de piété et de gentillesse. Tonton Gus disait de la famille Ingalls qu'elle était « consternante de bonté » !

Tant de qualités réunies en une seule famille devait paraître suspect au ciel, car la liste des malheurs qui s'abattaient sur les parents Ingalls et leur progéniture s'allongeait avec le nombre des épisodes.

Ainsi, par exemple, pouvait-on compatir, au fil des années, au sort de Marie, la fille aînée qui, non contente de choper la rubéole dans sa jeunesse, finissait par perdre la vue (au cours d'un épisode particulièrement dramatique), devait quitter la maison familiale pour un centre de rééducation situé à l'autre bout du pays et voyait (si je puis dire) le rejeton qu'elle avait eu tant de mal à concevoir (pour des raisons psychologiques qu'il serait trop fastidieux d'exposer ici), périr brûlé vif lors d'un tragique incendie. Incendie d'autant plus tragique qu'il avait été allumé par le propre frère de Marie !

Je n'invente rien. Les habitués de la série pourront corroborer mes propos. Malgré ces avatars, la famille Ingalls s'enrichissait de nouveaux éléments entre les adoptions de gentils enfants propres et la conception naturelle. J'imaginais parfois la mère Ingalls, au pieu, dans le noir avec la Bible à la main, en train de demander pardon au Seigneur pour le péché de chair qu'elle commettait. La série s'essoufflant, un scénariste éclairé (ou rendu fou par les personnages et leurs drames abracadabrants) avait décidé de faire sauter à la dynamite le village abritant tout ce petit monde de bondieuserie et de poisseuse gentillesse lors du dernier épisode. BOUM ! Amen !

« Parlons plutôt de nos passions actuelles, poursuivit Valérie. Je m'aperçois avec plaisir que t'es pas resté aussi gamin que je le croyais. T'as mûri, c'est bien. C'est la preuve que tu deviens un homme... »

Elle commençait à m'énerver sérieusement avec ses airs supérieurs, et seule la vision de ses tétons au clair de lune me persuada, sinon de garder mon calme (le feu entre mes jambes ne faisait qu'empirer, imposant que je plie mes cuisses selon un certain angle pour ne pas faire saillie – les hommes comprendront), du moins de contenir mes réflexions.

« T'écoutes de la musique ? Tu sors en boîte ? Tu fais du sport ? »

Elle devait en fait s'en moquer royalement, car elle enchaîna tout aussitôt sans me laisser le temps de lui répondre :

« Moi, j'ai une super-bande de potes et, tous les week-ends, on part s'éclater en boîte ou on se réunit pour danser sur du disco. J'ai même un petit ami, se rengorgea-t-elle... Il est mignon, si tu savais. Il est beaucoup plus grand que toi, plus fort aussi, très sportif. (Tant qu'à faire, elle avait qu'à dire que j'étais un déchet ambulant.) Le dimanche, on va se balader sur sa moto : il a une 125... C'est vraiment super. »

Moi, le week-end, je classais méticuleusement les BD que j'avais pu collecter dans la semaine. En ce qui concerne les sorties, j'avais bien participé à la boum de fin d'année organisée par ma classe, mais je m'étais promis de ne pas réitérer cette désagréable expérience. J'avais gardé un tel mauvais souvenir des slows... une telle terreur. Autant de devoir inviter une fille pour ne pas rester seul, comme un plouc, sur le bord de la piste de danse, que de me voir éconduit devant les autres. C'est le genre de honte qui peut vous condamner à l'onanisme pour un bon bout de temps. Pour ma part, je ménageais donc mon amour-propre en évitant ce genre de soirées.

Quant à la musique, je subis dans un premier temps le hard rock qu'écoutait mon frère à longueur de journée. Moi qui me délectais de variété française jusqu'à l'adolescence, j'avais dû accepter une difficile reconversion sous peine d'être taxé de « petite tapette » par Yves. « Le hard, disait le frangin, ça, c'est une musique d'homme ! » Mon honneur exigeant que je me rapproche davantage de l'homme que de la « petite tapette », j'appris à endurer la torture des percussions frénétiques, des guitares saturées et des chanteurs (hurleurs) en délire. Le plus étonnant est que j'y pris finalement goût et finis par ne plus écouter que ce genre musical. J'enterrai mon enfance sous les accords de Trust et d'AC/DC. Les princes du rock'n'roll venaient de détrôner ceux de la variété.

« J'espère que les recherches vont aboutir bientôt, soupira-t-elle ; c'est déjà assez dur de se retrouver dans ce bled paumé, mais s'il faut en plus subir les ordres et la mauvaise humeur des adultes – ce soir, on en a eu un exemple –, on va passer des vacances pourries.

— T'inquiète pas, la rassurai-je d'un ton paternel : l'intelligence et l'intuition de Tonton Gus conjuguées avec... » Je cherchai une qualité à attribuer à mes oncles et à mon père : « ... avec la ténacité de ses frères, résoudront bientôt notre problème. Faisons-leur confiance.

— C'est vrai qu'ils sont décidés, approuva Valérie en se levant, signifiant que notre veillée s'achevait. Enfin, on peut toujours espérer, bâilla-t-elle... Moi j'y crois… »

Moi aussi, j'y croyais. Le seul problème, pensai-je en lui faisant la bise avant de nous séparer, c'est que, sur la photo présentée chez le notaire, Tata Lucie m'avait semblé, elle aussi, foutrement décidée... et certainement plus retorse que prévu.

6

— DEBOUT, FAINÉANT ! »

Le cri poussé près de mon oreille droite me réveilla tout autant que le liquide froid qui fouetta mon visage. Juste au moment où, dans un rêve, je réussissais à me procurer les éditions originales des albums des Fantastiques – archétypes de super-héros américains aux aventures manichéennes – chez un antiquaire superbement sénile qui me les fourguait avec un lot de vieux *Pif-Gadget*.

Dans ce rêve merveilleux, je ramenais chez moi ces journaux dans lesquels seules m'intéressaient les aventures de Rahan, l'homme préhistorique. Et là, en déballant les revues, divine surprise, bonheur suprême : les premiers numéros des FF (*Fantastic Four*) glissaient de la pile et remplissaient mon cœur... d'une haine terrible pour cette insupportable peste de Caroline qui se tordait de rire à mes côtés, un verre à la main.

Cette fois, je lui aurais certainement balancé un « câlin » façon Tarzan si je n'avais aperçu derrière elle les figures hilares de mon père et de Tonton Émile.

« Elle est facétieuse, cette petite ! s'esclaffa Tonton Émile. On sait jamais où elle va chercher ses blagues !

— Allez, debout, fainéant ! me lança mon père en riant à son tour. Voilà ce que c'est quand on se couche tard ! Valérie et toi êtes les derniers à paresser au lit... Tout le monde a déjeuné et est déjà au boulot. Alors tu t'habilles et tu viens nous aider.

— Des fainéants ! Ce sont des fainéants ! reprit en chœur la Peste.

— Tu as raison, ma chérie, approuva Tonton Émile en l'embrassant. Allez maintenant, on va laisser Joseph s'habiller et...

— Non, je veux rester avec lui ! répondit-elle farouchement.

— Tu peux pas rester, voyons ; tu penses bien qu'il veut pas te montrer sa zigounette ! »

La Peste se mit alors à gesticuler en tous sens et à brailler :

« Et moi je veux voir sa zigounette !... Je veux voir sa zigounette ! »

J'étais mortifié, à l'inverse de mon père et de mon oncle qui, eux, se tordaient de rire. Le cœur palpitant et les yeux effarés, je n'oublierais pas de sitôt cette matinée.

« Elle est extraordinaire ! lâcha mon père. Quel phénomène, mais quel phénomène ! »

Enfin, après lui avoir promis une quelconque sucrerie, ils réussirent à l'éloigner de la tente. Je m'habillai en toute hâte de peur de voir revenir le « phénomène »... de foire.

Je l'entendis au loin ameuter le quartier en poussant de stridents et joyeux : « Je veux voir sa Zigounette !… Je veux voir sa zigounette ! »

Une fois mon velours noir et mon tee-shirt enfilés sur mes os, je sortis de la tente. Le soleil commençait déjà à semer ses futures récoltes de cancers cutanés.

Comme je le craignais autant qu'il me détestait, je m'empressai de rejoindre la maison.

Toute la famille s'activait dans la cuisine, telle une colonie d'abeilles. La reine était remplacée par un gros bourdon poilu (en l'occurrence, mon père) qui commandait un essaim d'ouvriers et d'ouvrières s'agitant autour de lui.

J'aperçus alors Tonton Émile et Tonton Michel, agenouillés devant la cuisinière, une caisse d'outils à leurs pieds.

« Je sens qu'on brûle ! tonna Tonton Émile en brandissant une clef à pipe ; ça ferraille là-dedans !… Ça sonne creux ! Et si ça sonne creux, c'est qu'il y a un creux ! »

Cette logique imparable attira les femmes autour de lui comme la merde attire les mouches du même nom, ce qui déclencha aussitôt un hurlement exaspéré :

« Mais poussez-vous, nom de Dieu, vous nous cachez la lumière ! Déjà qu'on y voit pas grand-chose !... »

Tatie Agnès – l'impudente – osa lancer :

« Vous devriez d'abord examiner le four : qui dit four dit chaleur… Et si on s'en tient à l'énigme…

— Figure-toi qu'on y a pensé ! rugit Tonton Émile en lui présentant des paumes de main noircies par les cendres. On a pas attendu vos bons conseils pour réfléchir ! lança-t-il à la cantonade.

— C'est pas la peine de t'énerver », dit mon père qui surveillait les opérations de loin.

Un chef ne s'occupe pas des basses besognes.

« C'est facile de parler quand on fait le contremaître, observa Tonton Michel avec justesse. Viens plutôt nous aider à déplacer cette cuisinière ; elle pèse un âne mort ! »

Piqué au vif, mon père écarta la volaille qui continuait à commenter les travaux ; puis il commença à s'arc-bouter au mur en compagnie de ses frères pour déplacer l'imposant élément de fonte. Les femmes, effarouchées par les « ooooh ! », les « putain ! » et les « bordel ! » poussés au cours de l'effort, rejoignirent Tonton Gus, penché au-dessus de la cheminée. Il semblait examiner la plaque de réfraction posée contre le mur. Je m'approchai de leur groupe et écoutai attentivement les déclarations de mon oncle.

« Pour l'instant, rien de neuf, dit-il. Je viens de vérifier le mur de briques entourant la cheminée : il ne présente aucune irrégularité suspecte, aucune cache permettant de dissimuler quoi que ce soit.

— Tu as regardé si une brique n'était pas descellée ? demanda ma mère : ça arrive parfois aux vieux murs. On gratte et on enlève le ciment, on replace la brique et le tour est joué…

— Ça fait plus d'une heure que j'y travaille, soupira-t-il. J'ai vérifié les briques une à une à l'aide d'une lampe de poche.

— Et ce tas de bois ? demanda Tatie Cynthia en désignant les bûches disposées auprès de la cheminée.

— Pas la peine, répéta son mari. Hier le curé m'a dit qu'il approvisionnait Maïté en bois depuis l'hospitalisation de notre tante, et ce tas faisait partie de sa dernière livraison. »

Contestation impossible. Ce qui ombragea le visage de Tatie Cynthia qui n'avait pas l'habitude qu'on contrarie ainsi son jugement (surtout son mari).

« Tonton, tu es formidable ! m'écriai-je, plein d'admiration. Je sens qu'avec toi, on va réussir !

— Merci, Jo, me répondit-il en souriant. Je fais simplement de mon mieux. »

Il était le seul dans la famille à m'appeler par ce diminutif : diminutif qui, loin de m'irriter comme l'humiliant « Jojo » inventé par la Peste, renforçait notre complicité.

« Joseph ! hurla le paternel. Puisque tu ne déjeunes pas (l'excitation avait coupé mon appétit), viens donc nous aider à déplacer cette saleté ! »

Je me retournai et vis les trois hommes collés contre la cuisinière en train de souffler et de grogner. On aurait dit trois veaux affairés autour de leur mère. Et, comme dans toute portée, il y en avait un qui avait moins profité que les autres : je ne pus m'empêcher de sourire en voyant ce pauvre Tonton Michel, le visage congestionné par l'effort, pousser de ses frêles membres le monolithe de fonte. Visiblement, sa participation n'était que formelle, et mon père devait en avoir conscience, car, pour déplacer l'imposant l'objet, il n'adressait ses conseils qu'à l'oncle Émile.

Je m'apprêtais à leur venir en aide dans la mesure de mes maigres moyens quand ma mère m'intima l'ordre de ne pas bouger.

« Pas question que Joseph aille se coincer un doigt ou un pied sous la cuisinière », expliqua-t-elle d'un ton inflexible.

Mon père ne protesta pas : il savait que c'était inutile. Moi non plus d'ailleurs, car j'étais un fils obéissant et... prudent.

Ils réussirent enfin, dans une ultime volée de jurons, à décoller l'objet du mur. Je reconnais que leur travail était d'autant moins facile que les pieds de la cuisinière s'accrochaient aux multiples aspérités des tommettes du sol, mais ils réussirent néanmoins à la pousser suffisamment pour que Tonton Émile puisse se glisser entre elle et le mur. Il jeta un coup d'œil sur le panneau arrière et soupira :

« Je ne vois que l'orifice d'évacuation des fumées... Rien d'autre !

— Plonge ta main à l'intérieur », conseilla (ordonna) mon père.

Mais, au moment où mon oncle se penchait pour suivre cet impérieux conseil, une partie du tuyau d'évacuation, pendant du plafond, se détacha soudain et s'abattit sur sa tête en projetant un nuage de suie alentour.

Les jurons se firent plus colorés ; les femmes s'approchèrent en hâte des lieux du sinistre pour porter secours à Tonton Émile.

Il s'était redressé et se tenait la tête en poussant de terribles jurons qui me ravissaient à plusieurs titres. Cet incident me vengeait en partie des moqueries subies sous la tente et, en confirmant les craintes de ma mère, m'exonérait définitivement des travaux de force.

Tatie Nathalie prit son mari par le bras (mon oncle s'était mis à jurer de plus belle en apercevant du sang sur ses mains) et soupira :

« Avant de nettoyer ta plaie, tu vas prendre une douche et changer tes vêtements, tu es couvert de suie.

— On va tous prendre une douche ! grogna mon père. Non mais, regardez-nous, dit-il en se désignant, lui et ses frères. On dirait des ramoneurs ! Ça commence bien, ah oui, ça commence bien ! »

Accompagnés par leurs épouses, les « ramoneurs » sortirent donc rejoindre la douche (improvisée à l'aide d'un tuyau d'arrosage branché à un robinet extérieur et pendu à une branche du tilleul). Installation rustique, mais toujours plus commode et hygiénique que le fait de se laver dans l'évier de la cuisine. Pour rester dans le chapitre des commodités, les femmes avaient refusé net d'utiliser la cuisinière, trop astreignante à charger en bois. Tonton Gus avait une fois encore sauvé la situation en ramenant de sa caravane une plaque chauffante électrique. On salua au passage son esprit de prévoyance, mais, en vérité, il n'avait pas grand mérite vu que sa femme, détestant oublis et imprévus, dressait une interminable liste d'ustensiles à emporter avant tout déplacement. Et il valait mieux pour la paix du ménage (surtout celle de mon oncle), que pas un seul ne soit oublié.

Tatie Cynthia quitta la cuisine peu après, en compagnie de Caroline, pour tirer sa fille du lit. Je restai donc seul avec Tonton Gus devant la cheminée. Il avait observé les évènements avec un certain détachement.

« Qu'est-ce qu'ils sont bruyants, soufflat-il en se repenchant au-dessus de la cheminée. Heureusement que Tata Lucie n'est plus là pour voir tout ce cirque…

— Tu l'aimais bien, toi, Tata Lucie... »

C'était plus une constatation qu'une interrogation de ma part.

« Tata Lucie… »

Il s'accroupit à côté de la plaque réfractaire.

« Oui, répondit-il, je l'ai aimée dans mon enfance et puis, tu sais, avec le temps... Enfin, ce n'est pas que je ne l'aimais plus, non... Disons que j'avais oublié de l'aimer, soupira-t-il avec gravité. Comment t'expliquer ?… C'est terrible, mais elle ne faisait plus partie de ma vie. »

« Bien, se reprit-il en souriant, il serait peut-être temps de se replonger dans notre problème. »

Il observa la plaque et déclara d'un air satisfait :

« À première vue, il ne semble pas qu'elle soit scellée, elle doit simplement reposer contre le mur... Le mieux serait de la basculer en avant. »

Je glissai quelques doigts dans l'angle formé par la base de la plaque et du mur et ramenai divers débris et pelotes de toiles d'araignées. Mon oncle agrippa alors le bord supérieur de la plaque et, en bandant ses muscles, la décolla de quelques centimètres.

« Aide-moi à la faire bouger, me lança-t-il. Et surtout tiens-la bien... qu'elle ne nous retombe pas sur les pieds ! On a assez d'un blessé pour la journée ! »

Je la saisis à mon tour et, chacun de notre côté, nous la fîmes doucement basculer ; par chance, elle se révéla moins lourde que prévu et elle reposa bientôt sur le carrelage.

De la suie et de la poussière s'étaient accumulées dans l'espace découvert, mais cela ne nous empêcha pas d'apercevoir une sorte de boîte à bijoux en porcelaine, ronde et décorée de motifs floraux.

« Et voilà le travail ! rugit de joie Tonton Gus en s'emparant de la boîte. Les vacances vont enfin pouvoir commencer ! Jo, nous sommes des as !

— Oh Tonton ! m'écriai-je d'une voix altérée par l'excitation, tu es... tu es... »

Un héros ! Mon oncle était un héros. En un jour, il avait triomphé de l'énigme. Grâce à lui, nous allions tous nous enrichir !

J'espérais bien, en tant qu'assistant et observateur privilégié de cet exploit, en retirer quelque gloire et profit pécuniaire. Peut-être même suffisamment pour m'acheter la mob dont je rêvais depuis plusieurs mois.

Mon oncle retira fébrilement le couvercle de la boîte et se figea, les sourcils froncés. Problème ?… Je ne respirais plus. Il plongea une main hésitante à l'intérieur et ramena une petite feuille de papier pliée en quatre. Nous échangeâmes un regard angoissé, craignant déjà le pire.

... Et nos craintes furent justifiées !

Toute la famille était assise autour de la table de la cuisine. Le papier circulait entre toutes les mains dans un silence sépulcral : le silence qui précède les grands orages.

Car la colère commençait à se dessiner sur les visages, effaçant la déception. Seule Caroline, préservée par son jeune âge, avait le cœur à fredonner une chanson.

Elle était pendue au cou de Valérie qui, vu les événements, avait enfin daigné se lever. Quant à moi, je venais de tirer une croix sur ma mob et surtout je maudissais (et je n'étais pas le seul) cette infernale Tata Lucie qui venait de se jouer cruellement de nous.

Mon père ne put contenir davantage sa fureur ; il tapa sur la table en vociférant :

« Encore une énigme !… Cette vieille garce a donc décidé de nous rendre fous !… Mais ça va continuer longtemps ces conneries ?...

— Trop, c'est trop ! hurla Tonton Michel... Nous avons notre dignité, tout de même !

— Je veux bien qu'on me prenne pour un imbécile, mais pas pour un couillon ! » hurla à son tour Tonton Émile. Et il brandit un doigt vengeur au-dessus de sa tête : « Pas pour un couillon ! »

La différence, en tout cas dans son esprit, devait être de taille.

« Elle exagère, intervint, sur un ton plus tempéré, Tatie Nathalie. Il faudrait faire quelque chose. Porter plainte...

— Et qu'est-ce que tu veux faire ? éructa son mari. Si tu veux te plaindre, c'est facile : cimetière de Moncaubet, allée centrale, troisième tombe à partir de l'entrée. "Toc toc ! Nous sommes bien chez Mademoiselle Castet ?..." "Ah, désolé, elle ne reçoit pas de visite !" "C'est pas grave, on reviendra plus tard !" Arrête de rêver, ma pauvre amie ! termina-t-il en la foudroyant du regard.

— Allons, allons, tentons de garder la tête froide, observa Tonton Gus en relisant pour la énième fois la feuille qu'il tenait maintenant dans ses mains. Si nous sommes venus à bout de la première énigme, nous viendrons à bout de la seconde et...

— ... et de la troisième et de la quatrième et jusqu'où ?... le coupa mon père en hurlant. Y en a marre, à la fin !

— Mais, mon cher Bernard, déclara Tatie Cynthia d'une voix venimeuse, si cet héritage vous cause trop de soucis, rien ne vous empêche, toi, Émile et Michel d'abandonner. Nous ne vous retiendrons pas...

— Ben tiens, c'est qu'elle serait contente de tout garder ! gronda mon père. C'est qu'elle s'en payerait du luxe, avec le magot de la tata. » Et il prit à témoin le reste de la famille en retapant de rage sur la table : « Eh bien, non, je reste, vous m'entendez ? Je reste !

— On ne s'entend plus ici ! maugréa Tatie Agnès. Vous poussez de ces hurlements... De vraies bêtes sauvages !

— C'est bien gaulois ! surenchérit Tatie Cynthia.

— Qu'est-ce qu'elle nous emmerde, celle-là, avec ses *gaulois* ! » bougonna Tonton Émile.

Piquée au vif, Tatie Cynthia se leva, frémissante de colère, et sortit de la maison en claquant la porte.

Elle fut bientôt suivie par ma mère et Tatie Nathalie, toutes deux au bord des larmes.

« Plutôt que de passer votre colère et votre frustration sur nous qui n'y pouvons rien, vous feriez mieux de dépenser votre énergie pour des choses plus constructives ! Gros mulets que vous êtes ! »

Puis ce fut au tour de Tatie Agnès de se lever et d'asséner à son mari :

« Je suis très déçue par ton attitude, Michel… Cet emportement est indigne de toi. Tu vas pouvoir entamer quelques exercices de relaxation mentale, cela ne te fera pas de mal, crois-moi. »

Ma mère et Tatie Agnès partirent de concert rejoindre leur belle-sœur en claquant à nouveau la porte derrière elles.

Après avoir essuyé une sérieuse défaite, les hommes de troupe venaient d'en prendre pour leur grade.

« Non mais, vous avez entendu ça ? protesta mon père en se tournant vers ses frères. On se décarcasse pour leur faire plaisir et voilà les remerciements ! Parce que moi, l'héritage, hein, je m'en fous !... J'ai pas besoin de lui pour vivre !

— Moi non plus, répondit en chœur Tonton Émile. J'agis uniquement pour le bien de la communauté.

— Je m'en moque comme vous de ce fric, mentit à son tour Tonton Michel. De toute façon, l'argent fait pas le bonheur, c'est connu. »

... De ceux qui n'en ont pas : c'est sûr. Ils reportèrent enfin leur attention sur Tonton Gus, toujours en train d'étudier le bout de papier et qui, fidèle à son habitude, avait laissé passer l'orage sans mot dire.

« Et toi, Gus, qu'est-ce que t'en penses ?… l'interrogea Tonton Michel.

— De quoi ? répondit l'intéressé. De l'attitude de nos femmes, de la vôtre ou de la suite à donner à cette singulière affaire ?...

— Bah ! les femmes finiront par se calmer, assura mon père. Vu qu'en ce moment, t'es plus du genre pensant que causant, tu dois avoir une petite idée sur cette nouvelle énigme. Qu'on sache si ça vaut la peine de continuer…

— Bon, entama Tonton Gus, tout d'abord, il serait urgent de régler certains détails avant de poursuivre notre réflexion. Êtes-vous prêts, connaissant les difficultés et les chances de réussite aléatoires de notre quête, à sacrifier le mois de juillet ?… Cela implique, si vous acceptez, qu'il vous faudra assumer de possibles désillusions. Je répète : assumer !... Car j'estime essentiel que, si nous devons vivre en communauté un mois entier, il va être nécessaire de contrôler vos accès de mauvaise humeur.

— Comment ? s'insurgea Tonton Émile. Mais ce sont les femmes qui...

— Les femmes achèvent ce que vous commencez, le coupa-t-il d'une voix lasse. Mettez-y du vôtre, je vous en conjure...

— Gustave a raison, observa Tonton Michel. Il faut nous reprendre et ne plus laisser libre cours à nos excès de... passion. Je me sens vraiment coupable de n'avoir pu me maîtriser tout à l'heure. Cela n'arrivera plus, je le promets… »

Mon père et Tonton Émile promirent à leur tour, plus mollement, il est vrai.

« Parfait, reprit Tonton Gus avec entrain. Puisque vous avez tous décidé de tenter votre chance et d'assumer jusqu'à la fin du temps qui nous est imparti, c'est-à-dire, je le rappelle, le deux août à minuit, revenons sans tarder à la nouvelle énigme qui nous est posée. »

Il tendit le bout de papier entre ses doigts et lut :

« J'en fais quatre dans l'ordre
et cent dans le désordre. »

— Moi, j'y comprends rien, soupira Tonton Émile.

— Moi non plus, poursuivit mon père. Autant pour la première devinette, j'avais réussi à me faire une idée, autant cette fois-ci... à moins que tu ne puisses éclairer notre lanterne... »

Tonton Gus soupira en fronçant les sourcils :

« Malheureusement, je n'en ai pas la moindre idée. Pour l'instant, tout du moins.

— Eh bien, puisque nous voilà revenus au point de départ, déclara mon père, je propose que nous inspections la propriété tout en réfléchissant à l'énigme.

— Vous m'excuserez, mais je ne vous accompagnerai pas, lâcha Tonton Michel d'une voix éteinte... Je suis en train de payer la tension nerveuse de tout à l'heure. Je suis mal... mon karma est atteint, gémit-il en se levant de table. Je préfère m'isoler sous la tente pour me ressourcer.

— C'est ça, ricana mon père. Pendant que tu vas te « ressourcer », nous on va s'aérer les sinus dehors. Ah ! et puis on va aussi s'excuser auprès des femmes. (Sur l'instant, cette délicatesse me surprit.) Faudrait pas qu'à midi, on fasse ceinture à cause d'une ou deux malheureuses réflexions », expliqua-t-il.

Ah bon ! Là, je le reconnaissais.

« Faut s'excuser ! » approuva vigoureusement Tonton Émile. Et il approuva avec d'autant plus de vigueur qu'il prenait très au sérieux la menace brandie par son frère.

On le dit bien, mais une épouse tient son mari soit par la queue, soit par l'estomac... Et quand elle le tient par ces deux organes, alors là, dommage pour lui ! Je perçus, en cet instant, une des vérités profondes et éternelles de l'existence.

7

Pendant que mon père et Tonton Émile arpentaient le muret encadrant la propriété, que Tonton Michel méditait sur sa peau de mouton, Tonton Gus et moi étions en train de découvrir, derrière la maison, un véritable jardin d'Éden.

Après une courte halte au verger où nous avions pu nous régaler de prunes et surtout d'abricots, certes un peu farineux en bouche, mais au parfum inoubliable, nous fûmes surpris de rencontrer une multitude d'arbustes plantés pêle-mêle dans le terrain qui s'arrêtait à l'orée de la forêt tapissant les coteaux.

L'herbe avait depuis longtemps oublié le sens du mot tondeuse, mais la profusion, la vigueur et la beauté des arbustes masquaient cet état d'abandon. Je décidai d'éblouir mon oncle par mes connaissances horticoles. Pour une fois que je pouvais me mettre en valeur. Je lui montrai d'abord les buddleias : ce végétal – communément appelé « arbre à papillons », tellement ces insectes aiment leurs épis floraux –, véritable envahisseur des terrains vagues, se répandait d'ailleurs aux quatre coins de la propriété, asphyxiant les jeunes pousses des arbustes alentour. Des genêts, incendiés par des gerbes de fleurs d'or, créaient un saisissant contraste avec le feuillage vert et lustré de massifs de buis. Des tilleuls et des châtaigniers, partiellement recépés deux ou trois ans auparavant, repartaient avec obstination à l'assaut du ciel. Des pieds de lierre violaient l'intimité de nombreux sureaux, mais rattrapaient cette offense en couvrant d'un voile pudique et charitable le désolant spectacle offert par les silhouettes décharnées des thuyas. Ces végétaux avaient presque tous rendu l'âme.

J'expliquai savamment à mon oncle que les modes de reproduction (en particulier le bouturage à grande échelle) étaient responsables de ce fait. Tonton Michel (mon maître en la matière), parlait également d'une « fragilisation due à l'appauvrissement du patrimoine génétique provoqué par une politique de monoculture intensive ». Et il parlait en connaissance de cause, le Tonton Michel... avec le patrimoine génétique dont il avait hérité.

Une formidable haie de noisetiers, l'un des arbustes les moins difficiles à vivre, surveillait, en l'entourant, l'exubérance de ce joli monde.

Au gré de nos observations – et de mes explications –, nous nous rapprochâmes d'une grosse mare alimentée par un drain en PVC sortant directement de la terre. Nous reconnûmes la mare aperçue à travers la fenêtre de la chambre de Maïté. Le drain salivait un mince filet d'eau que se disputaient moustiques, grenouilles et oiseaux en un incessant va-et-vient.

Après avoir jeté un regard rapide à la mare, nous reportâmes notre attention sur le parc se présentant devant nous.

« Tata Lucie n'était sans doute pas une femme d'intérieur, déclara Tonton Gus, mais elle détenait un don certain pour le jardinage... Un don et du goût, précisa-t-il. Et je me rends compte avec plaisir qu'en cette matière tu es également un chef, salua-t-il en me souriant. Je constate une fois de plus que la valeur n'attend pas le nombre des... centimètres. Pour ton âge, tu n'es guère grand, mais tu compenses en étant grand… de par tes connaissances ! J'espère que tu apprécies la nuance ?… »

Je l'appréciai tellement que je me jetai sur lui pour l'embrasser.

« Holà ! holà ! rit-il en me repoussant. Je ne suis pas habitué à ce genre de débordements passionnels, moi. Un peu de sérénité, jeune homme ! »

Et il me fixa d'un air faussement réprobateur.

« Arrête de te plaindre ! Tu vas pas me dire que Tatie Cynthia te fait jamais de papouilles ou de gouzi-gouzi ? » répliquai-je d'un ton moqueur. Je regrettai aussitôt ma remarque, car une onde ténue de tristesse coula dans ses yeux.

— Si, si, elle m'en fait... Ou plutôt, elle m'en a fait. Mais… cela remonte à pas mal de temps… Tu sais, Jules Renard a écrit : « Il n'y a pas d'amis, il n'y a que des moments d'amitié. » Pour le paraphraser, je dirai qu'il n'y a pas d'amour, mais des moments amoureux. Tragique quand on y pense, non ? Et pourtant je me demande chaque jour davantage si ce n'est pas la vérité. Il existe tellement d'exemples autour de nous. »

Il devait faire allusion à son couple, pensai-je. Ce qui expliquait cet inhabituel accès d'amertume.

« Et puis, il y a aussi les amours qui traversent votre vie et qu'on ne sait ou ne veut retenir. Parce qu'au fil des ans, on trace tous notre chemin et qu'il est dur à quitter. On hésite à sortir des sentiers battus. On a pris nos habitudes. Je me souviens d'une femme… elle s'appelait Doudie… J'y pense avec autant d'amour que de regret. Mais jamais avec le regret d'avoir aimé. Oui, je me souviens encore de ses « Je t'aime » qu'elle m'écrivait ou me disait avec la fièvre et la pureté de ceux qui ont tellement d'amour à brûler en eux… Et puis, ses abandons, tu sais, ses abandons… c'était quelque chose dans la vie d'un homme… »

Il se tut, les yeux noyés de mélancolie. Mais il n'avait pas besoin d'en dire davantage pour que je comprenne que la Tatie Cynthia, il regrettait de ne pas l'avoir balancée dans un fourré, au détour de son propre chemin, alors qu'il en avait encore la possibilité !

Ces confessions accentuèrent ma gêne et mon sentiment de culpabilité.

« Tu as du chagrin parce que tu te disputes souvent avec elle ?… ne pus-je m'empêcher de demander. Je suis sûr que ça va s'arranger. Regarde mes parents : ils se disputent parfois très fort et après ils s'aiment à nouveau. C'est la vie.

— T'as raison, c'est la vie, reprit-il en se forçant à sourire. Mais ton vieil oncle va quand même te donner un bon conseil pour le jour où une fille consentira à t'embrasser et à te faire des « papouilles », comme tu dis...

— Oh mais, c'est déjà arrivé ! annonçai-je fièrement.

— Eh bien, si ça recommence, fais attention, très attention, dit-il en me prenant par les épaules. Car, crois-en mon expérience, le destin d'un homme tient souvent à l'échange d'un baiser. Un baiser, ça paraît tout bête, mais qu'il soit donné, volé ou bien vendu, ce n'est jamais inoffensif. Il y a des baisers qui enchaînent pour la vie. Et au temps des baisers peut succéder celui des regrets, mais alors il est trop tard pour faire marche arrière... Trop tard. »

Je repensai en frissonnant au gros morceau de langue baveuse qu'une jeune amoureuse – à qui j'avais eu la faiblesse d'accorder un rendez-vous à la sortie du lycée – avait enfourné avec frénésie dans ma bouche. Celle-là, en tout cas, elle était pas près de m'enchaîner !

Nous en étions là de nos considérations philosophiques et sentimentales quand mon père et Tonton Émile apparurent à l'angle de la maison. Mains dans les poches, mines renfrognées, les nouvelles qu'ils apportaient devaient être à l'unisson de leur attitude : tristes.

« *J'en fais quatre dans l'ordre et cent dans le désordre*. Avec ça, on est pas sortis de l'auberge ! » fulmina mon père en résumant l'avis général.

Le petit groupe que nous formions s'était rassemblé auprès de la mare, et les commentaires allaient bon train. Commentaires qu'orienta à sa façon Tonton Michel quand, après s'être « ressourcé », il nous rejoignit à son tour.

« Il est vrai que, cette fois, l'énigme semble totalement aberrante, déclara-t-il en nous confiant le résultat de sa "méditation". Je vois mal une pierre se diviser en quatre dans un certain ordre pour constituer ensuite un ensemble de cent éléments dans un ordre différent. Même en m'élevant à un plan de conscience supérieur, comme je viens de le faire sous la tente, je ne vois toujours pas... À moins qu'il ne faille plus considérer la turquoise en tant que matière, mais plutôt en tant qu'entité douée de vie propre ; ce qui pourrait expliquer dans ce cas une possible dissociation. »

Je lus dans le regard navré de ses frères que la seule dissociation visible en cet instant était celle de son esprit.

« C'est bien beau toutes ces… théories (Tonton Émile faillit dire "conneries"), mais on n'est pas plus avancés.

— Et toi, l'intellectuel ? lança mon père en interpellant Tonton Gus. On t'entend pas beaucoup... C'est pas le moment de rêvasser !

— Je ne rêvasse pas, je réfléchissais… Je crois qu'il serait envisageable et même judicieux de changer le sujet de la phrase se rapportant à la seconde énigme.

— J'avoue que je te suis pas trop bien », soupira Tonton Émile.

Celui-là, à force de se laisser distancer, on finirait par le perdre de vue.

« C'est simple, expliqua lentement Tonton Gus. S'il est à présent avéré que le sujet de la première définition était bien la turquoise, il n'est pas du tout évident que le pronom « je » serve à définir cette pierre dans la seconde définition. Il peut très bien s'agir de tout autre chose. Pour reprendre l'expression de Michel, l'idée qu'une pierre puisse en faire quatre dans l'ordre et cent dans le désordre me semble totalement aberrante. Je vous le dis : il faut changer le sujet...

— Mais alors, si on cherche plus la turquoise, on s'écarte de notre problème, objecta Tonton Michel.

— Pas nécessairement... La turquoise peut… ou plutôt doit avoir un lien direct avec quelque chose correspondant à l'énigme que je viens de citer. Je résume pour clarifier : il nous faut chercher un objet, un lieu, ou n'importe quoi d'autre qui puisse correspondre à cette définition.

— Bon, alors, si j'ai bien compris, on cherche plus la pierre ? commenta Tonton Émile en grimaçant (sûrement à cause de la douleur qu'il infligeait à ses méninges surchauffées).

— Mais quel abruti ! explosa mon père. On t'explique que, pour trouver la turquoise, il faut d'abord chercher un truc qui soit directement en rapport avec le message inscrit sur le papier ! Un truc qui en fait quatre dans l'ordre et cent dans le désordre ! C'est pas compliqué, quand même ! »

Tonton Émile ne voulut pas passer pour ce qu'il était souvent – un abruti – et acquiesça énergiquement de la tête :

« À présent, tout est clair... Y a pas photo ! »

Je faillis répliquer qu'en y réfléchissant bien, mon père et mes oncles formaient un groupe de quatre frères qui devaient – chacun à tour de rôle – débiter au moins cent âneries dans la journée ! Dans l'ordre ou dans le désordre. Mais, vu les circonstances, je préférai taire cette plaisanterie, car mon entourage ne l'aurait certainement pas appréciée à sa juste valeur.

« À table, les hommes ! On mange ! »

Nous aperçûmes la silhouette de Tatie Nathalie qui nous adressait de grands signes avec ses bras, près de la maison. J'en conclus que mon père et mes oncles avaient dû se faire pardonner.

« Alors, ça avance ?... hurla-t-elle.

— Tu parles si ça avance ! rumina Tonton Michel.

— Au cul mon canard, ouais ! ajouta mon père.

— Au cul mon canard, la chemise colle ! » compléta Tonton Émile pour préciser la « pensée » de son frère.

Mais personne n'eut le cœur à rire à cette rituelle boutade que mon père avait ramenée d'un banquet et que Tonton Émile avait « enrichie » d'une façon très personnelle, il faut l'avouer.

Nous regagnâmes la maison à pas pesants, jetant des yeux inquisiteurs tout autour de nous. Les sauterelles et les criquets, indifférents à nos problèmes, bondissaient entre nos jambes en des myriades de ressorts vivants. Ils s'enfuyaient en tous sens au fur et à mesure que nous avancions, établissant une métaphore frappante avec la résolution de notre affaire : plus nous croyions approcher du but et plus il se dérobait devant nos efforts.

Je vis soudain Tonton Émile écraser d'un coup de pied rageur un de ces malheureux insectes, mais cette fois je refusai de pousser plus loin ma comparaison : on n'écrase pas un rêve.

Nous dûmes admettre que les femmes s'étaient beaucoup mieux débrouillées que nous. La soldatesque n'était pas à la hauteur de l'intendance.

La cuisine avait été nettoyée de fond en comble : plus de poussière, de déchets épars, de toiles d'araignées au plafond ni de taches de graisse et autres saletés sur la table. Le frigidaire avait récupéré une partie de son éclat d'origine. Une odeur piquante de Javel flottait encore dans la pièce.

Ces dames avaient également enlevé les cendres et raclé la suie des plaques de fonte de notre premier chemin de croix : la cheminée. Et elles avaient accompli bien d'autres travaux qu'un œil d'homme ne sait pas relever.

Laissez un homme marié, seul dans sa maison pendant quinze jours : à son retour, sa femme retrouvera ce qu'elle nommera une « bauge » alors que l'homme, lui, n'aura rien remarqué d'inhabituel dans les lieux.

Je vis avec plaisir des rubans tue-mouches pendre du plafond. Beaucoup de gens n'aiment pas ces longues chevelures gluantes : ils ont tort.

Outre le fait que ces insecticides naturels ne répandent pas de produits chimiques dans l'atmosphère comme les bombes aérosols, ils piègent les mouches de telle sorte qu'elles ne vont pas rendre l'âme aux quatre coins de la maison...

Et souvent dans les assiettes et les plats lors des dîners. En plus, ces rubans offraient, à l'adolescent que j'étais à l'époque, l'irremplaçable et délectable spectacle de la capture.

J'adorais les entendre vrombir, en pleine surchauffe à force de vouloir s'échapper de ce piège. Il m'arrivait parfois de libérer une mouche : je la prenais délicatement par les ailes et la décollais soigneusement pour ne pas lui arracher quelque patte. Ne croyez pas à une quelconque mansuétude de ma part, oh non ! Car j'allais aussitôt déposer l'infortunée bestiole sur une toile d'araignée repérée dans les environs.

Quelle joie en voyant la propriétaire des lieux bondir avec vélocité hors de sa tanière et se ruer sur sa proie en tricotant avec ses pattes ! Évidemment, il fallait que la mouche soit encore assez alerte pour prévenir l'araignée de son intrusion. Ce qui expliquait que je prenne autant soin de mes offrandes. Il ne viendrait à l'idée de personne d'offrir un cadeau en mauvais état, n'est-ce pas ? Sans compter le spectacle gâché.

Un véritable service de table disposé avec goût remplaçait celui en carton et plastique, mais ce qui retint d'abord et surtout notre attention furent les généreuses et odorantes parts de pizza trônant sur cette même table.

« Et voilà le travail ! commenta ma mère en désignant de la main l'ensemble de la cuisine. On a fait le ménage, les courses et on a acheté des pizzas, car nous n'avions pas le temps de préparer autre chose…

— Elles sont à quoi ? demanda aussitôt Tonton Émile.

— Il y a de quoi satisfaire tous les palais, répondit Tatie Nathalie... Même les plus délicats. »

De ce côté-là, pas de problème à craindre avec les estomacs des messieurs qui, hormis les préparations macrobiotiques de Tatie Agnès, pouvaient digérer n'importe quelle nourriture.

« Et puis si ça va pas, ce sera pareil ! maugréa Tatie Cynthia. Parce qu'on s'est pas tapé des heures de nettoyage et de mauvaises routes pour entendre vos jérémiades, n'est-ce pas, mesdames ? »

Inutile de vous dire qu'elle fut vigoureusement approuvée.

L'irruption de Valérie et de la Peste dans la cuisine vint interrompre cette discussion qui aurait pu devenir houleuse.

« C'est gentil de nous avoir attendues ! » s'indigna Valérie en voyant les parts de pizzas fondre comme « Émile au soleil » selon une de mes expressions. Car mon oncle, dès qu'il s'exposait à l'astre solaire, suait aussitôt à grandes eaux. Cette particularité physique ne présentait pas que des inconvénients, car elle lui donnait bonne conscience avant d'ingurgiter de multiples canettes de bière. « Il faut bien que je me réhydrate ! » expliquait-il.

« Il n'en reste presque plus ! s'indigna la Peste à son tour.

— Vous n'aviez qu'à arriver quand on vous a appelées, maugréa Tatie Cynthia. Où étiez-vous ?... »

Valérie s'empara d'un bout de pizza qu'elle dévora, debout, à pleines dents.

« Nous sommes allées nous promener sur le chemin qui mène à la maison... C'était très chouette, commenta-t-elle entre deux bouchées.

— Ouais, c'est vrai ! répondit en écho la Peste, la bouche dégoulinant de sauce tomate... Et on a même vu un lièvre détaler devant nous ! Et un gros avec une queue toute blanche !

— Un lièvre ? s'exclama Tonton Émile. Tu as vu un lièvre, ma chérie ?… Mais où ça ?... »

Le citadin n'avait pas oublié ses instincts de chasseur.

« Juste après le tournant, répondit-elle toute fière. Et même qu'il a eu très peur de moi et qu'il s'est enfui à toute vitesse dans la haie ! »

Pardi ! l'instinct des animaux, ça les trompe pas !

« Et si on faisait le point sur nos observations avant d'élaborer le plan de travail de la journée ? entama mon père. Je sais pas pourquoi, mais je sens qu'on va bientôt palper les sousous à Tata ! » Visiblement, le moral était de retour.

Un sourire se dessina enfin sur tous les visages. L'attrait de l'argent peut apaiser bien des disputes... ou les exacerber, selon les circonstances.

« Pour commencer, annonça-t-il avec force, faisons table rase de nos dissensions !

— Allons de l'avant ! lança Tatie Cynthia.

— Ne nous égarons pas sur un mauvais chemin ! compléta Tatie Agnès. Gardons l'esprit clair et lucide ! »

On se serait cru à une conférence de cadres dynamiques.

« Ouais, c'est ça ! » termina sans panache Tonton Émile.

Lui, il était pas encore au niveau management.

« Nous n'avons rien découvert ce matin, assena mon père, mais, soyez-en sûr, on trouvera cette turquoise même si on doit retourner la propriété de fond en comble !

— Bravo ! s'écria Tonton Émile (toujours partisan des solutions radicales). Y a qu'à tout foutre en l'air !

— C'est que, justement, il ne s'agit pas de « tout foutre en l'air », tempéra Tonton Gus. Autant pour la résolution de l'énigme que pour les recherches, il va nous falloir user de finesse, de doigté, de prudence...

— Moi, je suis d'accord avec papa et Tonton Bernard ! lança Caroline. Il faut tout casser ! Moi, elle me plaît pas cette maison : elle sent le moisi et puis c'est plein de poussière et c'est moche ! Faut la casser ! Faut la casser ! » scanda-t-elle en battant des mains.

Son père se leva d'un bond et prit ce petit « Attila » en jupons dans ses bras :

« Je crois qu'il nous reste plus qu'à suivre les ordres de notre commandant en chef ! s'extasia-t-il... La vérité ne sort-elle pas de la bouche des enfants ?... »

Caroline, qui n'appréciait guère ces épanchements excessifs de tendresse, se mit à se débattre en criant :

« Mais lâche-moi, tu me fais mal, gros imbécile ! »

Tonton Émile l'avait bien dit : « La vérité sort de la bouche des enfants. » Pour cette fois, et cette fois seulement, je ne pus qu'approuver.

« L'imbécile », penaud, dut lâcher sa fille qui partit se réfugier en riant dans les bras de Valérie ; comme je m'y attendais, on ne réprimanda pas la Peste pour son écart de langage, mais au contraire on la félicita pour son espièglerie. Patience : dans quelques années, je savais que j'aurais ma revanche... quand l'espiègle gamine aurait fait place à l'insupportable adolescente. Évidemment, pour profiter de ma revanche, il me fallait encore attendre longtemps. Mais la vengeance est un plat qui se mange froid et, en ce qui me concernait, j'étais prêt à manger du surgelé.

Après ce court « divertissement », on revint vite à des choses plus vitales.

« Alors on est d'accord, reprit mon père. On va d'abord nettoyer et débroussailler le terrain, on y verra plus clair que dans la forêt vierge actuelle. Et puis, qui sait si en défrichant nous ne défricherons pas cette satanée énigme ?…

— Le seul problème, objecta Tonton Émile, c'est qu'on a pas d'outils pour travailler. On a même pas une faux : à se demander comment la vieille, elle entretenait sa propriété… »

C'est simple, elle ne l'entretenait pas : il suffisait de regarder.

« Y a qu'à demander au maire, suggéra mon père. Comment il s'appelle déjà ? Ah oui, Monsieur

Murou. Il nous a proposé ses services, alors profitons-en. J'ai aperçu une cabine téléphonique avant d'arriver à l'église. On demande son numéro aux renseignements et le tour est joué. Je me chargerai personnellement de négocier le prix de la location des outils.

— Pourquoi le payer pour un service qu'il nous offre ? s'étonna Tonton Émile.

— Parce que je ne veux être redevable de rien envers quiconque, précisa mon père... J'ai pas l'habitude d'être assisté ni de me faire servir. »

Ses frères approuvèrent en chœur cette décision ; malheureusement, la portée de ces nobles paroles trouva ses limites quand sonna l'heure de débarrasser la table et de faire la vaisselle.

Les hommes se levèrent dans un bel ensemble et sortirent en catimini de la cuisine, laissant les dames s'occuper des basses tâches ménagères.

Il est vrai que les actes cocufient souvent les paroles.

8

Aussitôt levés de table, mon père et Tonton Émile s'étaient précipités sur la cabine téléphonique tels des indigents affamés sur un sac de riz. Ils étaient revenus vingt minutes plus tard en arborant un sourire triomphant : M. Murou avait tout de suite accepté de prêter le matériel nécessaire.

Il avait même poussé l'amabilité jusqu'à nous le livrer avec sa fourgonnette dans la soirée. Quand mon père avait évoqué le prix de la location, le brave homme avait farouchement refusé d'être payé.

« On ne se fait pas payer pour une gentillesse, avait-il clamé au téléphone, ou alors ce n'est plus une gentillesse ! »

Mais mon père, refusant absolument d'être « assisté » et soucieux de ne pas blesser l'amour-propre de M. Murou, avait proposé à ses frères de lui offrir en compensation quelques bonnes bouteilles de vin qu'ils iraient acheter à Madiran – fief du vin éponyme – et du Pacherenc qui, dixit mon père (fin connaisseur en œnologie), accompagnait admirablement desserts et foie gras.

Proposition chaudement approuvée. Du coup, les hommes – excepté Tonton Gus qui avait préféré rester au domaine pour « entamer la réflexion nécessaire à la résolution de l'énigme » – étaient partis en début d'après-midi. Avant de monter dans la voiture de mon père, Tonton Émile avait déclaré :

« Vaut mieux que ce soit nous, les hommes, qui allions acheter le pinard, car les bonnes femmes, elles y connaissent rien ! »

Bonne excuse pour goûter en paix la production viticole régionale.

En conséquence, tout le monde avait quartier libre pour la journée. Tatie Cynthia, elle, n'avait évidemment pas attendu l'autorisation de ces messieurs pour se préparer à aller au lac de Cadillon : lac dont on nous avait parlé à Pau.

Et à peine les hommes avaient-ils quitté la propriété qu'elle sortait de sa caravane avec parasol, sac de plage, lunettes de soleil et short au ras des fesses qui provoqua un certain trouble chez ma mère et Tatie Nathalie ainsi que chez moi, mais pour des raisons différentes.

Tatie Agnès et Caroline décidèrent aussitôt de l'accompagner. Si j'avais eu quelque envie d'aller avec elles malgré l'appréhension des brûlures du soleil et le fait de devoir dévoiler mon anatomie, l'idée d'avoir à supporter la Peste sur la plage pendant tout un après-midi chassa en moi tout regret.

Je m'attendais à ce que Valérie saute de joie à l'idée de se baigner, mais quand on lui proposa de l'emmener elle haussa les épaules en disant :

« Désolée, pas aujourd'hui : Joseph et moi, on a mieux à faire ! »

Et elle se dirigea vers l'arrière de la caravane ; intrigué, je la suivis et vis qu'elle détachait les sangles de deux vélos épinglés tels de gros insectes métalliques sur la carrosserie.

« J'ai pensé qu'il serait plus sympa de se balader à vélo, expliqua-t-elle. Et puis, après ces heures de discussions, je préfère me dégourdir les jambes plutôt que de rester allongée à rôtir en plein soleil. Doit y avoir des balades cool à faire dans les environs ; en venant, j'ai repéré les balises blanches et rouges des chemins de grande randonnée... Y a plus qu'à les suivre. »

Je lui aurais baisé les pieds : non seulement je n'avais pas d'excuses à fournir pour m'éviter la corvée de la plage, mais en plus j'allais m'aventurer dans la campagne en sa seule compagnie ! Elle pointa un doigt sur son front et précisa :

« Faudra pas rouler trop vite, hein ? Car ici, y a pas marqué Laurent Fignon. J'ai pas l'intention de cavaler après toi comme une folle : je suis en vacances pour me reposer. »

Je lui jurai de rouler lentement, de la laisser me ridiculiser dans les montées, de me tenir toujours derrière elle, de devenir l'ombre de son vélo. Et j'en oublie.

Elle éclata de rire en achevant de décrocher le premier vélo :

« Bon, ça va, je te fais confiance ! Tu vas voir... (et elle manœuvra d'une main experte le levier de vitesse) avec ce genre de bécanes, on parcourt des kilomètres sans s'en apercevoir. Et je te parle même pas du confort de la selle ! »

Tant mieux, mon maigre postérieur n'en serait que plus reconnaissant.

« T'as besoin d'un coup de main ? demanda Tonton Gus en nous rejoignant en compagnie du restant de la famille.

— Ça ira, assura-t-elle en détachant les sangles du second vélo. Bientôt, nous serons parés pour l'aventure.

— Faites attention sur ces départementales, observa ma mère avec inquiétude. Restez bien à droite et respectez la signalisation.. »

Question signalisation, à part les bouses de vaches indiquant : « Passage de troupeaux » ou les aboiements lointains de chiens prévenant : « Attention, animal irascible ! », je n'avais rien aperçu d'autre. Stops et feux rouges n'alimentaient pas encore les carnets de contravention des gendarmes locaux.

« Je suis sûre qu'ils vont se débrouiller ! lâcha Tatie Cynthia avec impatience. Bon, tout le monde est prêt... alors go ! »

Elle prit d'autorité la main de Caroline et poussa en avant Tatie Agnès. Au moment de monter dans la voiture, elle se tourna vers ses belles-sœurs et demanda :

« Vous ne voulez vraiment pas nous accompagner ?... »

Ma mère et Tatie Nathalie refusèrent énergiquement.

« On va quand même pas laisser Gustave tout seul », expliqua ma mère.

Tatie Cynthia haussa les épaules – visiblement, cela ne lui posait pas de cas de conscience –, jeta un regard exaspéré à son mari et maugréa, en montant dans l'automobile :

« À votre aise : si vous préférez perdre votre journée avec lui... »

Le moteur rugit quand elle démarra, puis, après les ultimes baisers et recommandations adressées par Tatie Nathalie à Caroline, le véhicule s'éloigna à vive allure. Dès qu'il eut disparu au premier tournant, Tonton Gus se tourna vers nous et soupira :

« Bon, eh bien, je crois qu'il ne me reste plus qu'à poursuivre la mission que je me suis impartie... réfléchir sur cette énigme.

— Pendant ce temps, annonça ma mère, Nathalie et moi laverons un peu de linge à la main... Il faut bien qu'il y en ait quelques-uns qui se rendent utiles. »

Valérie m'adressa un signe de la main explicite : il valait mieux partir avant que l'on ne nous trouve une quelconque occupation. Je me saisis du vélo qu'elle venait de libérer de ses attaches, l'enfourchai d'un bond et hurlai en pédalant comme un fou :

« Qui m'aime me suive !... »

Je ne sais si c'est l'amour ou le désir d'échapper à la pression familiale, mais, en quelques tours de roues, Valérie m'avait vite dépassé. Nous étions déjà bien engagés sur la route quand nous entendîmes ma mère nous crier :

« Et ne rentrez pas trop tard ! »

Courbés sur nos montures d'acier, nous lui jurâmes, en hurlant à notre tour, que nous suivrions ses conseils... à condition de nous en souvenir.

Si une image de ces vacances doit rester gravée dans ma mémoire, c'est bien celle de ma cousine pédalant devant moi. Comme promis, je restais humblement à distance de sa roue arrière et, avec délectation, l'écoutais parler en tentant de capter les effluves du parfum dont elle s'était imprégnée. Je m'enivrais de cette troublante odeur tout en contemplant les courbes sensuelles qui se profilaient devant moi (le vélo a cette merveilleuse faculté de magnifier les courbes de la femme). Je ne pus que le constater à nouveau : ma cousine avait bien changé. La chair s'était épanouie, faisant déborder de la selle un adorable postérieur qui chaloupait au gré des tours du pédalier.

Tout à ces images érotiques, je finis par ne plus prêter attention à ce que cette charmante créature gazouillait à mes côtés.

Je n'aurais même pas su dire le chemin que nous venions d'emprunter ni la distance que nous avions parcourue : envoûté par l'harmonie de ses formes, je suivais ma sirène. Quand elle me parlait, je me contentais de répondre laconiquement des « C'est super » passe-partout. Mais à un moment donné elle s'arrêta net, mit pied à terre et lâcha avec mauvaise humeur :

« Je te demande si on prend la direction du lac de Cadillon ou bien si on continue tout droit et toi tu me réponds : "C'est super !"… Tu m'écoutes pas ou quoi ?… »

Gêné, je me sentis rougir jusqu'aux oreilles et même un peu plus loin. Je réussis néanmoins à me reprendre et, après m'être excusé pour ma distraction, je lui dis que je la laissais seule juge de notre itinéraire. En vérité, cela m'était bien égal à partir du moment où je pouvais continuer à la dévorer des yeux.

Après une seconde d'hésitation devant les panneaux indicateurs, elle prit en direction du lac. Elle recommença bientôt à gazouiller de choses et d'autres, et moi je retombai dans mes suaves rêveries. Nous avions quitté le bitume pour suivre un chemin de randonnée et nous nous enfoncions dans d'étroits et mystérieux sentiers bordés d'arbustes effrontés dont les plus basses branches s'accrochaient à nos torses, nous faisant crier de joie ou de douleur selon l'intensité de leur audace. Je suivais Valérie sans réfléchir, m'enfonçant tête baissée dans des passages délicats.

La voir ainsi se couler avec gracilité à travers les branches qui lui barraient parfois le passage évoqua en moi l'image de Blanche-Neige s'enfuyant dans la forêt. Je me mis à sourire en imaginant ma famille sous les traits des divers personnages de ce fabuleux dessin animé. Le premier et le plus beau (du moins au niveau graphique) de tous les longs métrages de Walt Disney.

Dans le rôle de l'horrible sorcière : Tata Lucie, évidemment. Elle le méritait bien ! Quoique ce rôle ait également pu convenir à Tatie Cynthia... Sa beauté ne dissimulait-elle pas une âme de mégère ? Les nains se partageaient ainsi : mon père... Grincheux (cela coulait de source). Tonton Gus... Prof (pas de discussion possible, là non plus). Tonton Émile... Simplet (y a pas photo, comme il disait si bien). Tonton Michel... Dormeur (fallait le voir méditer en plein soleil sur sa peau de mouton). Il manquait trois nains pour compléter le tableau, mais je ne disposais que de mon père et de ses trois frères, alors... Caroline, elle, je la voyais bien représenter la pomme empoisonnée (celle-là, y avait longtemps qu'elle me restait en travers de la gorge). Tatie Agnès... une petite souris vu qu'elle mangeait autant qu'un de ces rongeurs en pleine crise d'anorexie (la cuisine macrobiotique n'autorise aucun excès). Ma mère et Tatie Nathalie ne pouvaient être dans mon esprit que de gentilles biches, de gentilles mésanges ou bien encore de gentilles lapines. Enfin, quelque chose de gentil... Voire, gentillet.

Quant à moi, je me voyais aisément interpréter le personnage du prince charmant qui réveille sa belle en lui collant un chaste baiser. Un baiser d'ailleurs tellement chaste à l'écran, qu'il semblait impossible qu'il puisse sortir Blanche-Neige de son profond sommeil. Seule une haleine épouvantable pouvait raisonnablement expliquer ce miracle.

Le « prince charmant » aurait mieux fait de regarder où il roulait, car soudain sa monture vint lamentablement buter contre un gros caillou, ce qui altéra fâcheusement sa superbe.

Après avoir accompli une remarquable cabriole, je me retrouvai étalé au milieu de fougères, le vélo gisant à mes côtés. Ma dulcinée ne se montra guère charitable, car, au lieu de s'enquérir de mes éventuelles blessures, elle s'esclaffa en découvrant l'accroc que présentait mon pantalon au niveau de mon genou droit. Non seulement j'étais blessé dans ma dignité, mais en plus je venais d'abîmer l'un de mes pantalons préférés.

Un de ceux que j'avais réussi jusque-là à sauver des mains sacrilèges de ma mère qui s'entêtait à vouloir les jeter à la poubelle. Le pire est que je n'avais pu emporter que deux paires de velours, car ma mère, profitant d'une super-promo sur le catalogue été de la Redoute, avait commandé une demi-douzaine de shorts et elle comptait fermement me les voir porter pendant ces vacances. Plutôt mourir !… J'aurais peut-être accepté un compromis avec des bermudas qui, eux, descendent jusqu'aux genoux, mais enfiler un short, ça, jamais !

Je me relevai en frottant ma jambe endolorie.

« Pas trop de bobos ? s'enquit Valérie en reprenant son sérieux. Oh là là ! mon vieux, ce gadin !… mais quel gadin ! J'en ai rarement vu d'aussi spectaculaire ! J'ai eu de la chance, je me suis retournée juste au moment où tu t'es planté. »

J'étais bien content pour elle. Dans ma honte, je trouvai néanmoins le moyen de redorer mon pauvre blason :

« Bah, c'est rien, penses-tu ! J'ai connu bien pire et puis... »

Je tapai sur mes cuisses en réprimant une grimace de douleur :

« Je suis solide ! »

Peu après cette mésaventure, alors que nous venions de quitter un bosquet agréablement ombragé, je me rendis compte avec effroi que j'avais oublié, avant de partir, d'enduire les parties exposées de mon corps d'huile solaire indice maximum, protection totale, anti-UVA, UVB, UVC et autres rayonnements anti-pauvre-de-moi. Ce soir, j'étais bon pour participer au concours du plus beau homard.

Toujours plongé dans mes sombres pensées, nous commençâmes à longer le versant d'une colline hérissée de chênes rabougris, de châtaigniers qui se poussaient du coude, de cornouillers sanguins – nommés ainsi à cause de leurs branches rouge sang (j'en profitai pour étaler mes connaissances) –, d'arbousiers au feuillage lustré d'un magnifique vert foncé – et qui donnent en octobre des fruits comestibles ressemblant aux fraises sans toutefois en posséder l'incomparable saveur –, sans oublier les érables dont les graines – les samares – font la joie des enfants quand elles tombent en tournoyant à la façon de pales d'hélicoptères.

Cette végétation obstinée et courageuse avait prospéré sur la colline et dissimulé jusque-là une vallée qui s'étirait à présent sous nos yeux. Nous aperçûmes le miroir luisant d'un petit lac artificiel s'étaler sur notre gauche.

Étourdis par la magie des chemins de traverses de notre promenade, nous venions d'effectuer un périple de plusieurs kilomètres sans nous en rendre compte.

Valérie désigna un nouveau panneau avec l'indication *Lac de Cadillon – 800 mètres* cloué sur un chêne.

« On descend, annonça-t-elle. On va essayer de rejoindre maman et les autres. »

Retrouver la Peste ? Voilà une promenade qui s'achevait bien mal ! J'objectai en soupirant qu'il nous faudrait ensuite remonter toute la colline.

« Ça va pas, non ? répondit-elle en essuyant son front. On aura qu'à démonter nos vélos et rentrer avec elles. »

Évidemment, il y avait du bon dans sa proposition, car mes pauvres muscles, peu habitués aux exercices physiques prolongés, commençaient à me faire souffrir. Je me permis donc le luxe de mentir héroïquement :

« J'aurais bien encore roulé pendant des heures, mais t'as raison : puisqu'on est là, autant visiter ce lac. »

Et je me lançai avec fougue sur le chemin qui descendait (par bonheur) en direction du lac. Je me fis penser à cet instant à ces chiens qui aboient et qui montrent leur courage devant des inconnus quand ils se savent à l'abri de toutes représailles derrière le portail de leur propriété. La selle au confort sommaire et les amortisseurs indigents de mon vélo n'avaient guère épargné mon postérieur naturellement peu rembourré.

Heureusement, mon calvaire touchait à sa fin, car nous arrivâmes bientôt à la lisière du lac.

En fait, il s'agissait de deux lacs se succédant. Le plus grand, aménagé pour la promenade, la pêche et l'irrigation, alimentait en contrebas un second lac artificiel. Ce dernier arborait une auréole de peupliers et de saules dont les ombres rafraîchissaient les visiteurs que nous apercevions au loin. Plusieurs groupes de jeunes discutaient sur l'herbe, à l'ombre des peupliers, en écoutant de la musique sur leur *sound-machine*, tandis que des mères inquiètes surveillaient les gestes maladroits de leur progéniture en train de faire les têtards dans le périmètre où l'on avait pied.

Nous venions de descendre de nos vélos et nous nous tenions devant une guérite en bois. Une imposante pancarte plastifiée annonçait les tarifs. Nous n'avions évidemment pas pensé une minute que l'entrée puisse être payante.

Épuisé comme je l'étais, je me voyais mal accomplir en sens inverse notre périple. Nous dûmes parlementer avec les jeunes filles du péage, leur expliquer notre situation et leur promettre que nous retournerions les payer dès que nous aurions retrouvé notre famille.

Elles nous accordèrent admirablement leur confiance, mais insistèrent pour que nous laissions nos vélos sur place afin qu'elles puissent les surveiller... Il y a tellement de gens malhonnêtes.

Après les avoir remerciées pour leur conscience professionnelle, nous passâmes une clôture grillagée qui longeait le lac sur tout son périmètre.

Les nombreux arbres plantés un peu partout laissaient supposer que ces lieux devaient être très agréables quand les premiers vents d'automne chassaient les nuages de touristes.

Nous marchions à présent le long de la plage et fouillions du regard la masse des chairs offertes au rayonnement assassin du soleil. Encore un faux ami, celui-là : il vous réchauffe au printemps pour mieux vous brûler en été. Détestant le contact huileux des crèmes solaires (bonjour les cochonneries qui s'y collaient), j'avais décidé une fois pour toutes de ne plus exposer ma délicate peau à ce pyromane dermique.

Je craignis un instant que mes tantes ne soient parties avant notre arrivée et j'allais instruire Valérie de mes craintes, quand soudain un objet percuta violemment – accompagné d'une douche d'eau froide – ma figure. Le choc me jeta à terre ; à moitié étourdi, je portai la main à mes lèvres qui saignaient.

L'objet du délit – un seau en plastique – gisait à mes pieds. Je me relevai en chancelant pour découvrir la face réjouie de la Peste qui se tordait de rire en face de moi. Damnation !

Valérie s'était précipitée vers moi et était en train de tancer sa cousine tout en essuyant avec un mouchoir l'eau et le sang qui dégoulinaient sur mon menton.

« Ça va pas, non ? lança-t-elle au monstre. Tu aurais pu le blesser !… »

Je voulus rétorquer, malgré la douleur de mes lèvres tuméfiées, qu'elle m'avait... réellement blessé, mais le petit monstre ne m'en laissa pas l'opportunité :

« C'est pas ma faute ! geignit-elle. Le seau m'a échappé ! (Quel culot !) Et puis, cet imbécile a bougé sinon j'atteignais que son dos ! Moi, je voulais simplement l'arroser ! (Bientôt, ça allait être de ma faute.) Et puis, il veut jamais jouer avec moi : ça m'énerve ! »

Je l'avais remarqué. Mais, n'ayant pas un comportement sado-masochiste, je ne comptais pas inverser la tendance.

« Enfin, c'est pas grave, conclut Valérie en rangeant le mouchoir parfumé qu'elle avait sorti de son short moulant. (Décidément, celui-ci contenait bien des trésors.) Les hommes, ça supporte la douleur, pas vrai ? »

Je lui rendis un sourire forcé... mais comment me plaindre après une telle argumentation ?

« Tu vois, il a rien, bougonna la Peste. C'était pas la peine de me gronder ! »

Et elle partit en courant rejoindre Tatie Agnès que nous aperçûmes au loin en train de « sécher » sur un bout de plage.

Notre tante était étendue, bras et jambes en croix, adoptant sa méthode de cuisson préférée sur le sable brûlant. Fait incroyable, elle ne transpirait nullement. Heureusement pour elle, car sinon elle aurait couru droit à la momification. Ses yeux étaient grands ouverts et fixaient avec béatitude le ciel au-dessus d'eux.

Qu'ils en profitent, pensai-je, *parce que dans quelques années, leur imprudente propriétaire était bonne pour une double opération de la cataracte.*

Notre tante mit un certain temps à sortir de sa contemplation et plus encore à nous reconnaître alors que nous lui parlions.

« Excusez-moi, les enfants, répondit-elle enfin en lâchant un soupir extasié, mais… mes sens étaient tellement imprégnés par le feu nourricier du soleil que j'ai eu du mal à regagner cette réalité... »

À mon avis, « l'imprégnation » n'avait pas uniquement affecté ses sens.

« Mais où est donc maman ? demanda Valérie en regardant autour d'elle.

— Elle avait soif et elle est allée se désaltérer à la buvette juste avant que vous n'arriviez. Elle n'est pas encore prête à entrer en osmose totale avec le soleil, si vous voyez ce que je veux dire ?… »

On répondit à cette vieille peau que nous comprenions parfaitement, puis nous partîmes à la rencontre de Tatie Cynthia flanqués de Caroline qui, bien sûr, avait justement soif, faim, envie de faire pipi et de jouer à la balançoire pour se rompre le cou... (Ah non, là, c'est moi qui fantasmais.)

Nous trouvâmes Tatie Cynthia installée à une table, non loin de la buvette, en conversation animée avec un homme que mon esprit eut du mal à reconnaître sur l'instant.

Un polo orange et largement échancré au niveau du col – dévoilant un torse bronzé et musclé –, un maillot de bain très sexy, un pied posé avec nonchalance sur une chaise en face de lui, M. Lafarge... Me Lafarge offrait davantage de lui l'image d'un playboy en quête d'aventures que celle d'un respectable notable.

Il devait faire assaut de spiritualité, car Tatie Cynthia ne cessait d'éclater de rire en le couvant du regard. Notre arrivée (intrusion ?) sembla mettre un frein à sa gaieté.

« Oh les enfants ! s'exclama-t-elle en nous apercevant. Je ne m'attendais pas à vous voir ici ! »

On s'en serait douté à l'ombre de contrariété qui s'était dessinée sur son visage. Elle désigna d'un geste élégant l'homme à ses côtés et dit :

« Vous reconnaissez Maître Lafarge, n'est-ce pas ? Figurez-vous que, par un hasard incroyable, il est cogestionnaire du lac. Non content de nous faire profiter de ses précieux conseils en tant que notaire, voilà qu'il nous couvre de ses largesses. »

Et ce disant, elle pointa vers nous un verre rempli à ras bord d'un cocktail de jus de fruits.

« Mais c'est tout naturel, se défendit avec vigueur le bellâtre, c'est un tel plaisir pour moi que de rencontrer des gens un peu plus... enfin un peu moins...

— Un peu plus, disons... mondains que ceux que vous côtoyez dans la région, termina-t-elle gravement. Décidément, la province n'est vivable que dans les grandes villes. »

Pour ma tante, toute agglomération de moins de cinquante mille habitants était synonyme de réserve africaine.

« Il faut y être né, admit-il en portant son verre aux lèvres. Oh mais j'y pense ! s'exclama-t-il en le reposant. Peut-être que les enfants aimeraient faire un tour de pédalo ou bien de vélo aquatique ? N'hésitez pas, c'est la maison qui invite…

— Chouette ! s'écria Caroline, j'adore le pédalo !

— C'est chic de votre part, ajouta Valérie en lui adressant un large sourire.

— Vous les gâtez trop, roucoula sa mère... Je ne sais si je puis accepter...

— Mais je vous en prie, assura le bellâtre en se levant de son siège, tout le plaisir est pour moi. (Il commençait à m'énerver, celui-là, avec ses airs de grand prince.) Et puis que les enfants aillent se servir au bar s'ils ont soif... » Il adressa un signe de la main à l'un des employés. « Les consommations sont également pour moi. Mais vous m'excuserez, car il est temps que je vous quitte. J'ai tellement de travail entre mon étude et la gestion de ce centre de loisirs.

— J'espère que nous aurons le plaisir de nous revoir… roucoula à nouveau Tatie Cynthia. Autrement que professionnellement, bien sûr...

— Certainement, assura-t-il en lui serrant la main plus longtemps, me sembla-t-il, que la décence ne l'eût permis. Après mon travail, je passe souvent au lac. Voilà, amusez-vous bien et envoyez mes salutations à votre gentille famille.

— Nous n'y manquerons pas. Au revoir, Maître », répondit-elle avec du miel au fond des yeux. Puis, se rappelant le modus vivendi de la bonne mère de famille, elle prit Caroline par la main, sa fille par le coude et nous entraîna en direction du bar non sans avoir adressé un sourire d'adieu au notaire.

« On va se désaltérer avant d'aller pédaler en plein soleil, annonça-t-elle. Puisque nous sommes invités, autant en profiter, n'est-ce pas ?...

— Ouais ! hurla la Peste, on va faire du pédalo ! »

Et elle se mit à scander :

« Et sur le pédalo... on mettra Jojo à l'eau ! »

Cette rime « amusante » plut beaucoup à ma tante et à sa fille qui éclatèrent de rire de concert. C'était d'ailleurs tellement « amusant » que je passai le reste de l'après-midi à m'entendre crier, chanter, brailler et répéter aux oreilles :

« Et sur le pédalo... on mettra Jojo à l'eau ! Et sur le pédalo... on mettra Jojo à l'eau ! »

Je dus prendre beaucoup sur moi, on s'en doute, pour conserver une apparence de calme et de bonne humeur... mais alors vraiment beaucoup ! La preuve : je ne prêtai aucune attention aux créatures de sexe féminin évoluant autour de nous dans des maillots de bain qui, dans des circonstances normales, m'auraient ému jusque dans des « extrémités » que je ne nommerai pas.

Même si cela prend du temps, toute chose en ce monde a une fin. On m'avait balancé à la flotte au beau milieu du lac, ensuite on avait essayé de retirer mon pantalon et de le jeter au loin, et le tout sous les quolibets humiliants de la Peste.

Pour ça, j'étais pas prêt de m'aventurer une seconde fois au lac. Sans compter les brûlures qui commençaient à irradier de mes cuisses et de mes épaules, car, suite à ces misères, j'avais dû quitter mes vêtements pour les faire sécher. Évidemment, sur le moment, entre le vent et la baignade (forcée), je n'avais pas ressenti les ardentes caresses de l'astre solaire, mais il était en train de me rappeler à son cuisant souvenir.

Dans la voiture, alors que nous rentrions, Valérie m'avait d'ailleurs surnommé en riant son « petit homard ». Caroline avait aussitôt corrigé en riant elle aussi : « Trop maigre pour un homard... Plutôt une écrevisse ! »

Ah oui ! J'avais passé une bonne journée !

Comme la voiture s'engageait dans la propriété, annonçant la fin de mon calvaire, nous vîmes une camionnette garée devant la maison, à côté de la Renault de mon père. Les hommes étaient donc rentrés de leurs courses.

Et effectivement nous les trouvâmes tous installés autour de la table de la cuisine en train de prendre l'apéritif en compagnie de M. Murou, maire de son état.

« Alors, les baigneurs, vous en avez profité ? s'enquit mon père d'une voix que l'alcool avait rendue plus que joviale.

— Bonsoir, messieurs dames ! lança de sa voix rocailleuse (bien cultivée sur le terroir) M. Murou. Alors, continua-t-il d'un formidable rire, on profite des vacances pour faire causette aux poissons du lac de Cadillon ?…

— Quelle agréable surprise de vous trouver ici, cher Monsieur, répondit Tatie Cynthia, toujours très mondaine. Nous n'avons pas vu de poissons, mais nous avons rencontré Maître Lafarge, le notaire qui gère nos affaires. Ce dernier, par le plus heureux des hasards, est cogestionnaire de ce centre de loisirs : je crois qu'il est également votre notaire, si je ne m'abuse ? C'est un homme de qualité, n'est-ce pas ?...

— Disons que je connaissais davantage son père, l'ancien notaire. Faut dire que le fils n'a pas le même style, corrigea-t-il avec comme une pointe de regret : c'est un homme plus… moderne. Mais professionnellement il est très compétent et on peut rien lui reprocher. Vous savez comment sont les gens à la campagne ? sembla-t-il s'excuser. Ils n'aiment pas que l'on bouscule l'image qu'on se fait de certains corps de métiers. Un peu comme si on voyait un banquier en short et tee-shirt derrière son guichet : ça n'enlèverait rien à ses qualités professionnelles, mais ça choquerait beaucoup de monde.

En tout cas, je suis convaincu que Maître Lafarge aura su régler au mieux vos affaires... »

Sa phrase attendait une réponse que mon père préféra éluder en lançant :

« Eh bien, nous aussi, nous avons passé un après-midi formidable ! En grande partie grâce à Monsieur Murou que je remercie une nouvelle fois. »

Tout le monde avait l'air enchanté de sa journée : tant mieux pour eux.

« Figurez-vous, mesdames, continua le maire en souriant, que vos maris ont tenu à m'offrir ces bouteilles de vin. »

Il souleva une caisse de bouteilles se tenant à ses pieds et qu'il caressait de temps en temps d'une main tendre.

« Vous savez ce que je leur ai dit... Pas ce genre de conneries avec moi !... Si je vous prête les outils dont vous avez besoin, c'est par amitié... pas par intérêt. Pas par intérêt ! assena-t-il en hochant la tête.

— Nous l'avons compris, répondit mon père en le prenant familièrement par le bras, mais vous conviendrez qu'un geste d'amitié en appelle un autre.

— Ah ! dans ce cas, c'est différent ! En somme, nous buvons le vin de l'amitié, conclut le maire en reposant la caisse.

— Tout à fait ! approuva vigoureusement Tonton Émile qui, à voir sa face rougeaude et ses yeux brillants, avait dû boire son content « d'amitié ». Sachez, Monsieur Murou, entama-t-il avec emphase, que nous n'oublierons pas votre générosité et votre grandeur d'âme ! Oui, je l'affirme, votre grandeur d'âme ! s'enflamma-t-il d'un coup. Car il en faut pour exiger que l'on boive ensemble le vin que nous venions de vous offrir !

— Nous n'oublierons pas votre geste », répondit en écho Tonton Michel, emporté lui aussi par un « bel élan d'amitié » que la seule générosité de M. Murou n'aurait pu expliquer.

J'appris alors que le maire avait mis à notre disposition une tondeuse débroussailleuse, une débroussailleuse à dos, deux faux et une tronçonneuse : de quoi nettoyer la forêt amazonienne, à les entendre discuter.

« Avec ce matériel, expliquait M. Murou, vous ne rencontrerez aucun problème. (L'avenir devait lui donner tort.) Les moteurs sont révisés, les pleins faits... Il manque que les bras pour travailler. »

Et chaque fois que l'un d'entre nous intervenait pour louer ses largesses, il ajoutait invariablement :

« C'est normal entre voisins... c'est normal. »

« Dites donc, Monsieur Murou, lança ma mère en faisant irruption dans la cuisine, le souper va être bientôt prêt ; vous allez bien nous faire le plaisir de le partager avec nous ?... Nous avons bricolé un petit barbecue dehors... On vous prévient, ce sera à la bonne franquette, mais si le cœur vous en dit... »

Sa proposition souleva une bruyante ovation.

« Oui, oui, restez avec nous pour manger ! s'exclama Tonton Michel. On parlera boulot : je suis dans la même branche que vous.

— Vous pouvez pas refuser ! tonna Tonton Émile, ce serait nous faire offense !

— Alors je vais pas vous faire offense ! se mit à rire M. Murou.

— Parfait, parfait, conclut mon père en se frottant les mains, et puis peut-être que... »

Il jeta un coup d'œil circonspect autour de lui, se pencha vers le maire et acheva à voix basse :

« Votre connaissance du pays nous apportera quelque lumière quant à l'affaire qui nous préoccupe en ce moment. »

La gaieté affichée jusque-là par M. Murou se volatilisa soudain, aussitôt remplacée par le masque de la curiosité.

« Si je puis à nouveau vous être utile, n'hésitez pas à vous confier à moi. Sans trop m'avancer, je présume que l'affaire en question est en rapport avec… votre héritage ?… »

Mon père se tourna vers ses frères (les femmes n'avaient pas leur mot à dire, comme d'habitude) et demanda :

« Qu'en pensez-vous ? On le met au courant ?...

— Pour tout ? observa Tonton Émile.

— De toute façon, intervint Tonton Gus, cela se saura un jour ou l'autre, alors si ce monsieur peut nous être d'un quelconque secours...

— Je sais qu'on peut lui accorder notre confiance, assura Tonton Michel. Et puis vous connaissez le dicton : qui n'avance pas recule. »

Au fur et à mesure que se déroulait ce dialogue, les yeux du maire allaient de l'un à l'autre des intervenants avec l'attention d'un chien à qui l'on promène un os sous le nez.

« Bien, conclut mon père, puisque nous sommes tous d'accord, nous allons donc vous entretenir, cher Monsieur Murou, de certains faits qui risquent fort de vous surprendre, voire de vous choquer. Nous vous demanderons simplement une absolue discrétion sur cette douloureuse affaire de famille. »

M. Murou jura, promit, cracha qu'on pouvait lui accorder une confiance totale et tout lui dire. C'était bien normal… entre voisins.

Le temps que je prenne ma douche, celui qui allait devenir le confident attitré de notre famille était parti prévenir sa femme du fait qu'il soupait chez nous. Nous nous retrouvâmes tous à table sur le coup de 8 h à dévorer les succulentes grillades cuisinées par ma mère et Tatie Nathalie.

Soucieux de n'omettre aucun détail, mon père monopolisa la parole pendant tout le repas. M. Murou manifesta à cette occasion un vif intérêt, ponctuant les explications de mon père de profonds hochements de tête et de nombreuses questions. Certaines à la limite de l'indiscrétion, mais visiblement il hésitait à poser celle qui lui brûlait le bout de la langue et que nous redoutions tous : l'importance de l'héritage.

« Vous savez, observa-t-il dès que mon père eut fini de raconter, à la campagne, on en entend des histoires de successions. Et de toutes sortes. Des maris qui, par testament, reconnaissent des enfants naturels ; des enfants qui exigent leur part quand les parents n'ont pas pris la précaution de se donner au dernier vivant ; des personnes qui déshéritent leurs descendants – parfois dans le besoin – au profit de l'Église, d'associations caritatives ou encore de la SPA, mais je dois avouer que votre histoire mérite de figurer dans le livre Guinness des records, parce que celle-là, elle est sacrément tordue !

— Je ne vous le fais pas dire, continua mon père. Mais, bon, la situation étant ce qu'elle est : inutile de nous lamenter. Dans la famille (et il prit à témoin son entourage), nous sommes constructifs ! (Le mot magique était lâché.) Et puis, si nous ne parvenons pas à découvrir cette fameuse turquoise, eh bien, basta ! On va pas non plus se rendre malade pour cette succession. »

Il venait d'entrouvrir une brèche dans laquelle M. Murou s'engouffra aussitôt :

« Et... sans vouloir être indiscret… il y en a pour des sous ?…

— Bof... répondit mon père avec un superbe aplomb – escomptant sans doute que Tata Lucie n'avait vraiment rien révélé de son héritage providentiel – l'argent de la propriété et celui qu'elle possédait sur un livret de Caisse d'épargne. Juste de quoi payer les frais de succession. »

Mon père se révéla un comédien et un improvisateur exceptionnels. Il est vrai qu'en la circonstance, le montant du cachet avait de quoi donner du talent au plus médiocre des artistes.

« Comme vous pouvez le constater, l'habitation tombe en ruine, et encore, nous l'avons nettoyée de fond en comble ; quant au terrain, c'est pas demain la veille qu'on pourra y aménager un court de tennis, termina-t-il en se forçant à rire.

— Ni même une piscine ! s'esclaffa Tonton Émile en écho.

— À moins, bien sûr, que votre tante n'ait enterré un trésor dans ce terrain ! plaisanta M. Murou.

— Un… un trésor ?… blêmit Tonton Émile. Pourquoi un trésor ? Quelqu'un vous a parlé d'un trésor ?...

— Mais non, imbécile ! maugréa mon père. Tu vois pas que Monsieur le maire fait de l'humour ?...

— Je ne voulais pas vous causer une telle émotion, se mit à rire M. Murou. Quoiqu'en la circonstance, je suis sûr que vous préféreriez découvrir un beau magot plutôt que d'hériter de cette masure et des maigres biens de la défunte ; parce qu'entre nous, on le sait bien au village, que votre tante, elle avait pas le sou, sinon elle aurait pas vécu ainsi comme un pauvre hère – excusez l'adjectif, mais il résume l'opinion de mes concitoyens –, sans aucune aisance matérielle, sans toilettes, ni salle de bain... À notre époque ! Pour tout vous dire, certains voisins se sont même émus du délabrement de la propriété et sont venus m'en parler. Les murs de la maison commençaient à se fissurer et, voulant aider votre tante sans que cela puisse passer pour de la charité – les gens de la campagne ont leur fierté –, j'en ai parlé à un ami entrepreneur. L'homme a eu la malencontreuse idée de proposer à Mademoiselle Castet d'acheter son domaine en viager contre la réfection complète de la maison et le versement d'une coquette rente mensuelle. Il avait d'ailleurs fait livrer un chargement de parpaings le jour précédant sa proposition afin d'essayer de lui forcer la main. Pauvre de lui ! Le résultat aurait pas été pire s'il avait offert une cargaison d'hosties au diable ! On a entendu jusqu'au bout du village les hurlements et les insultes que lui a jetés votre tante ! Elle lui a même cassé un balai sur le crâne ! Je peux vous dire que ses parpaings, il a pu y mettre une croix dessus ! »

Et il s'esclaffa en tapant bruyamment ses deux mains entre elles.

Il parlait certainement du tas de parpaings se trouvant au pied du tilleul et que Tonton Gus avait utilisé pour caler sa caravane. Décidément pas commode, la Tata Lulu. Enfin, les propos de M. Murou avaient de quoi rassurer ma famille : personne ne connaissait la valeur exacte de l'héritage. Cela nous laissait jusqu'au début du mois d'août pour chercher en paix. Si nous échouions, une fois l'affaire divulguée ce serait la curée. Nous en avions tous conscience.

« Vous savez, observa fort adroitement mon père, si nous prenons cette histoire tellement à cœur, c'est avant tout pour que le patrimoine de notre tante reste dans la famille... À la campagne, vous devez savoir ce qu'est le respect des valeurs et de la tradition... le respect du sentiment familial, conclut-il gravement en reprenant une de ses expressions favorites.

— Je vous comprends parfaitement, approuva le maire ; une si noble démarche mérite le succès et je vous aiderai dans la mesure de mes moyens... Malheureusement, en ce qui concerne la devinette posée, je suis désolé, mais je ne vois pas. Je suis pas assez savant et je m'étonne d'ailleurs que Mademoiselle Castet ait pu imaginer toutes ces chinoiseries... Il est vrai que c'était une personne qui présentait de nombreuses facettes. Je sais pas si vous connaissiez sa vie, mais...

— Nous connaissions, nous connaissions ! lança d'une seule voix le comité féminin de censure. Nous n'abordons pas ce sujet avec les enfants, vous comprenez ?...

— Mais oui ! Et vous avez raison, approuva le responsable municipal, le linge sale, ça se lave en famille. »

Et avec celui de notre famille, il y avait de quoi faire plusieurs machines.

Comme il ne pouvait nous en apprendre plus que nous ne sachions déjà sur le compte de Tata Lucie – étant donné qu'en fait, il l'avait très peu fréquentée –, ni nous éclairer sur la signification de l'énigme, la conversation dériva au fil du repas vers d'autres sujets beaucoup moins essentiels à la résolution de notre affaire.

Nous en étions au dessert – des gâteaux de riz au goût plâtreux, achetés en grande surface –, et M. Murou venait d'aborder le problème... les problèmes vécus par l'agriculture moderne. Ah ! il fallait l'entendre se lamenter à haute voix :

« Y a pas plus astreignant que le métier de paysan ! Pas de week-end, pas de vacances à cause des bêtes, pas de retraite – ou si peu –, des revenus en baisse, une déconsidération totale de notre travail tant sur le plan social qu'économique... Et surtout pas une minute de libre. Ce métier est un esclavage ! »

Il avait quand même passé l'après-midi à picoler avec mon père et mes oncles. À moins qu'il n'ait sacrifié son précieux temps de travail pour rehausser l'image de l'agriculteur aux yeux des citadins ?… Quand on peut joindre l'utile à l'agréable, on aurait tort de s'en priver.

Évidemment, Tonton Michel ne pouvait qu'abonder dans ses propos :

« Et avec la nouvelle politique agricole que les technocrates nous préparent, moi, je vous prédis la mort du petit paysan ! Vous pouvez me croire ! »

s'emporta-t-il en pointant un doigt vers le plafond. Son geste menaçait sans nulle équivoque les hautes sphères bureaucratiques. « C'est la mort du petit paysan ! De nos jours, y en a plus que pour les industriels de l'agriculture ; d'ailleurs, ils monopolisent la majeure partie des subventions et ça, éructa-t-il, nous le devons à la politique dirigiste et expansionniste des États-Unis ! »

Il était bon pour une mégaséance de relaxation sur sa peau de mouton. Sûr qu'aux États-Unis, où un homme vaut ce que vaut son compte en banque, le chiffre d'affaires de l'élevage de mon oncle le classait directement dans la catégorie des SDF.

« Je suis bien d'accord avec vous, lui répondit M. Murou. Il n'y en a que pour les gros ! Tenez, ma femme et moi, on a tout essayé : les porcs, les vaches pour le lait et la viande, les veaux, le maïs, le blé, l'orge ; pendant des années, on nous a demandé de faire du rendement et maintenant on nous accuse de trop produire. Merde, alors ! On a investi des millions dans l'outil de production et on nous explique, la bouche en cœur, qu'en fin de compte, cet outil est trop performant ! C'est pas vrai, ça ?...

— De ce côté-là, déclara Tonton Michel, je n'ai pas de problème de surproduction, c'est plutôt le contraire, mais j'ai également eu quelques difficultés à me fixer sur une production. »

J'eus une pensée émue pour tous les animaux envoyés ad patres grâce aux « bons soins » du tonton.

« Il nous a fallu trouver de nouveaux créneaux pour assurer notre existence.

— Eh oui, continua Tatie Agnès en s'immisçant dans la conversation. Si le paysan d'aujourd'hui veut survivre, il lui faut faire preuve de courage et d'imagination. Cela va peut-être vous paraître original, mais nous avons dû nous reconvertir dans l'élevage du chinchilla et...

— Oh, mais je connais quelqu'un qui possède un élevage dans le nord du département, la coupa M. Murou. Mais enfin, c'est pour tout pareil : faut oser se lancer... Surtout que, de nos jours, le marché de la fourrure est en perte de vitesse à cause de tous ces toquards d'écologistes. »

Tonton Michel et sa femme accusèrent le coup dans un silence mortifié. Silence qu'utilisa mon père pour entrer dans cette brèche entrouverte :

« Vous avez bien raison ! s'exclama-t-il... Ces écologistes, moi, ils m'emmerdent ! Toujours à se plaindre du nucléaire, de la science, du monde moderne et de la société de consommation ! Ils ont qu'à aller vivre chez les Zoulous, sans eau ni électricité. Seulement, il n'y en a pas beaucoup parmi eux qui soient vraiment disposés à mettre leurs idées en pratique !

— L'écologie, ce n'est pas le refus du monde

moderne, modéra Tonton Gus, mais c'est surtout le respect de l'environnement.

— Ouais, eh bien, moi, en attendant, rugit son frère, je veux qu'ils respectent MON environnement ! » Et il se leva en agitant les mains devant lui : « Du vent, de l'air... que je respire !... »

M. Murou et Tonton Émile applaudirent en riant. Tonton Michel, qui avait jusque-là réussi à conserver un héroïque sang-froid, laissa tomber d'une voix blanche :

« Sans vouloir contrarier les opinions très... tranchées de mon frère, je suis obligé d'apporter quelques précisions à vos propos. En tout premier lieu, nous n'élevons pas de chinchillas pour la fourrure... Ce serait contraire à nos principes.

— Ah bon ? s'étonna le maire. Pour la viande alors ?... »

J'observais en jubilant Tatie Agnès en train de bouillir dans son coin, prête à en découdre avec ces esprits « obscurs ».

« Ni pour la fourrure ni pour la viande, expliqua mon oncle en tentant de se maîtriser, mais pour la compagnie. Les chinchillas sont de plus en plus prisés en tant qu'animaux de compagnie. De plus, cet élevage, à l'inverse de nombreux autres, tente de concilier le respect et le bien-être des animaux avec les intérêts humains. Il faut voir la joie des enfants quand ils tiennent dans leurs bras ces tendres boules de poils… »

... Et la colère des parents quand ces « tendres boules de poils » s'échappent et rongent moquettes et câbles électriques.

« Voilà le véritable progrès, assena-t-il en prenant sa femme à témoin.

— Tout à fait, approuva celle-ci. Personnellement, je ne suis pas contre le progrès, mais contre les abus du progrès ! Il faut de la mesure en tout », précisa-t-elle en jetant un regard appuyé à mon père.

Ce discours commençait à réveiller la chaudière intérieure du paternel qui tonna en rougissant jusqu'aux oreilles :

« Et pour toi, c'est quoi, les abus du progrès ?… La machine à laver ? Le chauffage central ? La nourriture à foison dans les supermarchés ou bien encore l'espérance de vie qui augmente tous les ans ?... »

Emporté par ma fibre écologique qui vibrait à l'unisson de celle de mon oncle et de ma tante, je commis l'erreur de lancer :

« Les abus du progrès, c'est utiliser un sèche-linge alors qu'on pourrait simplement étendre le linge au soleil ; c'est acheter un lave-vaisselle pour trois personnes ; c'est prendre sa voiture pour parcourir cent mètres ; c'est...

— Tiens, grogna mon père en brisant mon élan, le petit perroquet a appris sa leçon, on dirait ! Ça gagne même pas sa croûte, mais ça vient donner son avis, ricana-t-il. Y a néanmoins un point sur lequel je suis d'accord avec toi : l'utilisation abusive des machines à laver la vaisselle. »

Un sourire de satisfaction commençait à se dessiner sur mon visage quand il ajouta : « Aussi, pour répondre à tes aspirations et pour mettre en pratique ton discours, je propose que tu débarrasses la table et que tu fasses la vaisselle avec les instruments les plus écologiques que je connaisse... tes mains ! »

Tout le monde éclata de rire devant ma mine atterrée ; même ceux pour qui j'étais sorti de ma réserve habituelle pour les défendre : Tonton Michel et Tatie Agnès. Les traîtres ! Le « petit perroquet » venait d'apprendre une leçon qu'il n'était pas prêt d'oublier. Oh oui !

« Bravo, bravo ! gloussa la Peste... Jojo à la vaisselle !

— Ça t'apprendra à tenir ta langue », me lança en riant Tonton Émile.

C'est en méditant sur cette phrase que je commençai, la mort dans l'âme, à enlever les plats et les couverts posés à mes côtés. Les quolibets jaillissaient de toutes parts, marquant ma fierté au fer rouge.

« Il a du style ce garçon, plaisanta Tatie Cynthia. Si son père ne l'embauche pas dans son garage, il pourra toujours postuler pour un emploi de garçon de salle.

— Il ne lui manque que les gants blancs, ajouta ma mère en riant.

— C'est pas un mauvais bougre, observa mon père en me faisant passer des couverts, mais il est un peu cabochard. (J'avais de qui tenir.) Il n'écoute pas les conseils qu'on lui donne... pour son bien.

— Allons, allons, intervint charitablement Tonton Gus, on a tous nos défauts ; et puis vous savez bien qu'il faut que jeunesse se passe... »

Je les regardai tous en train de rigoler autour de moi et j'ajoutai intérieurement : « Ouais... et que vieillesse trépasse ! »

9

Le sable mouvant de nos espoirs s'était égrené au même rythme que les journées de la première quinzaine de juillet. Au début, les multiples activités de nettoyage et de débroussaillement avaient occupé nos esprits et surtout nos corps. Mon père avait réquisitionné la solide tondeuse débroussailleuse « sept chevaux à moteur deux temps, mélange par pompe à huile, différentiel sur les roues arrière, carter de coupe escamotable », car, comme il nous avait expliqué après avoir longuement commenté ses caractéristiques techniques, il préférait ne pas laisser un engin aussi performant et sophistiqué entre des mains inexpérimentées.

Le bruit et la consommation d'essence s'étaient d'ailleurs révélés à la hauteur des performances : la gueule vorace de cette machine engloutissait les herbes les plus hautes et les plus drues pour les recracher au loin dans un nuage de poussière et de fumées nauséabondes. Il fallait la voir tracer avec obstination un sillon régulier dans le terrain en friche telle une moissonneuse-batteuse dans un champ de blé. Il n'aurait certainement suffi que de quelques jours pour défricher l'ensemble de la propriété si cet irascible engin n'avait présenté de regrettables lacunes point de vue fiabilité.

Une fois la bougie se noyait, une autre fois le carburateur se déréglait à cause des vibrations ou bien encore l'allumage... n'allumait plus. La tondeuse nécessitait un entretien et des réglages constants... quand elle consentait à démarrer.

Si nous n'étions pas assourdis par le concert de ses pétarades, nous pouvions être sûrs d'entendre le récital de hurlements et d'injures du mécanicien-conducteur attitré. Fallait voir mon père revisser, en pestant, une bougie qu'il venait de nettoyer pour la énième fois. J'avoue que je prenais toujours le même plaisir (à distance, évidemment) quand il lançait ses rituels « Pute borgne ! » ou alors ses « Au cul mon canard ! »

Injures auxquelles répondaient parfois celles proférées par l'occasionnel aide-mécanicien Tonton Émile :

« C'est la merde... Y a pas photo ! »

Quand il n'aidait pas mon père, mon oncle terrorisait la faune et la flore avec la tronçonneuse. À la voir, elle ne paraissait pas bien impressionnante ni très difficile à manipuler, mais, dès que l'on faisait « craquer » le moteur, le hurlement sauvage du deux temps trahissait la puissance et la redoutable efficacité de l'engin.

Le premier jour d'utilisation, Tonton Émile dut nettoyer le filtre à air, changer la bougie, tendre et aiguiser la chaîne avant que la terrible machine ne fonctionne correctement. À croire que M. Murou nous avait laissé sa quincaillerie afin que nous la remettions en état.

Avec pour seule protection une paire de gants usés retrouvés dans le buffet de la cuisine, Tonton Michel s'était attaqué à l'élagage des grands arbustes qui parsemaient la propriété en îlots touffus et impénétrables, représentant chacun autant de cachettes potentielles à explorer.

« Faut y aller avec douceur, avait-il assené avant d'entamer les travaux. Il ne s'agit pas de traumatiser la végétation par des coupes sauvages. »

Ce à quoi avait répondu l'oncle Émile en grognant :

« Ouais, ben, y a des traumatismes plus importants ! Et qui nous touchent de plus près !

Si tu ne respectes pas la Nature… celle-ci te le rendra un jour ! »

Tonton Émile avait haussé les épaules et avait ricané qu'il allait appliquer sa vision du respect de la nature à l'aide… de sa tronçonneuse.

Tonton Gus, piétinant dans sa « démarche intellectuelle », fut finalement « invité » à participer à des activités moins théoriques. Il avait bénéficié d'une dizaine de jours de réflexion pour tenter d'élucider l'énigme ; l'aveu de son impuissance sonna pour lui aussi l'heure des grands travaux. Je ne sais pas s'il apprécia vraiment ses nouvelles fonctions, mais, pour ma part, je fus bien content qu'il me rejoigne pour m'aider à ramasser les branches tronçonnées par Tonton Émile et gisant à terre tels des membres sectionnés sur un champ de bataille. Et c'était effectivement une bataille qui s'était engagée... Une bataille avec ses généraux – pardon... son général –, ses machines de guerre, ses hommes de troupe et ses cantinières.

Sans doute vexé d'être tenu en échec par l'énigme et désireux de faire oublier cet échec, Tonton Gus mit les bouchées doubles pour essayer de rattraper le temps perdu.

Pratiquant la politique de la terre brûlée (pour rester dans le langage guerrier... et à la différence que nous faisions tout brûler « après » le passage des hordes destructrices), mon oncle et moi-même entassions dans un coin de la propriété branches et herbes coupées, feuilles, déchets épars, arbustes desséchés auxquels nous mettions le feu sous le regard inquiet et vigilant des dames qui craignaient toujours que le feu ne se propage alentour à cause des conditions climatiques.

Cet été torride ne facilitait pas notre travail, mais il offrait l'incontestable avantage d'éloigner la Peste des foyers que nous allumions et, par là même..., de moi. Heureusement, elle accompagnait de plus en plus souvent au lac Tatie Agnès, Tatie Cynthia et

Valérie qui évitait ainsi sa part de corvées. Moi, évidemment, on ne me laissait pas le choix. Ma mère et Tatie Nathalie, héroïques, restaient pour s'occuper des tâches ménagères et pour ravitailler les hommes en bières fraîches. Il est vrai qu'elles non plus n'avaient pas le choix, étant donné que l'on ne pouvait décemment pas laisser Tatie Agnès préparer les repas et que Tatie Cynthia, prétextant des règles douloureuses, partait s'enfermer dans sa caravane dès qu'il s'agissait de participer aux diverses corvées. Elle y allait un peu fort, la Tatie, car cela faisait au moins quinze jours qu'elle souffrait de ses règles. Ce que commentait Tonton Émile d'un air goguenard :

« À ce rythme, on va devoir l'amener à un centre de transfusion sanguine pour compenser les litres d'hémoglobine qu'elle a perdus ! »

Peu de jours après notre installation, nous eûmes la visite de Joyeux, le chat de feue Tata Lucie. D'abord effrayé par tous ces inconnus, il se réfugia sur une branche de l'imposant tilleul jouxtant la maison. Au fil des semaines, il prit ainsi l'habitude de venir s'installer sur ce poste d'observation. Après tout, il était chez lui, le pauvre bougre.

D'un naturel farouche (nous avions pu nous en rendre compte), il ne s'approchait jamais de la maison et se coulait dans la frondaison de l'arbre quand on l'appelait pour le caresser. Il restait là pendant des heures à épier nos moindres faits et gestes, tel une invisible et silencieuse sentinelle.

Depuis le jour béni où il avait griffé la Peste alors que celle-ci avait voulu l'attraper par la queue – profitant du fait qu'il sommeillait sur une branche basse –, je lui portais un bol de lait tous les matins. Un service en vaut un autre, n'est-ce pas ? Ce n'est qu'à la nuit tombée que ce sympathique (du moins à mes yeux) animal quittait son observatoire pour répondre à l'appel d'une gamelle plus conséquente que celle que je pouvais lui offrir.

Le soir, j'attendais de le voir glisser de son arbre, silhouette souple et solitaire qui partait à pas mesurés se fondre dans la nuit.

La sympathie que j'éprouvais pour lui ne fit que croître quand il griffa une seconde fois la Peste alors qu'elle avait à nouveau tenté de le saisir pendant qu'il buvait son bol de lait. Quelle délicieuse créature ! (Je parle du chat, pas de ma cousine, bien sûr.)

Ah là là ! les hurlements qu'avait poussés Caroline ! Toute la famille était sortie en trombe de la maison pour découvrir ses bras en sang. Quelques « Saleté de chat ! », « Il faudrait le faire piquer ! » « Quel fauve ! » et autres protestations avaient été adressés à l'auteur de cet acte impardonnable, mais Joyeux, affichant une attitude méprisante, s'était contenté de gagner le faîte du tilleul pour, délicatement, se lécher les pattes.

Du coup, je lui avais apporté – le plus discrètement possible – un second bol de lait ce soir-là. Une bonne action doit toujours être récompensée.

Nous avions également les visites fréquentes de M. Murou et de Maïté ; le maire notait avec un évident plaisir la remise à neuf de ses outils et avait même proposé de commander et de nous livrer les pièces de rechange. Quel homme serviable. Maïté, quant à elle, venait tous les deux ou trois jours « aux nouvelles », comme elle disait.

Elle apportait toujours quelques pots de confiture, des œufs ou des pâtisseries confectionnées à notre intention. Et, ma foi, elle se révéla bien meilleure pâtissière que ménagère. Ses visites étaient certes guidées par une gentillesse innée, mais également par une légitime curiosité et le souci que lui procuraient les escapades de Joyeux. Nous nous en rendîmes compte aux insistants regards qu'elle jetait en direction du tilleul : la maligne devait connaître les habitudes du félin. Elle s'émerveillait chaque fois du travail que nous accomplissions tout en nous gratifiant de ses invariables et énervantes (pour ceux qui s'éreintaient sous le soleil) expressions : « Pour sûr, faut aimer jardiner pour travailler avec cette chaleur ! Pour sûr, faut être vaillant ! »

Sa présence et ses incessants commentaires commençaient à entamer la résistance nerveuse des « jardiniers », aussi ma mère et Tatie Nathalie durent-elles se dévouer à plusieurs reprises pour prendre le thé ou discuter à l'intérieur de la maison avec celle que Tonton Émile avait baptisée : « Pour-sûr-elle-nous-casse-les-couilles ! »

Maïté repartait en fin d'après-midi, ravie de sa visite (elle était bien la seule), laissant ces dames et ces messieurs étourdis de paroles et de rires tonitruants.

Alors qu'un jour elle devait passer nous voir, mon père avait dit à ma mère :

« Tant qu'à la supporter, essaye de voir si l'énigme lui rappelle quelque chose. Mais faut agir en finesse, avait-il recommandé. Au hasard de la discussion, tu glisses : « J'en fais quatre dans l'ordre et cent dans le désordre », tu verras bien sa réaction. On sait jamais, après tout... elle a vécu ici pendant des années et ça évoquera peut-être en elle un fait précis... »

Cela évoqua effectivement en elle un fait « bien précis », mais certainement pas celui que nous espérions, car, quand ma mère lâcha la phrase-clef, Maïté commenta en haussant les épaules :

« Pour sûr, les problèmes intestinaux, c'est ennuyeux ! Faudrait voir le docteur si vous allez trop souvent au cabinet. »

L'interprétation toute personnelle de l'énigme par Mademoiselle Passy-Coucet déclencha un formidable éclat de rire quand elle fut racontée à la famille.

« Oh putain ! s'était esclaffé Tonton Émile, elle est bonne, celle-là !

— Des problèmes intestinaux !... J'en fais quatre dans l'ordre ! » avait répété Tonton Gus en s'étouffant de rire.

Je passerai sur les nombreuses observations scatologiques de ce petit monde et je conclurai cette réjouissante histoire par la réflexion favorite de Tatie Cynthia :

« Tout ça... c'était bien gaulois ! »

En ce 17 juillet, la fougue et l'espérance des premiers jours avaient fait place à un triste constat d'échec. Et pourtant nous n'avions pas ménagé nos efforts : le domaine venait de subir un véritable lifting. Coupe à ras du sol de l'herbe et élagage sévère des arbustes faisaient que l'on ne reconnaissait plus le terrain ; il paraissait également avoir doublé de surface. Les plus grands arbustes bordant le domaine n'avaient pas échappé aux mâchoires d'acier de nos engins mécaniques : ils avaient été débités en plusieurs stères de bois d'un mètre de long, puis empilés contre le mur arrière de la maison. Tonton Michel, équipé de la débroussailleuse à dos munie d'une lame spéciale à trois dents, s'était chargé de la finition : c'est- à-dire nettoyer les parterres, le pied des arbres, des arbustes et des haies.

Bref, intervenir partout où la tondeuse ne pouvait s'aventurer. Cette débroussailleuse portable était aussi bruyante que sa congénère sur roues, mais toutes deux ménageaient (en partie) nos oreilles en alternant, l'une après l'autre, les pannes.

L'herbe rase, brûlée en de nombreux endroits, allongeait ses plaques pelées au fil des jours. Alors que l'on s'étonnait devant ce triste spectacle, Tonton Michel, fin connaisseur des problèmes écologiques, avait observé tout haut ce que je pensais tout bas :

« Voyez-vous, en été, il ne faudrait pas couper l'herbe trop court... on la fragilise ; les gens croient lui donner de la force alors que c'est tout le contraire qui se produit, car la vigueur des racines est proportionnelle à la hauteur de la tige. Et, sans racines vigoureuses, l'herbe ne peut lutter contre la sécheresse. »

Tonton Michel était décidément un pro de l'écologie... du moins tant qu'il restait dans le domaine théorique.

Donc, malgré tous nos efforts, nous n'avions découvert aucun indice qui puisse nous mettre sur la piste de la turquoise. Nous avions exhumé au hasard de la propriété toutes sortes de bouteilles vides, de boîtes de conserve rouillées, de bidons éventrés dissimulés jusque-là aux regards par la hauteur de l'herbe. Ces découvertes faisaient bondir nos cœurs d'espoir, car elles représentaient autant de cachettes pouvant abriter la pierre.

Même si la déception était toujours au rendez-vous, nous nous astreignions à les examiner et à les vider de leur contenu, de peur de passer à côté de la turquoise. À se demander, vu leur nombre, si Tata Lucie n'avait pas sciemment jeté ces divers détritus afin de nous faire enrager un peu plus. Le bilan global s'avérait plus que négatif, car au stress et à la fatigue s'ajoutaient la facture déjà confortable des réparations et de l'entretien des machines ainsi que les diverses blessures qu'elles occasionnaient.

Un copeau de bois, expulsé par la tronçonneuse qu'utilisait Tonton Émile, avait failli crever l'œil droit de Tonton Gus.

Par chance, le copeau s'était fiché juste en dessous du sourcil et n'avait provoqué qu'un léger saignement. Tonton Gus avait protesté avec véhémence contre l'imprudence des utilisateurs des engins motorisés (la vitesse des lames de la débroussailleuse était telle qu'il n'était pas rare de voir un caillou projeté violemment à une distance de vingt mètres : valait mieux ne pas traîner aux alentours), mais il s'était entendu répondre avec mauvaise humeur :

« Tu peux pas faire attention, à ton âge ?...

— Celui-là, il faut toujours qu'il se fasse remarquer !

— Te plains pas, il te serait toujours resté l'œil gauche ! »

Tonton Gus avait préféré ne pas répondre à tant d'indifférence et d'inconscience, adoptant la tactique prudente de « l'escargot qui rentre dans sa coquille ». À propos de « coquille », il fallait souvent rééquilibrer sa caravane à cause de la fragilité des parpaings qui la calaient. J'aidais souvent mon oncle à remplacer ces parpaings détériorés par un stationnement prolongé en extérieur. Pendant qu'il soulevait un côté de la caravane à l'aide d'un cric hydraulique, je remplaçais les blocs les plus abîmés par ceux que j'avais choisis avec soin dans le tas croupissant sous le tilleul. Avant d'effectuer cette délicate opération, nous repérions les blocs qui nous semblaient les plus résistants.

« Quel dommage de laisser perdre ces matériaux de construction, soupirait Tonton Gus en observant le tapis de mousse et de feuilles mortes recouvrant le tas de parpaings. Quand on pense au fric foutu en l'air alors qu'il aurait suffi de les recouvrir d'une bâche. Quel gâchis, mais quel gâchis ! »

Puis il serrait son poing en le levant bien haut et déclamait en parodiant Tonton Michel : « Ah ! société de consommation !... »

Déclamation à laquelle je répondais en riant : « Ah !... société de destruction ! »

Cette parodie nous amusait énormément, et nous inventâmes de nouvelles rimes au gré de notre fantaisie : « Société de consommation... société de pollution ! » ; « Société de pollution... société de cons ! »

C'était à celui qui se montrerait le plus convaincant et le plus inventif pour exprimer sa colère et son indignation. Nous allions ensuite tester nos improvisations sur Tonton Michel en le branchant sur un sujet « sensible ».

Quel plaisir de le voir reprendre (mais avec combien plus de verve et de conviction !) nos improvisations : nous n'avions pas besoin de le pousser pour qu'il enrichisse nos plaisanteries par de nouvelles et terribles formules.

J'avais pris l'habitude tous les matins de me lever dès l'aurore, autant pour pouvoir déjeuner en paix que pour échapper aux réveils « facétieux » de Caroline. La Peste, ignorant superbement l'adage selon lequel les blagues les plus courtes sont les meilleures, m'avait à plusieurs reprises sorti des bras de Morphée à renfort de grands verres d'eau balancés dans la figure.

Je m'éjectai de mon sac de couchage et vis que Tonton Michel avait quitté le sien. Tatie Agnès dormait encore, ainsi que Caroline, plongée dans le sommeil de l'innocence... enfin de l'innocence jusqu'à preuve du contraire ; ce qui ne saurait tarder, connaissant les mœurs de la Peste. Je m'habillai promptement en prenant soin de ne pas réveiller le petit dragon qui empoisonnait mon existence.

La veille au soir avait marqué la fin de la première phase des recherches ; celle qui concernait le terrain entourant la maison. Nous avions dîné en silence : l'abattement et la déception (voire la mortification) se lisaient sur tous les visages. En désespoir de cause, Tonton Michel avait étalé sa peau de mouton dans un coin de la cuisine et s'était réfugié dans ses méditations. Une veillée d'enterrement n'aurait pu être plus funèbre. Le deuil venait de frapper la famille une seconde fois.

En sortant de la tente, j'aperçus les infâmes peaux de mouton étalées dans l'herbe. Il avait fallu batailler ferme pour que les « intégristes de l'écologie » acceptent de s'en séparer durant la nuit. Le fait qu'il y ait effectivement moins de moustiques ne compensait pas l'épouvantable odeur dégagée. Il fallut donc qu'un beau jour (ô combien !) M. Murou, passant devant la tente, observât en se pinçant le nez qu'une bête avait dû crever à l'intérieur pour que les peaux connaissent enfin l'exil.

À entendre le vacarme qui venait de la maison, je devinai que la seconde phase des recherches était entamée. Le soleil bombait à peine son gros ballon de feu à l'horizon quand je découvris, éparpillés à l'entrée de la demeure, les divers meubles qui occupaient auparavant la cuisine : la large table, toujours entourée de ses chaises (dont certaines étaient renversées par terre) ainsi que le buffet contenant la vaisselle, les couverts et autres ustensiles ménagers et qui avait perdu un pied dans le déplacement. Ma famille, véritable colonie de fourmis laborieuses et rapaces, avait bel et bien entamé sa journée de travail.

Mais, en passant le seuil de la porte, je me rendis compte que la fourmilière s'était transformée en un véritable cyclone qui avait dévasté la cuisine : télévision, réfrigérateur, cuisinière gisaient en désordre au centre de la pièce, à l'emplacement anciennement occupé par la table.

Tonton Gus passait un coup de balai sur les surfaces ainsi dégagées tandis que Tonton Michel, agenouillé à ses côtés, examinait scrupuleusement tous les déchets et les bourres de poussière qu'il collectait à l'aide d'une petite pelle. Dès que ce dernier avait terminé son examen, il vidait le tas de saletés dans un sac poubelle. Il agissait avec le sérieux, la méticulosité et l'attention d'un orpailleur en train de filtrer un tas de sable aurifère.

Sur ma droite, je vis mon père et Tonton Émile s'activer près de la cheminée. La lourde plaque réfractaire reposait maintenant à terre ; ils avaient dû la déplacer sans ménagement, car le carrelage était brisé en plusieurs endroits, témoignant de la violence avec laquelle elle avait été renversée.

J'eus de la peine pour cette brave cheminée qui, innocente victime de la passion des hommes, était bien mal récompensée pour avoir réchauffé et accueilli les confidences de toutes les personnes qui s'étaient succédé autour d'elle au cours des décennies. Il ne restait plus qu'une sombre silhouette décapitée dont les bourreaux finiraient un peu plus tard de se partager les restes.

Les « bourreaux » étaient d'ailleurs en train de vérifier si une cache n'était pas aménagée sous le tas de bûches disposé près de la cheminée. Ils les soulevaient une à une et les balançaient sans ménagement dans un coin de la cuisine, fissurant chaque fois davantage et avec fracas le carrelage. Efficacité, célérité : le tandem fonctionnait à merveille.

Désireux – une fois n'est pas coutume – de participer à l'effort général, je lançai un joyeux :

« Bonjour, tout le monde ! Si vous avez besoin d'aide, n'hésitez pas à...

— Ah toi, viens pas te fourrer dans nos pattes ! glapit le paternel. On est assez nombreux dans cette pièce. Si on a besoin, on t'appellera !… »

Ce charmant accueil doucha instantanément mon enthousiasme. Sûr que Tonton Michel aurait le temps de se convertir au libéralisme sauvage avant que je ne repropose mes services !

« Excuse-nous, continua Tonton Émile, mais quand y a trop de monde, on bosse pas à l'aise. Tu comprends, ce boulot demande de l'attention et du tact : faut agir en finesse… »

Et il le prouva en balançant par-dessus son épaule une bûche qui alla se fracasser par terre en fissurant un nouveau pan de carrelage.

« Et merde ! Toi aussi, tu peux pas faire attention ? vociféra mon père. Comment tu veux qu'on revende cette baraque si tu nous la mets en morceaux ?…

— Pour la revendre, bougonna son frère en s'essuyant les mains sur son jean de travail, faudrait d'abord en hériter ! »

Mon père avait déçu, et on commençait à lui reprocher cet échec. Mais, le connaissant, je savais qu'il ferait tout pour récupérer l'influence et l'autorité qu'il exerçait auparavant au sein de la famille. Oui ! Nul doute qu'il retrouverait sa place au sommet de la hiérarchie familiale, car, comme l'avait déclamé avec panache Thor (héros des éditions Marvel adapté dans une BD éponyme), alors qu'il était en mauvaise posture : « La hyène ricane quand le lion est faible... mais le lion reste toujours le lion ! » Ça, c'était envoyé ! Inutile de vous dire qu'il s'agissait de l'un de mes épisodes favoris.

D'ailleurs, mon père ne possédait-il pas la pilosité du lion ? L'agressivité et le rugissement du lion ? Le prestige et le charisme (certes affaiblis en ce moment) du lion ? Enfin, le caractère du lion ?... Ah non, là, c'était plutôt celui du cochon.

Comme je m'apprêtais à quitter la place, laissant les (vrais) hommes poursuivre leur labeur, Tonton Gus me tendit le sac poubelle à présent rempli comme une huître saoule (encore une expression de Tonton Émile) et me lança :

« Hé, Jo, si tu veux vraiment te rendre utile, porte ce sac à l'entrée de la propriété ; nous irons le jeter plus tard dans la benne à ordure municipale. »

Alors que je m'empressais de lui obéir – c'est tellement agréable de ne pas être considéré comme quantité négligeable –, il ajouta :

« Et si tu peux, essaie de récupérer quelques blocs en bon état pour caler ma caravane : ils se brisent les uns après les autres.

— Pas de problème ! m'écriai-je avec reconnaissance. C'est comme si c'était fait ! »

Je sortis de la cuisine en courant et me débarrassai du sac poubelle avant de rejoindre la caravane de mon oncle. On m'avait confié une mission : à moi de m'en montrer digne. Après un rapide coup d'œil aux stabilisateurs, je m'aperçus que deux parpaings avaient éclaté sous le poids de la caravane, provoquant une légère inclinaison de celle-ci. Je décidai de ne pas les retirer en redressant l'ensemble à l'aide du cric : c'eût été prendre le risque de réveiller Valérie et sa mère qui faisaient encore la grasse matinée.

La réussite de cette opération n'aurait certainement pas effacé la mauvaise humeur de ces dames, aussi préférai-je commencer par dénicher quelques blocs assez solides. Je me souvins des consignes de Tonton Gus et écartai ceux qui formaient le sommet de la pile. La plupart de ceux gangrenés par les intempéries, nous les avions jetés à terre où ils reposaient à moitié disloqués.

J'en choisis un qui me sembla encore en bon état et le tirai à moi en vue de le soulever quand il se brisa net entre mes mains.

« Et merde ! m'écriai-je. Ils sont tous pourris ! »

Je me mis à observer en maugréant le tas de parpaings en face de moi. Pour bien faire, il aurait fallu attraper ceux qui étaient protégés, en bas de la pile, mais je me voyais mal déplacer tous les blocs qui les recouvraient. Je voulais bien rendre service... pas me crever la santé. J'examinais en bougonnant quelques-uns de ces emblèmes de notre monde moderne, industrialisé et surtout bétonné, quand soudain…

Blême. Raide. Statue de marbre. Révélation. Illumination. Éclair. Fulguration. Joie… Je venais de comprendre !

Un quart d'heure plus tard, je me ruai comme un fou dans la cuisine, brandissant d'une main l'objet qui allait faire ma gloire. Tonton Gus et Tonton Michel finissaient juste de replacer le frigo et la cuisinière tandis que mon père et Tonton Émile remettaient les bûches en tas.

À voir leurs mines déconfites, ils n'avaient rien trouvé. Et pour cause !

Devant leurs yeux éberlués, je levai bien haut ma prodigieuse découverte ; je tenais dans ma main une boîte à bijoux qui différait uniquement, par sa structure métallique, de celle que nous avions découverte dans la cheminée.

« Je l'ai ! je l'ai ! hurlai-je en riant. J'ai la boîte qui contient la turquoise ! »

Ah ! mes amis ! quel raffut ! quel chambardement ! quelle révolution ! Le Christ ressuscité n'avait pas dû soulever pareil émoi auprès de ses disciples. Tout le monde se rua sur le nouveau Messie.

« Mais qu'est-ce que tu dis ? s'écria Tonton Émile en dévorant des yeux la boîte que j'exhibais fièrement devant eux. Mais qu'est-ce qu'il dit, ce petit ? continua-t-il en riant nerveusement.

— Ô mon Dieu, ô mon Dieu ! psalmodiait Tonton Michel en se tordant les mains. Je n'arrive pas à y croire !… Ô mon Dieu ! »

Je tendis naturellement la boîte à mon père. Il m'adressa un sourire encore incrédule et l'examina sans plus tarder avec fébrilité.

« Mais où tu l'as dénichée, sacré bon Dieu de gamin ? s'exclama-t-il d'une voix altérée par l'émotion.

— Ça, on peut dire que t'as eu de la chance, déclara Tonton Émile.

— Mais ce n'est pas de la chance ! me révoltai-je. J'ai résolu l'énigme ! Et tout seul ! »

Ils me dévisagèrent un moment, stupéfaits par cette déclaration ; mon père me questionna à nouveau d'un air dubitatif :

« Toi, t'as résolu l'énigme ? Dis plutôt que tu as découvert la boîte par hasard !...

— Non, justement ! m'écriai-je de plus en plus révolté que l'on puisse mettre en doute mes facultés intellectuelles. J'ai élucidé tout seul le sens de ce mystérieux message !

— Mais alors, explique-toi, bon sang ! » implora Tonton Gus.

Je ressentis un vif plaisir à les voir autour de moi, pendus à mes lèvres ; après avoir contenté mon ego en les faisant patienter quelques secondes, je me décidai à chasser les ténèbres de leurs misérables esprits :

« D'abord, je vous rappelle l'énigme : *J'en fais quatre dans l'ordre et cent dans le désordre*. Nous sommes souvent passés devant l'objet correspondant à cette définition... et c'était tout simplement le tas de blocs en ciment situé sous le tilleul ! »

Alors que je m'attendais à une explosion de félicitations enthousiastes saluant ma perspicacité, leurs visages ne marquèrent que le doute et l'incompréhension. *Ils sont longs à la détente ce matin,* pensai-je. *Ou alors Tatie Agnès leur a préparé le petit déjeuner avant de se remettre au lit ?...*

« Ah là là ! soupirai-je... J'en fais quatre dans l'ordre et cent dans le désordre, c'est quand même pas compliqué à comprendre ! Une fois assemblés – dans l'ordre, donc –, les parpaings forment les quatre murs d'une maison et, tels qu'ils se présentent actuellement – en tas, dans le désordre –, ils constituent grosso modo une centaine d'éléments... Je me suis pas amusé à les compter…

— Mais oui ! s'écria Tonton Gus, illuminé par cette révélation. les quatre murs d'une maison ! Comment n'y ai-je pas pensé ?… Et dire que je me suis servi de ces damnés parpaings à plusieurs reprises pour caler la caravane et que je n'ai jamais fait le rapprochement !… C'est trop bête !

— C'est mon fils, ça, c'est mon fils ! se mit à rugir mon père tout en me secouant comme un prunier par les épaules. Il est pas très grand, mais y en a là-dedans ! »

Et il faillit m'assommer quand il tapa sur ma tête avec le plat de sa main.

« Je vous le dis depuis longtemps, ajouta Tonton Gus avec allégresse, la valeur n'attend pas le nombre des centimètres ! C'est pas vrai, Jo ?... »

J'approuvai avec bonne humeur, quoique je n'aimasse guère que l'on me rappelle sans cesse la modestie de ma taille. Certes, je comptais parmi les plus petits de ma classe, mais ce n'était quand même pas ma faute si la taille des Français augmentait à chaque génération ! J'avais lu que ce phénomène était peut-être provoqué par les champs magnétiques induits par les appareils électriques – la télévision en particulier. Champs magnétiques qui auraient le don d'exciter une certaine glande pinéale. Ouais… En tout cas, en ce qui me concerne, j'eus beau rester des heures devant mon téléviseur, ma croissance demeura fort modeste. Ou alors je ne regardais pas les bons programmes ?... ou bien ma glande pinéale était frigide ?... Allez savoir.

« Bon et si maintenant on ouvrait cette satanée boîte ?… proposa Tonton Émile en piaffant d'impatience.

— Sans plus tarder ! » répondit mon père avec la même nervosité.

Il saisit (m'arracha) le couvercle d'une main et entreprit de le retirer, mais ce dernier, certainement soudé par la rouille et l'humidité, refusa de céder. Le paternel poussa un « oh ! oh ! » de contrariété, puis affirma sa prise en calant la boîte contre son ventre, prit une profonde inspiration et imprima une violente torsion au couvercle avec force soupirs, jurons et rougeoiements faciaux. Mais, au bout de plusieurs minutes d'efforts violents, il vit la boîte toujours lui résister avec entêtement.

« Quelle saleté ! gronda-t-il en considérant ses mains congestionnées par la douleur. J'ai aucune prise, alors évidemment !…

— Donne, voyons ! lança Tonton Émile en saisissant l'objet récalcitrant. Y a une astuce qui consiste à serrer d'abord ce qu'on veut desserrer... C'est tout bête, mais personne la connaît.

— Moi, je la connais ! protesta Tonton Michel. C'est une simple application de la théorie du yin et du yang. Ces deux forces qui régissent l'univers ne sont pas antagonistes, contrairement à ce que l'on croit, mais complémentaires. Il suffit d'abonder un moment dans leur sens afin de mieux pouvoir les apprivoiser. »

Je ne sais pas si Tonton Émile avait saisi toutes les subtilités de cette théorie, mais il s'employa à la mettre en pratique en serrant puis desserrant le couvercle à plusieurs reprises. Malgré l'acharnement désespéré de mon oncle, la preuve ne fut pas concluante : la boîte refusa de donner raison à Yin comme à Yang.

« Et merde ! maugréa-t-il en rendant la boîte à mon père. On a qu'à prendre un marteau et casser cette saleté !

— Au risque de détruire la pierre ! objecta mon père. Non, non, pas question ! Ce serait le coup qu'on endommage la turquoise et que l'huissier de Pau ne puisse pas la reconnaître. Je crois qu'il vaut mieux découper la boîte à l'aide d'une scie à métaux, comme ça, on aura pas de mauvaise surprise.

— Formidable ! approuva Tonton Émile... J'aurais dû y penser !

— La réflexion, toujours la réflexion, opina de la tête Tonton Michel.

— Quant à la scie, continua Tonton Gus, il y en a une de ce genre dans la trousse à outils de la caravane ; le temps d'aller la chercher et on se met au boulot ! »

Il revint quelques instants plus tard alors que Tonton Michel, à son tour, tentait de dévisser le couvercle sous le regard goguenard de ses frères. Mon père lui arracha la boîte des mains, s'empara d'autorité de la scie, puis commanda d'un ton impérieux : « Suivez-moi ! »

Il sortit de la cuisine et nous l'accompagnâmes sans mot dire devant la table en chêne laissée à l'extérieur. Mon père déposa la boîte dessus, la fit jouer entre ses mains pour évaluer le meilleur angle d'attaque, positionna la lame de la scie et commença à entamer doucement le métal sous les yeux fébriles de son entourage.

Étant donné que l'opération risquait de prendre un bon moment, car elle exigeait patience et minutie, nous prîmes chacun une chaise et nous installâmes en silence autour du « maître d'œuvre ». Il tenait la boîte d'une main et de l'autre maniait la scie d'un geste souple et précis à la façon d'un violoniste avec son archet ; certes le maître tirait de son instrument des sons discordants, mais nos oreilles, en cet instant, les savouraient bien plus qu'une quelconque symphonie... Car cette « symphonie » en crissements et vibrations majeurs, pour aussi discordante qu'elle fût, annonçait la fin de nos tourments. Du moins l'espérions-nous de toutes nos forces.

Après chaque aller et retour de son instrument, le musicien examinait la fente qui se dessinait sous la morsure de la lame, puis il se concentrait, assurait à nouveau sa prise et répétait son mouvement, s'arrêtant à la moindre résistance pour ne pas risquer d'abîmer la pierre à l'intérieur.

« Tu ne peux pas aller un peu plus vite ? osa dire Tonton Gus. Parce qu'à ce rythme...

— C'est ça, gronda mon père, pour que je fende le bijou en deux !…

— On est pas pressés », observa Tonton Michel.

Et il ajouta d'un geste apaisant de la main :

« Tout doux, tout doux... imaginons que cet objet soit le cœur d'une femme qu'il nous faut conquérir : du doigté, de la finesse, de la stratégie et nous réussirons.

— Je ne te savais pas si habile tacticien des choses de l'amour, nota en souriant Tonton Gus.

— Ce n'est pas parce que l'on habite à la campagne qu'on est ignare en ce domaine, répliqua son frère. Et je dirais même plus... on en connaît sans doute davantage sur la vie que vous autres à la ville, avec vos clubs de rencontres, vos boîtes de nuit et vos sex-shops.

— Vous pensez s'il s'y connaît, gloussa Tonton Émile d'une vois égrillarde. Avec ses moutons, il a eu le temps de se faire la main ! »

Malgré son caractère outrancier, cette plaisanterie déclencha une tornade de rires auxquels ne se joignit évidemment pas Tonton Michel.

« Mon pauvre Émile, soupira-t-il en arborant un visage navré, tu changeras jamais ; j'apprécie à l'occasion ta grossièreté, mais certainement pas ta vulgarité. »

Et il me désigna en fulminant :

« Oser ce genre de plaisanterie douteuse devant un enfant ! »

Je dus me retourner pour dissimuler mon rire. Tonton Gus, que j'aurais cru hermétique à ce genre d'humour, était au bord des larmes ; quant à mon père, il riait si fort qu'il avait dû interrompre sa tâche. La tension nerveuse des dernières heures expliquait sans nul doute notre réaction.

« Tu peux rire, oui, tu peux rire, se mit à ricaner Tonton Michel en s'adressant à mon père, parce que moi, si je voulais, j'en raconterais de belles à ton sujet ! Parce que j'en connais, moi, j'en connais !… »

Tout le monde – sauf mon père, évidemment – le supplia de mettre ses menaces à exécution.

« De toute façon, protesta le paternel, j'ai rien à cacher, alors tu peux raconter ou inventer ce qu'il te plaira…

— Ah ! tu n'as rien à cacher ? ironisa Tonton Michel. Et si tu nous parlais un peu des turpitudes de ta prime enfance !…

— Des turpitudes de ma prime enfance ?

s'étonna son frère. C'est quoi encore ces conneries ?…

— De ta prime enfance, justement, de ta prime enfance ! assena farouchement Tonton Michel avec, me sembla-t-il, cette fois, une lueur amusée au fond des yeux... Et le vieux Dufour qu'on a retrouvé en haut de son grenier ?... »

Un sourire crispé figea le visage de mon père. Pour la première fois de ma vie, je le sentis embarrassé.

« Je vois pas ce que cela a de choquant », lançai-je alors en haussant les épaules.

Tonton Michel continua d'un air gourmand :

« Rien de choquant. Vraiment rien si ce n'est que le vieux Dufour… était mort depuis vingt-quatre heures et aurait normalement dû reposer, raide comme une barre de treuil, sur son lit de mort ! Selon les usages à l'époque – je te parle des années quarante – les voisins s'étaient relayés pour veiller le défunt une partie de la nuit. Mais au petit matin… le cadavre avait disparu. Volatilisé !

— Disparu ? m'exclamai-je avec étonnement.

— Disparu ! assena Tonton Michel. Je te raconte pas la stupéfaction, puis les cris et les pleurs qui s'ensuivirent. On avertit bien sûr et au plus tôt les gendarmes, mais ils ne purent retrouver le défunt. Comme les forces publiques avaient échoué, on fit alors appel aux forces divines (le curé du village en l'occurrence) pour exorciser la maison.

— Là où le rationnel laisse un vide, l'irrationnel s'engouffre, précisa Tonton Gus avec malice.

— Certains pensèrent à une plaisanterie douteuse, continua Tonton Michel, d'autres à l'œuvre du malin. En fait, il s'agissait de l'œuvre de deux malins : Bernard et Émile. »

Le premier « malin » cité leva son index bien haut et lâcha d'un air offusqué :

« Personne n'a jamais pu prouver que c'était nous !

— Personne ! assena l'oncle Émile d'un air qu'il voulait offensé.

— On vous a quand même vus rôder dans la maison du vieux Dufour toute la soirée, objecta Tonton Michel et vous tordre de rire comme des bossus alors que les voisins cherchaient le cadavre. »

Mon père posa ses deux mains en croix sur sa poitrine et nous prit à témoin :

« Non mais, franchement, regardez-nous, moi et le Mimile : croyez-vous qu'on aurait été capables d'une telle chose ? On a quand même de la religion !

— De la religion et de la sensibilité ! » compléta « Mimile ».

Tout le monde éclata de rire, faisant voler en éclats le mince vernis de sensibilité de nos deux oiseaux. Et la discussion roula ainsi entre rire et chamaillerie jusqu'à ce que mon père intime le silence en annonçant :

« Attention, je touche presque au but !… Encore quelques efforts et c'est bon ! »

On se rapprocha un peu plus de lui en dévorant des yeux la scie qui finissait d'éventrer la boîte à bijoux.

« On peut dire qu'elle nous aura donné du mal, celle-là », grimaça l'orfèvre en dégageant la lame qui venait de se bloquer dans la masse métallique. La lame arracha enfin les ultimes particules de métal : la boîte allait nous livrer son trésor. Comme avait dit mon père : « Les vacances allaient vraiment commencer ! » Des vacances, en ce qui me concernait, tout auréolées de gloire et couronnées, j'en étais sûr, par l'acquisition d'une magnifique mob Peugeot dernier modèle, celle avec la selle biplace. À condition, évidemment, que l'infernale Tata Lucie n'ait pas encore...

« Ça y est ! » hurla soudain mon père en interrompant le cours de mes pensées.

Il posa la scie sur la table et prit la boîte, maintenant découpée sur toute sa circonférence, entre ses mains. Il les tendit vers nous tel un magicien qui s'apprête à exécuter son tour de magie préféré et lança un tonitruant :

« Alors, j'y vais ?… »

Nous répondîmes en chœur un fiévreux : « Tu y vas ! »

D'un geste sec, il fit céder le point d'attache qui maintenait encore la boîte en un seul morceau.

Elle se sépara en deux, et mon père nous présenta chaque moitié telle une offrande.

Belle offrande en vérité : l'une des moitiés était vide et l'autre contenait un morceau de papier enroulé sur lui-même. Belote, rebelote et dix de der : nous étions bons pour une troisième partie gratuite !

Le paternel s'empara en tremblant de la feuille et la déplia dans un silence de mort : nous savions tous ce qu'elle contenait.

C'était une nouvelle fois la catastrophe. Il eut du mal à lire ce qu'il y avait écrit dessus : soit que l'écriture eut été effacée par l'humidité soit à cause de l'émotion (je penchai pour la seconde hypothèse). Je dois dire que j'étais tellement accablé que je n'entendis pas sa première lecture, mais il relut au bout d'un moment, et sans qu'on le lui ait demandé, la nouvelle énigme que Tata Lucie avait laissée à notre intention :

« Quoi qu'il fasse, mon protecteur
perdra ses cheveux. »

Je passerai sur les qualificatifs qui gratifièrent la dernière « plaisanterie » de notre tante. Qualificatifs énoncés de manière si vive et si intense que les femmes quittèrent leur lit en petite tenue, persuadées que nous avions enfin découvert la turquoise. Et je puis assurer que leur amertume fut à la hauteur de leurs espoirs, car le concert de protestations ne fit qu'empirer.

Même ma mère et Tatie Nathalie, d'ordinaire stoïques devant l'adversité, se répandirent en invectives furieuses : « Ah ! la chameau !... la chameau ! » lança l'une ; « Ah ! la vieille sorcière ! » répondit l'autre.

Les messieurs, virilité oblige, s'exprimèrent en des termes beaucoup plus crus, mais comme ils n'enrichirent pas le débat, je m'épargnerai la peine de les rapporter ici.

Quand tout le monde eut épuisé sa réserve de fiel, il fallut se rendre à l'évidence, Tata Lucie venait une nouvelle fois de nous posséder.

Je la trouvais évidemment beaucoup moins sympathique qu'au début de cette affaire : je pouvais dire adieu à mes rêves de mob avec selle biplace et tout le toutim.

Laissant leurs maris se calmer, les dames, le visage grave, décidèrent d'aller s'habiller avant de préparer le petit déjeuner ; à l'exception de Tatie Cynthia qui préféra se recoucher.

Sa fille n'avait même pas daigné se lever, de plus en plus indifférente, semblait-il, au déroulement des recherches. Elle s'intéressait bien davantage – pour mon plus grand chagrin – à parfaire son bronzage au lac de Cadillon en compagnie de sa mère et de Tatie Agnès.

À ce propos, ma mère et Tatie Nathalie supportaient de plus en plus mal le fait que leurs belles-sœurs aillent prendre du bon temps alors que, de leur côté, elles devaient s'occuper de la popote et de la vaisselle.

La rébellion gagnait les esprits et l'on commençait à supputer perfidement sur l'âge auquel ces « folles du soleil » allaient développer un cancer de la peau. À chacun sa consolation…

10

Le soleil avait sûrement décidé de momifier ce mois de juillet, car le thermomètre placé à l'ombre du tilleul frisait les 38 degrés en ce vendredi 18. Suite à une longue séance de « méditation » en plein soleil, Tonton Michel avait fait une syncope et, malgré ses – faibles – protestations, on l'avait convaincu d'aller « méditer » dans un endroit plus ombragé. Caroline avait accepté, moyennant un paquet de confiseries, de veiller sur son oncle. Tonton Michel, adossé au tronc du tilleul, reprenait des forces en buvant une tisane préparée par sa femme. Une tisane à l'arôme si « original » qu'il avait fallu promettre un second paquet de bonbons à la Peste pour la convaincre de rester avec lui.

Nous nous retrouvâmes tous devant l'entrée de la maison dans laquelle les femmes achevaient de remettre en place le mobilier.

« Bon, à présent au boulot ! lança mon père en tapant dans ses mains... On s'attaque aux chambres.

On va enlever les literies et ensuite on démontera les pieux, après quoi on s'occupera des cloisons en plâtre. Et, à partir d'aujourd'hui, plus de tire-au-flanc… il nous reste plus beaucoup de temps pour retrouver la bague », acheva-t-il en jetant un regard entendu à Valérie.

Et il précisa sa pensée en assenant :

« Joseph et Valérie, vous allez curer la mare. S'il y a un orage et qu'il se met à pleuvoir, elle va se remplir et on sera marron. Des objections ?… »

Nous en avions beaucoup. Mais elles avaient très peu de chances d'être retenues. C'est ainsi qu'armés d'une pelle et d'un râteau métallique aux dents resserrées par les bons soins de Tonton Émile, Valérie et moi-même rejoignîmes la mare.

Non loin d'elle, le poulailler abandonné semblait attendre tristement le retour de ses anciens locataires. En arrivant devant la mare, la vue de cette eau croupie, boueuse et nauséabonde nous fit grimacer de dégoût.

« Ça pue, soupira Valérie en laissant tomber à ses pieds le râteau qu'elle portait. Je commence vraiment à en avoir marre de ces vacances, maugréa-t-elle. Je m'emmerde, mais je m'emmerde ! En plus, j'ai pas rencontré de garçon sympa et mignon au lac. Quand tu penses que le seul mec potable que l'on croise de temps en temps, c'est le notaire !

— Ah, parce que vous l'avez revu ? demandai-je avec, je ne sais pourquoi, une pointe d'agacement.

— Ben ouais. Il y est souvent pour "gérer", comme il dit. En vérité, il reste planté à la buvette à mater les nanas. Il est cool, celui-là, je te le dis. »

Elle tourna la tête en direction de la maison et ajouta à voix basse :

« Et en plus, je crois bien qu'il drague maman. Tu peux pas imaginer le nombre de conneries qu'il peut inventer pour la faire rire... Enfin, le principal, c'est qu'avec lui on a droit aux glaces et aux consos à l'œil.

— Et qu'est-ce qu'il vous raconte ?…

— Oh ! tu sais, moi, je m'en fous. Je laisse ma mère se dépatouiller avec lui. Caro et moi, on vient chercher ce dont on a envie à la buvette et on se tire aussitôt après le merci pour rejoindre Tatie Agnès en train de cramer sur son bout de plage. Si t'es O. K., proposa-t-elle, on va s'allonger un peu plus loin... Fait trop chaud pour bosser. »

J'étais O. K. J'abandonnai à mon tour ma pelle et nous partîmes nous étendre derrière le poulailler afin de préserver notre tranquillité. Ma cousine portait l'un de ses habituels shorts qui, tout en me remplissant (parfois) de culpabilité, mettaient en valeur le galbe de ses cuisses maintenant bien bronzées.

Ces courbes sensuelles, ces moiteurs cachées que j'imaginais avec délices provoquèrent inévitablement en moi un trouble que Valérie perçut très vite, car elle se mit à sourire en me couvant du regard tel un serpent qui cherche à hypnotiser sa proie. Diabolique et délicieuse femelle qui jouait ainsi avec moi, aiguisant l'arme qui allait la servir sa vie durant : le désir.

« À voir la façon dont tu me mates, susurra-t-elle, je dois pas être si moche que ça ?…

— Mais je… je te mate pas, bafouillai-je en rougissant en une nanoseconde. Je regardais simplement tes... tes...

— Ouais, c'est ça ! ricana-t-elle. Vous, les mecs, on vous connaît, vous êtes tous les mêmes ! Vous commencez par mater le cul des nanas, ensuite vous leur filez un rencard et on connaît la suite...

— Je… j'avais pas l'intention de te filer un rencard, me défendis-je maladroitement.

— Pas toi, idiot, évidemment, répondit-elle en haussant les épaules. Je parle des mecs en général. Toi, je suis sûre que tu te contentes de regarder, mais les autres mecs, je les connais bien : quand on leur accorde un baiser, ils en profitent pour nous peloter et puis pour aller plus loin, si tu vois ce que je veux dire ?… Évidemment, c'est pas toujours désagréable, qu'est-ce que t'en penses ?... »

J'étais recroquevillé sur moi-même, terrifié par la question que cette garce en herbe n'allait pas tarder à me poser. C'est d'ailleurs ce qu'elle fit sans plus tarder :

« Mais au fait… t'as déjà fait l'amour ?… »

Je m'en voulus d'être faible à ce point, mais la tigresse ne me laissa pas de répit. Je passai par divers états au fur et à mesure qu'elle égrenait ses cruelles questions :

« Allez, dis-moi, entre cousins on peut tout se raconter… (Tétanie.) T'as déjà couché avec une nana ?… (Pétrification.) T'es quand même pas puceau à ton âge ?… » (Momification.)

J'articulai un lamentable et fort peu convaincant : « Pu… puceau... no…non, holà ! »

Bien sûr, elle ne fut pas dupe une seconde et m'humilia plus que n'auraient pu le faire des mots en m'adressant un sourire narquois et vaguement condescendant.

Mais je compris vite que cette intrusion dans ma vie privée n'avait pas pour but de m'humilier, mais de lui permettre d'amener LA révélation... SA révélation.

« Moi, en tout cas, annonça-t-elle avec volupté, je peux t'assurer que je suis une femme à part entière, si tu vois ce que je veux dire ?… (Je ne voyais que trop bien.) Pour employer l'expression d'un copain qui fait un B. E. P. de mécanicien : j'ai passé le contrôle technique avec succès... bonne pour la route ! »

Et elle éclata de rire, fière de sa saillie… humoristique.

Je n'eus pas le loisir d'apprendre le nom du technicien qui s'était occupé du contrôle ni de ses modalités techniques (ce dont ma cousine n'aurait certainement pas manqué de m'informer), car nous aperçûmes soudain un homme à vélo, avec une grosse caisse arrimée sur le porte-bagages, pénétrer dans la propriété. Il s'arrêta à quelques mètres de la maison, hésitant à poursuivre.

Il ne nous fallut qu'un instant pour reconnaître M. Criquot, l'employé municipal, fossoyeur à temps partiel et débile léger à temps complet.

Son arrivée avait dû être observée de la maison, car à peine eût-il posé le pied à terre que des cris enthousiastes retentirent du seuil de la cuisine ; la voix tonitruante de Tonton Émile se détacha nettement de celle des autres :

« Putain, oh ! regardez, c'est Gégène ! Ah ! le con ! »

Mon oncle sortit de la maison pour accueillir le nouveau venu à bras ouverts.

« Rentre, Gégène, rentre... viens boire quelque chose ! »

Nous vîmes le sieur Criquot saluer de la main la famille qui se pressait maintenant à sa rencontre (il est vrai que les distractions étaient rares), caler le vélo contre sa hanche et défaire les liens qui tenaient la caisse ; puis il la prit d'une main, laissa tomber le vélo à ses pieds et entra dans la maison sous les ovations de tout le monde.

Pour rien au monde Valérie et moi n'aurions voulu manquer le spectacle qu'allait nous offrir Gégène. Nous nous levâmes en hâte et nous précipitâmes vers le lieu de la représentation... Enfin un peu de détente !

Quand nous entrâmes dans la cuisine, nous découvrîmes la caisse posée à côté de la porte et M. Criquot assis devant la table, entre mon père et Tonton Émile qui, décidés semblait-il à profiter le plus longtemps possible de cette attraction, venaient de lui mettre une canette de bière dans chaque main.

Tout le monde l'observait avec l'impatience gourmande des enfants qui attendent le numéro des clowns au cirque. Nous nous assîmes dans un coin et attendîmes également le début de la représentation... ce qui ne tarda pas.

Mon père ouvrit la séance :

« En tout cas, Crapou… Eugène, se reprit-il de peur de finir par contrarier le clown de service, c'est une bien agréable surprise que tu nous fais. N'est-ce pas, vous autres ? » lança-t-il à son entourage.

L'entourage acquiesça vigoureusement.

« Que oui », répondit simplement le simplet (rien que de plus normal) en couinant un singulier : « Hihihihi ! »

Nous n'en étions qu'à l'ébauche du fameux rire du Crapouillot : un rire que mon père et mes oncles, à voir les clins d'œil amusés qu'ils s'adressaient, avaient l'intention de développer jusqu'à son paroxysme. Une ébauche qui mit tout de même nos cœurs en joie.

Tatie Agnès se leva d'un bond et courut à la porte en lâchant :

« Je vais chercher Michel, il faut qu'il voie ça !

— Tu as raison, lui dit ma mère, cela lui remontera le moral... mais qu'il se dépêche, je ne sais pas si Monsieur Criquot – et elle le gratifia d'un large sourire – compte rester longtemps parmi nous. »

Le Crapouillot venait juste d'entamer sa seconde canette de bière – la première ayant été engloutie en trois gorgées – que Tonton Michel, en compagnie de son épouse, faisait irruption dans la pièce. Le tonton avait repris des couleurs et, à la manière précipitée dont il gagna la chaise que lui tendit Tatie Nathalie, il tenait visiblement à être de la fête.

« Et alors, Gégène, demanda mon père, quel bon vent t'amène ?… »

Pour toute réponse, le Crapouillot se contenta de vider d'un seul trait la seconde canette ; puis il la considéra un instant comme si une bestiole avait pu se glisser à l'intérieur, la fit jouer entre ses doigts, la secoua d'une main et d'un geste vif la reporta à sa bouche pour lamper les quelques gouttes de liquide ayant pu échapper à son gosier.

« Pas très loquace mais assoiffé, commenta en riant Tonton Émile. S'il finit son assiette comme ses bouteilles, la vaisselle doit être vite faite ! »

Sa remarque déclencha une explosion de rires auxquels se joignit celui du Crapouillot : « Hihihihihaha ! » Seconde étape hilarante vers l'expression la plus complète et la plus délirante de son rire. Patience : le meilleur était à venir.

D'ailleurs, pour parvenir au résultat tant attendu, mon père et Tonton Émile se relayaient pour faire parler le « phénomène », mais il se contentait le plus souvent de hocher la tête en souriant de toutes ses dents (enfin, de celles qui lui restaient) et de répéter d'un air abruti : « Que oui... que oui. » Parfois, au gré de la conversation (si on pouvait appeler cela une conversation), sa réponse pouvait changer, il pouvait répondre : « Que non... que non. » Heureusement, il nous arrivait aussi de toucher l'extraballe, le jackpot, mais jamais encore dans sa version intégrale et ce malgré les efforts continus de mon entourage. C'était râlant, à la fin.

En désespoir de cause, mon père lui apporta deux autres canettes que M. Criquot vida avec la même célérité que les précédentes.

Par malheur, loin de profiter à son élocution, l'alcool sembla obscurcir davantage son esprit (comme si c'était encore possible). Le regard dans le vague, le sourire au beau fixe,

le bonhomme ne prenait même plus la peine d'articuler une réponse aux questions dont nous le pressions. Il fallait trouver quelque chose, tenter de raviver son attention.

Et ce fut, à mon grand désespoir, la Peste qui réussit ce tour de force. Elle s'était agenouillée à côté de la caisse qu'avait amenée Gégène et, curieuse comme je la connais, elle devait l'examiner depuis un bon moment quand elle s'écria :

« Hé, qu'est-ce qu'il y a là-dedans ?... On dirait que ça bouge ?… »

Cette question sortit miraculeusement M. Criquot de sa léthargie. Un éclair de lucidité traversa son regard, il ouvrit encore plus largement sa bouche édentée et répondit d'une voix triomphale :

« C'est le chat !

— Le chat ? s'exclama un chœur de voix étonnées.

— Que oui ! »

Il se leva en titubant, s'empara de la caisse qui s'apparentait en fait à une cage en bois, puis la déposa devant lui sur la table en se rasseyant. Il sortit un opinel d'une de ses poches et entreprit de trancher la corde qui attachait le couvercle.

Il commençait à le soulever quand un miaulement effrayant résonna au fond de la cage : un miaulement que nous avions déjà entendu et que nous reconnûmes aussitôt.

« Mais c'est Joyeux ! » s'exclamèrent simultanément plusieurs d'entre nous.

Nous n'eûmes pas le loisir de nous étonner davantage, car le félin se rua soudain hors de la cage en feulant, bondit par-dessus la tête du Crapouillot qui tenta vainement de le saisir par la queue et détala par la porte d'entrée restée ouverte, tous poils hérissés.

Ce qui, vu l'épaisseur de son pelage, rendait l'animal assez impressionnant et expliqua que personne n'ait tenté de l'arrêter sur l'instant.

La réaction brutale du chat provoqua chez les dames une vague de cris effrayés :

« Mon Dieu ! fulmina Tatie Cynthia. Cet animal est décidément une bête féroce ! Mais quelle idée de nous le ramener !

— D'un peu plus et il crevait les yeux à quelqu'un ! » poursuivit Tatie Nathalie.

C'est à ce moment que le Crapouillot consentit enfin à nous livrer la version intégrale de son rire. Soit que ce dernier événement ait rallumé quelque étincelle d'intelligence à l'intérieur de son crâne, soit que l'affolement de ces dames ait eu le don de le mettre en joie, il poussa soudain un fort honorable « hihihihihahaouahouaaah ! » qui présenta le double avantage de mettre un terme à l'émotion de la gent féminine et de nous offrir le bouquet final comique que nous attendions tous. Ce bouquet final fut accueilli comme il se devait par un festival de mines réjouies et d'éclats de rires tonitruants.

« Ah ! le con, ah ! le con ! s'esclaffa Tonton Émile. On ne s'ennuie pas avec ce lascar ! »

Le « con » nous regardait en arborant toujours son sourire d'idiot satisfait. On lui proposa une nouvelle canette de bière afin de l'encourager à renouveler son exploit, mais il se contenta de la boire en silence tout en continuant de nous sourire.

Une voix s'éleva alors, qui cassa la bonne humeur générale :

« Je crois qu'il est temps que l'on cesse notre petit jeu, lança Tonton Gus. Monsieur Criquot n'est pas un animal de cirque, tout de même. On ferait mieux de le remercier pour avoir gentiment voulu nous ramener le chat… et puis, arrêtez de le faire boire.

— Oh là là ! protesta Tonton Émile. Avec toi, on peut jamais rigoler ! Mais regarde Gégène, il est content, on s'occupe de lui ! Au moins avec nous, il cause, il s'amuse ! »

Il se tourna vers le Crapouillot et dit :

« Hein, qu'avec nous tu t'amuses ?...

— Que oui !

— Alors tu vois, conclut mon oncle en haussant les épaules, tout le monde est content.

— Que oui ! ajouta le Crapouillot.

— Mais au fait, intervint Tonton Michel, nous ne savons pas où il a trouvé le chat et pourquoi il nous l'a ramené... »

Mon père se tourna vers lui :

« C'est pas sorcier : Gégène croit sans doute que le chat vit encore ici ; quant à savoir où il l'a déniché... »

Il s'adressa cette fois au « dénicheur » :

« Où tu l'as trouvé, le minou, hein ?… Où qu'il était ? Je t'avertis qu'ici, c'est pas une fourrière, alors t'avise pas de nous apporter tous les chats perdus du coin. »

Comme il n'obtenait pas de réponse, il répéta sa question sur un ton que l'on emploie généralement avec un enfant en bas âge – ce qui, au niveau de l'intellect, devait être le cas de M. Criquot :

« Alors, dis-nous... où il était le minou ?… »

Le préposé à la fourrière fronça les sourcils, esquissa une grimace de réflexion (cela devait lui faire mal) et répondit enfin :

« Au cimetière.

— Au cimetière, évidemment ! s'exclama ma mère. Maïté nous a dit que cet animal y était souvent fourré !

— Que oui !

— Nous vous remercions pour votre geste, mais ce chat ne nous appartient plus, expliqua lentement Tatie Agnès afin de bien se faire comprendre. Il appartient désormais à Maïté, l'ancienne servante de Mademoiselle Castet... Vous vous souvenez de Mademoiselle Castet, n'est-ce pas ?... »

Contre toute attente, un sourire radieux (d'une expressivité surprenante) illumina sa figure et il répondit :

« Oh ! que oui !... Mademoiselle Lucie, elle était gentille ; elle faisait parfois les crêpes et elle m'en donnait quelques-unes quand je passais à vélo. »

Et il ajouta sur le ton de la confidence :

« Je faisais souvent exprès de passer devant sa maison pour voir... Pour voir pour les crêpes ! précisa-t-il. Elles étaient bonnes les crêpes de Mademoiselle Lucie. Que oui ! »

Puis, suite à ces « longues » explications (c'était la première fois que nous l'entendions aligner autant de mots à la suite), il se leva, s'empara de la caisse et nous fit un salut de la main sur le pas de la porte.

« Tu nous quittes déjà ? s'exclama Tonton Émile avec regret.

— Que oui. »

Sans autre commentaire et escorté par toute la famille, il se dirigea d'un pas chancelant vers son vélo. Après quelques tâtonnements, il réussit à relever le vélo, mais se trouva fort embarrassé pour fixer la cage sur le porte-bagages.

Mon père et Tonton Gus se dévouèrent pour l'aider et, dès que l'opération fut menée à bien, le Crapouillot enfourcha péniblement son engin, nous fit un dernier salut de la main, puis… s'affala d'un bloc dans l'herbe. Tout le monde se précipita à sa rescousse ; on l'installa à l'ombre du tilleul, et les femmes allèrent chercher une serviette trempée dans de l'eau glacée pour tenter de le ranimer. Peine perdue.

Même vigoureusement frictionné par Tonton Émile, le bougre ne daigna pas ouvrir un seul œil.

Tonton Gus posa sa tête contre la poitrine de M. Criquot, puis, au bout de quelques secondes d'observation, déclara :

« Ça va, il respire. Je crois qu'il a simplement une belle cuite. Cette fois, il va falloir le ramener, on n'a pas le choix.

— Encore faut-il savoir où il habite, ce zèbre, commenta Tonton Michel.

— Et si on le laissait au cimetière ? proposa, pragmatique, Tonton Émile. Une fois qu'il aura décuvé, il retrouvera bien son chemin... »

Mon père considéra son frère d'un air désapprobateur :

« Mon pauvre Émile, tu fais bien peu de cas de ton prochain… Et la solidarité, nom de Dieu ?… Et l'action humanitaire ?...

— Ça, c'est vrai ! s'insurgea à son tour Tatie Agnès. Il serait criminel d'abandonner ce pauvre homme à son sort... Imagine qu'il ait un grave malaise ?...

— Oh là là ! ronchonna Tonton Émile en haussant les épaules. Moi, ce que j'en disais, hein ? N'allez surtout pas croire que je sois contre l'humanitaire. Si vous voulez pas le laisser au cimetière, y a qu'à téléphoner à Monsieur Murou. Il doit savoir où il habite, lui...

— Voilà une idée qui t'honore enfin, conclut mon père. Et puis imagine un instant qu'il claque au cimetière (lieu insolite pour décéder, il faut bien le reconnaître), on pourrait être inculpés pour non-assistance à personne en danger. Faut réfléchir un peu avant de causer ! »

Cet argument décisif finit de convaincre Tonton Émile. Évidemment, vu sous cet angle, l'Humanitaire venait de prendre un sacré coup dans l'aile.

Tonton Gus partit téléphoner à M. Murou, qui arriva dans la demi-heure suivante et gara sa fourgonnette non loin du tilleul sous lequel le Crapouillot ronflait maintenant du sommeil du juste. Nous nous tenions autour du « juste », en train de veiller sur son repos ; ou plutôt en train de commenter avec jubilation ses différentes phases : froncements des sourcils et du front, frémissements du nez, mouvements sporadiques de divers membres, ronflements, soupirs et autres manifestations sonores.

Aussitôt descendu de son véhicule, M. Murou leva les bras au ciel et apostropha la forme étendue à nos pieds :

« Eh bien, mon cochon, cette fois, tu t'en tiens une bonne ! Non mais, regardez-moi ça, fulmina-t-il en nous prenant à témoin. Voilà où passe l'argent de nos impôts ! Quand je pense que c'est moi qui ai décidé de créer ce poste d'employé communal à l'intention de cet énergumène ! se lamenta-t-il. Enfin, soupira-t-il en relevant le vélo qui gisait à proximité, il faut de tout pour faire un monde ! »

Le maire ouvrit le hayon de sa fourgonnette, enfourna le vélo à l'intérieur, puis revint vers nous en s'efforçant de retrouver le sourire :

« Je vous ai même pas dit bonjour… Excusez-moi, mais entre les frasques de cet oiseau, la politique agricole que nous préparent nos énarques, la sécheresse qui sévit ces jours-ci, les charges sociales à payer, les... »

Il énuméra, tout en nous serrant (broyant) la main, la longue liste des plaies qui accablaient le « petit paysan ».

Plus la liste s'allongeait, plus sa figure affichait les stigmates d'une profonde tragédie. Il termina superbement, les yeux embués de larmes, en déclamant d'une voix brisée par l'émotion, un désormais classique :

« Je vous le dis... c'est la mort du petit paysan ! »

Puis il se tourna à nouveau vers le Gégène, toujours plongé dans ses vapeurs éthyliques :

« Il me reste plus qu'à le charger dans la cabine, soupira-t-il. Remarquez, je commence à avoir l'habitude.

— J'ai l'impression qu'il a un certain penchant pour la bouteille, observa mon père en souriant.

— Un penchant certain, rectifia le maire, et y a toujours des imbéciles pour l'encourager à boire, vous pouvez me croire ! »

Nous n'eûmes vraiment aucune peine à le croire. Aidé par mon père et mes oncles, le maire eut tôt fait d'installer à l'avant de la fourgonnette M. Criquot, dit Gégène, dit le Crapouillot, dit Boit-sans-soif, j'en passe et des meilleures.

« C'est pas le mauvais bougre, commenta M. Murou en refermant la portière. Quand il a pas bu, il est même... »

Il eut des difficultés à trouver un quelconque qualificatif flatteur.

« Enfin, c'est pas qu'il soit présentable, mais il est, euh...

— Il est de bonne compagnie ! lâcha Tonton Émile en éclatant de rire.

— Tout simplement ! approuva le maire en riant à son tour. Je me demande quand même comment il a pu atterrir chez vous...

— Oh ! c'est simple, expliqua mon père, et c'est d'ailleurs tout à son honneur : il est venu pour nous ramener le chat de notre défunte tante. Il paraît qu'il l'a trouvé en train de rôder dans le cimetière.

— Le chat, hein ?… Pas notre tante ! glissa Tonton Émile en rigolant.

— Je vous le disais, dit M. Murou en opinant du chef, c'est pas le mauvais bougre... Maintenant que j'y pense, j'ai vu plusieurs fois ce chat rôder autour de la dalle de son ancienne maîtresse. C'est incroyable la fidélité de certains animaux.

— C'est bien le seul à l'avoir appréciée, celle-là, grogna Tonton Émile.

— Tu oublies Monsieur Criquot et surtout Mademoiselle Passy-Coucet, corrigea Tonton Gus.

— Gégène ! Tu plaisantes ? répliqua son frère... Il avait pas l'air très affecté au cours de l'enterrement.

— Je crois pouvoir dire sans me risquer qu'Eugène avait de l'affection pour votre tante, intervint M. Murou. Il est fort possible que, le jour de l'enterrement, il ait bu ou, chose plus probable, que son esprit ait connu une période d'absence... Ça lui arrive parfois. »

Ça, nous avions eu l'occasion de le remarquer.

Pour fêter cette journée riche en événements divers, nous avions à nouveau invité M. Murou à souper. Le brave homme avait accepté avec joie d'autant plus qu'il semblait soucieux (mais quel brave homme) de connaître les derniers rebondissements de notre affaire.

Il ne put être d'aucun secours quant à la résolution de la troisième énigme, mais il nous assura de tout son soutien moral et matériel – du moins en ce qui concernait le prêt des outils.

Une fois qu'il eut satisfait sa curiosité, la discussion roula de la « mort du petit paysan » – sujet, semblait-il, inépuisable – au poids des impôts et taxes diverses – redoutables « paysanticides, artisanticides et commerçanticides » – pour finalement aboutir à un sujet qui, de prime abord, ne semblait pas « brûlant », mais qui provoqua une belle empoignade entre Tonton Émile et Tonton Michel.

Comme il ponctuait parfois ses propos de jurons et expressions occitanes, Tonton Émile releva avec amusement les quelques différences qui pouvaient exister entre le catalan du Languedoc-Roussillon et l'occitan parlé en Béarn.

S'ensuivirent alors, pour la joie de tous, quelques comparaisons savoureuses de jurons sentant bon le terroir.

Tonton Émile, qui avait gardé un profond attachement à ses racines paysannes, se régalait de pouvoir ainsi exposer sa culture catalane, même si elle se résumait essentiellement à des jurons qui, dits en français, étaient odieux, mais prenaient une saveur, une finesse et une richesse insoupçonnables en occitan. Pour exemple, le célébrissime « Fils de pute ! » Selon les circonstances dans lesquelles on l'utilisait et l'intonation qu'on lui donnait, il pouvait exprimer la colère, l'étonnement, l'énervement, la joie, l'admiration, la douleur (bref, toute une gamme de sentiments parfois opposés) sans jamais revêtir le caractère trivial de son emploi en français.

M. Murou et Tonton Émile étaient en train de faire avec délectation l'analyse comparative du « Viens boire un coup ! » – fort usité dans les campagnes et éminemment sympathique à mon oncle –, quand soudain Tatie Cynthia s'exclama d'une voix excédée :

« Excusez-moi de vous interrompre, mais serait-ce trop vous demander que de poursuivre votre conversation en français ?… La majorité d'entre nous ne comprend ni ne parle votre patois, alors soyez aimables et revenez à des sujets plus intéressants... ou du moins plus compréhensibles pour votre entourage. Merci d'avance.

— Mais bien sûr, s'excusa M. Murou. Vous savez, pour moi, le patois, c'est un plaisir, mais aussi une façon de respecter les traditions…

— L'homme de la terre comprend, mais l'homme de lumière désapprouve, déclama Tonton Michel. Car il n'y a pas de tradition qui ne s'abandonne. Un éclairé a dit : « Il faut savoir tout laisser derrière soi pour pouvoir aller de l'avant. » Il faut penser universalité, métissage, espéranto…

— Toi, en tout cas, ta connerie, tu l'as pas laissée derrière toi ! » s'esclaffa Tonton Émile.

Ouh là ! Je sentis qu'un violent orage se préparait à la façon dont les yeux de l'aspirant « éclairé » lancèrent des éclairs. Le premier coup de tonnerre ne tarda pas à retentir :

« Comme d'habitude, tu n'as rien compris à ce que j'ai dit ! Je n'ai simplement pas envie de remuer les braises d'une langue moribonde pour entretenir des comportements et des raisonnements arriérés !

— Arriérés ? gronda son frère en prenant une jolie teinte coquelicot. Et qu'est-ce que tu fais du respect de la langue de tes ancêtres ? Toi, évidemment, avec ton New Age (il prononça : Niou Aigeu) venu des Amériques, t'as fini par renier tes racines ! Tu parles de patrimoine, mais t'es en train de le trahir, de le semer au vent !

— Mais qu'est-ce que tu racontes avec « la langue de nos ancêtres » ? cracha Tonton Michel. Et puis d'abord, de quels ancêtres tu parles ?… De tes parents, de tes grands-parents, de tes arrière-grands-parents ? Ou plus loin encore ?… Parce que tu peux remonter jusqu'à tes ancêtres de Cro-Magnon, dont il est vrai, ricana-t-il, que tu n'as pas trahi les principales caractéristiques physiques et mentales !

— Je parle de mes ancêtres les Gaulois ! tonna l'homme de Cro-Magnon. Parce qu'avant d'être français, je suis gaulois ! (Nous n'eûmes aucun mal à le croire. Tatie Cynthia buvait du petit lait, on s'en doute.) Nous avons un devoir de respect et de mémoire envers ceux qui ont fondé les bases de notre civilisation ! Toi, tu t'en fous, évidemment, t'es vendu aux Anglo-Saxons ! Vendu !

— Arriéré ! »

Les mots et les gestes seraient allés en enflant si Tonton Gus n'était intervenu pour tenter d'apaiser le débat :

« Allons, allons, il est inutile de vous énerver. Il est vrai que la langue d'oc est une langue latine et fait donc partie de notre héritage culturel...

— Ah ! tu vois ! commenta rageusement Tonton Émile à l'adresse de Tonton Michel. Écoute un peu ton frère ! Il a fait des études, lui ! Il sait de ce qu'il dit, lui !...

— Mais il est vrai également, reprit Tonton Gus, et au risque de te décevoir, mon cher Émile, qu'avant l'invasion romaine, ces Gaulois que tu sembles tant vénérer ne parlaient pas occitan. »

Cette révélation foudroya Tonton Émile.

« Ah… ah bon ! balbutia-t-il de consternation... Et... et qu'est-ce qu'ils parlaient, alors ?...

— Eh bien, ils parlaient celte, mon cher… celte. Je rappelle au passage que les Celtes ont créé la première civilisation en Europe ; après l'invasion de la Gaule par les armées romaines, le celte a disparu, remplacé par le latin et ses dérivés que sont la langue d'oc et la langue d'oïl. En fait, si tu voulais vraiment parler le langage de tes ancêtres les Gaulois, il te faudrait apprendre le celte. Malheureusement, il s'agit d'une langue disparue (à l'inverse de celle de Tonton Émile qui était bien vivante et pendue). Tu vois, Émile, le respect de l'héritage culturel est une notion toute relative, car, comme le soulignait Michel tout à l'heure : où commence vraiment notre héritage culturel ?... »

Désireux d'apaiser la tempête qu'il avait déclenchée, M. Murou se leva soudain de table en arborant un large sourire et déclara :

« Écoutez, je propose une réconciliation générale autour de quelques bonnes bouteilles de vin du pays. Mon cousin de Madiran m'en a justement donné quelques-unes de sa dernière production. Et c'est pas n'importe laquelle : son vin a été choisi par l'Église lors de la dernière visite de notre Saint-Père Jean-Paul II à Lourdes. Vous en buvez une gorgée, et vos fautes sont à moitié pardonnées, ajouta-t-il avec un clin d'œil complice. Et puis, en même temps, nous ferons une petite belote : ça détendra les nerfs. »

Le malheureux ne savait pas dans quoi il s'engageait. Il n'avait pas fini d'entendre vociférer et ronchonner au cours de la partie de cartes.

Son offre fut acceptée avec joie par mon père et ses frères, mis à part Tonton Michel qui préféra se reposer, arguant qu'il n'avait pas suffisamment récupéré de toutes les « contrariétés » de la journée.

Personne n'insista pour le convaincre de revenir sur sa décision (et surtout pas Tonton Émile), car sans lui les joueurs potentiels se retrouvaient à quatre. Pas de dispute, donc, pour savoir qui jouerait ou non le premier mille à la belote. Les disputes viendraient simplement avec le début de la partie.

« Alors on y va ? lança M. Murou à la cantonade.

— On y va ! » répondirent à l'unisson mon père et mes oncles en se levant à leur tour de table.

L'invitation ne concernait pas les femmes : tout le monde l'avait bien compris. La nuit avait commencé à déployer ses ailes de chauve-souris, aussi restâmes-nous sur le seuil de la porte à regarder les hommes s'installer à l'avant du véhicule du maire.

Puis le moteur rugit en expectorant des volutes de particules de gazole. Les phares s'allumèrent, une vitesse s'enclencha en craquant, et la fourgonnette recula doucement pour se garer devant la porte de la maison. Après avoir baissé la vitre, mon père passa une tête réjouie à travers la portière et lança :

« On part avec Monsieur Murou, c'est plus sympa !... Et puis on va l'aider à coucher le

Gégène. Émile l'a installé sur ses genoux ! s'esclaffa-t-il... Une vraie nounou, ce Mimile ! On est un peu serrés, mais ça ira !

— Ne rentrez pas trop tard quand même, dit ma mère en s'approchant du véhicule. Et puis ne buvez pas trop...

— Hé ! ho !, on sait se contrôler, on est adultes ! l'interrompit mon père. Le temps de faire quatre ou cinq milles et on est de retour. Et puis, c'est les vacances, non ?…

— Il a raison, lança la voix impatiente de Tonton Émile à ses côtés. Faut se lâcher un peu ! »

Un ultime « Faut se lâcher ! » retentit avant que la fourgonnette ne s'éloigne en faisant vrombir son diesel dans l'air tiède de la nuit.

On entendit longtemps le bruit du moteur résonner dans les coteaux, entraînant dans son sillage les échos des aboiements furieux des chiens du voisinage. Ma mère et Tatie Nathalie écoutèrent jusqu'au bout et avec anxiété la trace sonore du véhicule se fondre dans le lointain.

« Je ne sais pas pourquoi, soupira ma mère, mais j'ai comme un pressentiment...

— Et puis, les savoir sur ces petites routes la nuit… soupira à son tour Tatie Nathalie.

— Mais vous faites pas de souci, intervint Valérie en les prenant chacune par le bras. La nuit, y a pas un chat sur ces routes de campagne ; et puis Monsieur Murou est quelqu'un de raisonnable.

Soyez cool, les taties, soyez cool ! Comme a si bien dit Tonton Émile : faut se lâcher ! »

Tout le monde finit par se ranger à ce dernier avis. On partit donc se coucher pour laisser reposer, sinon les esprits, du moins les corps.

Il est écrit – et vérifié – que les meilleures choses ont toutes une fin, car les joueurs de belote revinrent vers les cinq heures du matin en profanant la sérénité de la nuit (et notre sommeil par la même occasion) avec leurs hurlements. Pour « se lâcher », ils « s'étaient lâchés » !

Ils étaient saouls comme des cochons (je ne sais d'ailleurs pas pourquoi on dit « saoul comme un cochon », car je n'ai jamais vu une seule de ces braves bêtes en proie à l'ivresse).

Je trouvai quand même un point commun entre mon père, ses frères et la gent porcine : l'intensité de leurs braillements.

Réveillés par les cris de nos lascars, nous nous précipitâmes tous hors de nos lits, persuadés qu'on venait nous annoncer la nouvelle d'un terrible accident.

Mais, arrivés sur le pas de la porte, nous eûmes le loisir d'assister au réjouissant spectacle (ou affligeant, selon l'humeur de chacun et surtout de chacune) des ivrognes de service.

On entendit au loin s'éloigner la fourgonnette de M. Murou dans un bruit déchirant de pignons martyrisés. Le maire ne s'était pas attardé... et il avait bien fait, vu le courroux et l'indignation qui se dessinèrent sur le visage de ma mère, de Tatie Nathalie et de Tatie Cynthia. Les épouses se portèrent en maugréant à la rencontre de leurs maris toujours en train de chahuter à l'entrée de la propriété.

« Oooooh ! mais vous êtes là ? s'exclama mon père d'une voix avinée en les apercevant. Vous êtes pas encore couchées ?... »

Tonton Émile se rapprocha de lui d'un pas chancelant et lâcha :

« Tu vois, Nanard, je te l'avais dit... c'était pas la peine qu'on se dépêche… Les enfants sont même pas couchés », observa-t-il en pointant un doigt mal assuré en notre direction.

Puis il entama en braillant une chanson paillarde contant les amours interdites d'un curé et d'une fille de joie.

Tonton Gus s'avança vers nous d'une démarche hésitante. C'était la première fois que je le voyais en état d'ébriété. Je n'imaginais même pas que cela fût possible.

« Je lui ai dit à Mimile ! s'écria-t-il en s'accrochant au bras de Tonton Michel qui les observait avec un sourire désolé (l'Éclairé ne pouvait que désapprouver ces divagations de l'esprit), les Gaulois parlaient celte !… Celte ! que je lui ai dit ! répéta-t-il en secouant le bras de son frère.

— J'emmerde les Celtes ! vociféra Tonton Émile. Moi je suis un Gaulois de chez moi !… Voilà ! Et je me fous de la vérité historique ! »

S'ensuivit une bordée d'injures dans laquelle les intellectuels ne tinrent pas le beau rôle.

« Ça suffit, maintenant ! s'écria ma mère d'une voix coléreuse. Vous vous calmez ou bien nous quittons immédiatement la maison ! Quel exemple vous donnez aux enfants ! »

Tatie Cynthia, après avoir lancé un regard d'abord consterné, ensuite méprisant à son mari, lâcha d'une voix blême à l'adresse de Valérie :

« Occupe-toi de ton père... Je ne peux pas en supporter davantage. Mon Dieu !... Quel spectacle ! Dire que c'est à cet homme que j'ai consacré les plus belles années de ma vie ! » cracha-t-elle avant de tourner les talons et de regagner sa caravane.

Elle s'était éloignée de quelques mètres quand elle se retourna subitement :

« Et ne l'amène pas dans la caravane !… Il n'aura qu'à aller dormir à la belle étoile ! Ça lui rafraîchira les idées !

— Ouh là, mon pau… pauvre Gus, dit d'un ton désolé Tonton Émile en la regardant s'éloigner, je crois que t'es dans la merde... L'a pas l'air contente, la patronne…

— Ouais, commenta en riant mon père. D'autant plus qu'elle t'a pas à la bonne ces temps-ci. Va falloir te tenir à carreaux, si tu veux mon avis. Moi, ma femme, elle gueule, rigola-t-il en la prenant par la taille malgré ses protestations véhémentes, mais elle est pas méchante. Pas vrai que t'es pas méchante, ma grosse poule ?…

— Tu es décidément impossible ! répondit ma mère en éclatant en sanglots.

— Avec vous, sanglota à son tour, Tatie Nathalie, il faut toujours que cela finisse en drame !...

— Ben quoi, poupoule, ronchonna Tonton Émile, tu vas pas t'y mettre, toi aussi ?… Quel cinéma vous nous faites pour une petite soirée entre amis ! »

En désespoir de cause, « grosse poule » et « poupoule », accompagnées par Tatie Agnès, regagnèrent en reniflant leur poulailler sous les yeux goguenards de leurs coqs.

Mon père accompagna leur retraite en chantant un tonitruant : « Viens, poupoule, viens, poupoule, viens ! »

Toujours pendu au bras de Tonton Michel, Tonton Gus se mit à hurler à son tour :

« Les Gaulois parlaient celte ! »

Ah ! ils sont beaux les gaillards ! pensai-je en considérant avec amusement mon père et mes deux oncles. Il avait pas intérêt à se repointer de sitôt, le père Murou. À voir la cuite qu'ils se tenaient, la production viticole du parent du maire avait dû être largement goûtée et... appréciée. Ils continuèrent ainsi pendant une bonne demi-heure à brailler dans le petit jour, jusqu'à ce que, vaincus par la fatigue et l'alcool, ils décident enfin d'aller se coucher. Mais, avant de gagner le paradis des ivrognes, Tonton Émile insista pour interpréter une « jolie chanson » héritée d'un de ses grands-oncles.

Nous nous attendions au pire et, comme d'habitude, nous ne fûmes pas déçus.

« C'est une chanson, expliqua-t-il en riant à l'avance, que Nanard et moi on va interpréter à deux voix. Elle s'appelle : *La Putain de Nancy*. (Je ne connaissais pas ce grand classique du comique troupier, mais le titre était déjà prometteur.) Tu te souviens de l'air ?…

— Si je m'en souviens ? s'indigna l'accompagnateur... Vas-y, mon gars ! Je te suis !

— Alors, on y va ! Écoutez bien… c'est plaisant ! »

Il prit une profonde inspiration et entama en mimant un air joué à la trompette :

« LA CONNAIS-TU LA PUTAIN DE NANCY
QU'A FOUTU LA VÉROLE À LA CAVALERIE ? »

Ce à quoi mon père enchaîna en s'époumonant :

« JE LA CONNAIS LA PUTAIN DE NANCY
QU'A FOUTU LA VÉROLE À LA CAVALERIE ! »

Tonton Gus ne fut pas en reste, car il accompagna ce sympathique duo en mimant lui aussi une trompette avec sa main droite tout en hurlant :

« TATARATA TARATA TARATA
TATARATA TARATA TARATA ! »

Après avoir chanté ce seul et unique couplet à tue-tête, ils s'arrêtèrent à bout de souffle.

« Évidemment, commenta Tonton Émile en reprenant sa respiration, c'est pas la version intégrale ; je me souviens que de ce couplet... Ça fait longtemps. »

Ce n'était vraiment pas grave... Et puis, côté spectacle, nous avions eu droit à la totale de leur part ! Oh oui !...

11

Mon père et mes deux oncles avaient bien fait de profiter pleinement de cette soirée, car ce fut pour eux la dernière occasion de prendre du bon temps. Hormis le fait qu'ils durent, le lendemain, affronter la colère et les remontrances de leurs épouses (sans parler des maux de tête et des nausées consécutives à leur beuverie : le saint breuvage ayant certainement rasséréné les âmes, mais pas les corps !), les jours qui nous séparaient de la date fatidique du 2 août s'étaient écoulés avec l'implacable constance des aiguilles d'une montre suisse : entraînée par l'engrenage du temps, la roue de la fortune tournait dans le mauvais sens.

Plus nous approchions du délai fixé, plus augmentaient la fébrilité et les efforts de notre groupe. Il fallait voir mon père et Tonton Émile casser, à grands coups de masses (obligeamment prêtées par M. Murou à qui on pardonna beaucoup en la circonstance) et pendant une journée entière, les cloisons séparant les chambres du couloir. Après qu'elles furent réduites en morceaux, les deux hommes s'attaquèrent aux lits dont les diverses pièces constitutives furent bientôt dispersées à l'extérieur de la maison.

Les dames ne voulant plus dormir dans les chambres où de la poussière de plâtre recouvrait le sol d'un linceul blanc, il avait bien fallu se résigner à installer, le soir, les sacs de couchage, achetés pour l'occasion, dans la seule pièce désormais habitable : la cuisine. Tonton Michel et Tonton Gus proposèrent immédiatement de laisser leur place sous la tente et la caravane, et d'aller dormir sur le rustique carrelage de la cuisine en compagnie de leurs frères.

Ma mère ne se fit pas prier pour dormir dans la caravane de Tonton Gus (celui-ci sembla d'ailleurs fort soulagé d'abandonner les lieux, Tatie Cynthia ne lui ayant toujours pas pardonné son « écart »). Il n'en alla pas de même pour Tatie Nathalie – qui dut s'installer sous la tente de Tonton Michel – et ce à cause de l'odeur tenace qui régnait encore à l'intérieur malgré l'exil forcé des peaux de mouton. En désespoir de cause, elle répandit sur son sac de couchage un flacon entier d'eau de Cologne.

Inutile de m'étendre sur l'écœurant mélange du parfum et des effluves des peaux de mouton. Les premières nuits, je préférai aller dormir dans la tanière des quatre frères et j'y aurais certainement installé mes pénates si j'avais pu supporter les ronflements « dynamiques » de Tonton Émile.

On s'en doute, l'ambiance générale n'était pas à la gaieté, oh non ! Le mauvais sommeil (dû à l'énervement), les travaux soutenus, le gâchis de tout un mois de vacances, l'échec constant de nos recherches, la fatigue et le stress faisaient que les rapports entre les différents éléments de la famille commençaient à se tendre aux limites du supportable.

La guerre était déclarée entre les femmes : plus personne ne voulait assurer les tâches ménagères. Tonton Émile et Tonton Michel s'accrochaient de plus en plus souvent à propos des sujets les plus insignifiants. Tatie Cynthia boudait tout le monde par mépris (nous n'étions pas, elle le faisait bien sentir, de sa condition) et par dépit de nous voir lamentablement échouer dans nos recherches.

La Peste était insolente et capricieuse au possible ; et de ce côté-là, elle avait beaucoup de « possibilités » !

Fait remarquable à mettre à son crédit, mon père essayait dans la mesure du possible de contrôler cette déferlante de ressentiments. Déferlante qui risquait d'emporter dans son écume de fiel le bateau sur lequel nous étions tous embarqués. Et le paternel avait fort à faire. En élevant la voix, il arrivait à calmer ses frères, mais il en allait différemment en ce qui concernait Tatie Cynthia. Si mon père ou qui que ce fût d'autre avait le malheur de lui adresser une réflexion, ma tante passait sa rage et sa frustration sur le pauvre Tonton Gus. Il est vrai que l'attitude de Tatie Cynthia était d'autant plus injuste et blessante que son époux s'investissait à fond dans les recherches. Ainsi, aidé par Tonton Michel, il avait vidé à l'aide de seaux la mare que Valérie et moi-même avions commencé par sonder – en pure perte, d'ailleurs.

Après des heures à patauger dans cette boue putride, mes oncles n'avaient laissé qu'un fond de vase qui avait fini par se transformer en une croûte lépreuse sous l'effet de la chaleur. Les deux hommes avaient ensuite débarrassé le poulailler de l'épaisse couche de fientes recouvrant le sol de terre battue.

Devant l'inanité de leurs efforts, ils avaient même été jusqu'à tamiser ces nauséabondes et poussiéreuses déjections pour tenter de trouver la turquoise. Espoirs déçus... sinusite assurée.

Nous étions le 26 juillet et il ne nous restait que huit jours avant que notre navire ne sombre définitivement. Huit jours encore à espérer... Huit jours à galérer. Nous étions devenus des galériens de l'espoir. C'est beau à entendre, mais éprouvant à vivre... Le vent de la révolte commençait d'ailleurs à souffler sur le pont. Vivement qu'on hisse les voiles... ou qu'on abandonne la galère !

Une fois qu'ils en eurent fini avec les cloisons des chambres, mon père et Tonton Émile s'attaquèrent avec fébrilité aux divers murs, planchers et plafonds de la maison. On n'épargna même pas le vénérable carrelage de la cuisine dont on déchaussa à coups de barre à mine les tommettes qui avaient le malheur de n'être pas parfaitement scellées. Tout ce qui était susceptible de servir de cachette fut fouillé, arraché, retourné, cassé, éventré.

Rien n'échappa à cette furieuse *marabunta* humaine. La maison gémissait de toutes parts sous l'attaque des mandibules de fer de ces deux curieux insectes ; les outils arrachaient chaque jour davantage une partie de son âme.

Pauvre baraque, elle ne méritait certainement pas un sort aussi pitoyable. Quoi qu'il en soit, la première responsable en était Tata Lucie... Elle devait bien se douter que ses (hypothétiques) héritiers useraient de tous les moyens pour retrouver la turquoise. Qui sait, en fin de compte, si cette machiavélique personne n'avait pas désiré que sa maison disparaisse ainsi avec elle ?…

Les planchers des chambres et les plafonds échappèrent à la morsure des outils, mais furent examinés et palpés minutieusement. Pendant ce temps, Tonton Michel et Tonton Gus, obéissant aux directives de mon père, déblayaient, tout en finissant de les inspecter, les débris issus de ces fouilles. Que l'on se rassure, moi, on ne m'avait pas oublié ; on m'avait même dégoté un boulot sympa : je passais le balai après que ces messieurs avaient tout salopé. M'en souviendrais de ces vacances !

Quand ces insatiables ouvriers du chaos en eurent fini avec la partie basse de la maison, ce qui les occupa jusqu'au 28 juillet, ils ne purent que reporter leurs espoirs sur le grenier. Lui seul pouvait encore abriter la pierre. Espoir, quand tu nous tiens...

Comme l'échelle permettant d'y accéder était en piteux état, Tonton Michel décida de la consolider, voire de changer quelques barreaux avant de l'utiliser.

« Et nous, qu'est-ce qu'on fait ? demanda Tonton Émile dès que Tonton Michel nous eut quitté pour aller chercher les outils nécessaires.

— Moi, j'en peux plus ! soupira mon père en s'asseyant sur une chaise. On a bien bossé ce matin, je crois qu'on mérite un peu de repos. »

Tout le monde l'imita en s'installant à ses côtés. On entendit s'activer les femmes dans la caravane de Tonton Gus. Comme il n'était pas loin de 11 h, elles devaient commencer à préparer à manger. Étant donné la mauvaise volonté de certaines des cuisinières – une en particulier –, les repas se composaient maintenant de conserves, de nouilles et de steaks hachés. Ah ! on était loin des bons petits plats et des grillades des débuts !

« Dans l'état où on l'a mise, cette baraque est invendable, constata Tonton Émile en rompant le silence qui régnait depuis que nous nous étions tous assis autour de mon père.

— La baraque, on s'en fout ! grogna ce dernier. L'important, c'est de retrouver la turquoise. Si elle est pas dans le grenier, eh bien, on continuera à fouiller la propriété... Jusqu'au bout, on a dit, pas vrai ?... »

Jusqu'au bout ils iraient, jurèrent-ils à nouveau en tentant de dissimuler leur découragement.

« En y réfléchissant, cela m'étonnerait que la pierre se trouve dans la maison, lâcha Tonton Gus. C'est qu'une intuition, expliqua-t-il, mais il serait étonnant que deux énigmes sur trois soient en rapport avec elle. C'est une question d'équilibre...

— Ça prouve rien, maugréa mon père en haussant les épaules.

— Évidemment, cela ne prouve rien, admit Tonton Gus, mais étant donné qu'il existe une logique dans la construction des énigmes, je ne vois pas de sens à ce que la solution de la première se situe à l'intérieur de la maison, la seconde nous amène à l'extérieur et la troisième nous ramène à la maison... Non, non, ce va-et-vient manquerait de cohérence. Nous avons certes affaire à un jeu de piste machiavélique, mais, il faut le reconnaître, également plein d'ingéniosité et… de poésie.

— Ben moi, je vais te dire jusqu'où elle va nous mener ta « poésie », ricana Tonton Émile. Jusqu'à Paris ! Avec des trous dans les poches, des poches sous les yeux et des yeux pour pleurer ! Parce que non seulement cette vieille garce a gâché nos vacances – tout le mois de juillet à travailler comme des forçats ! s'emporta-t-il –, mais en plus, on a claqué du fric pour l'essence, les péages d'autoroutes et la bouffe !… Et je parle pas du préjudice moral ! »

Un nouveau silence vint estimer le « préjudice moral ». Il devait être important, car le silence dura un bon moment.

« Bah, inutile de nous mettre martel en tête, lâcha mon père en se levant. Allons plutôt voir si les femmes ont pas besoin qu'on leur fasse quelques courses pour manger. Et puis, un tour en voiture nous changera les idées, pas vrai ?…

— O. K., approuva chaudement Tonton Émile en se levant à son tour. Et puis, au retour, on pourrait peut-être s'arrêter chez Monsieur Murou ?…

— Bonne idée ! s'exclama mon père d'un air ravi. Une petite visite de courtoisie lui fera certainement plaisir : il nous a rendu tant de services. »

Cette proposition fut également acceptée avec joie par les dames – ravies que les messieurs se dévouent enfin pour les aider. Ils cachèrent néanmoins pudiquement (prudemment) la visite qu'ils comptaient rendre au maire de Moncaubet. Inutile de soulever une inutile polémique.

« On achètera des pâtisseries, avait conseillé Tonton Émile. Comme ça, si on prend du retard, on nous pardonnera plus facilement. »

Judicieuse suggestion. Surtout si leur « visite de courtoisie » les amenait jusqu'à la cave de M. Murou. Et connaissant l'hospitalité de l'homme !

Après leur départ, j'étais resté un moment en compagnie de Tonton Michel qui, désireux de finir son travail, n'avait pas voulu les accompagner, puis je m'étais décidé à accomplir un héroïque tour à vélo (héroïque, car il était plus de 11 h et le soleil finissait d'étirer ses bras de feu au-dessus de la campagne environnante).

Un héroïsme suscité, je l'avoue, par l'espoir que Valérie daignât se promener avec moi. Mais elle rejeta mon invitation, arguant du fait que sa mère avait pris l'un des deux vélos et préférant, de plus, parfaire son bronzage en compagnie de Tatie Agnès.

Je m'éloignai donc, tel un chien battu, la queue entre les jambes (ce qui, pour un homme, il est vrai, ne présente rien de particulier).

J'enfourchai le vélo restant (évidemment, Tatie Cynthia avait pris celui à la selle la plus confortable) et partis sans joie rejoindre le chemin de randonnée que je connaissais maintenant par cœur pour l'avoir tant et tant sillonné.

Au fil de ma promenade, la frustration et la colère que j'avais pu éprouver finirent par s'estomper. Chaque tour de pédalier dissipait mes noires pensées, permettant à mon esprit de vagabonder librement au gré des tableaux apaisants que dessinaient les arbres et les haies autour de moi.

Fidèle à mon habitude, j'évitais soigneusement le soleil en choisissant les parcours bordés d'ombre. Je flânais ainsi en me remémorant tous les évènements de cet incroyable mois de juillet quand j'aperçus devant moi un vélo posé contre le tronc d'un chêne, près d'un sentier qui s'enfonçait dans un bosquet. En me rapprochant, je reconnus avec surprise le vélo que j'avais l'habitude d'utiliser : celui à la selle confortable...

Celui-là même qu'avait pris Tatie Cynthia ce matin. Je le reconnus définitivement au fait que le levier de vitesses était légèrement tordu, suite à ma chute lors de la première et exquise randonnée en compagnie de Valérie.

Je mis pied à terre, guettant autour de moi, m'attendant à voir surgir Tatie Cynthia en train de tempêter :

« Qu'est-ce que tu fais là, toi, à me suivre ?… On ne peut même plus aller faire pipi en paix, ma parole ! »

C'est qu'elle n'était guère commode, la Tatie, ces jours-ci... et pas qu'envers son mari. Je m'apprêtais donc à reprendre ma route, regrettant déjà de m'être arrêté quand un bruit, une sorte de plainte, retint mon attention.

Je tendis l'oreille, interloqué. Quelques secondes plus tard, je perçus cette fois distinctement un cri. Nul doute à avoir : il s'agissait bien de Tatie Cynthia. Elle devait être en mauvaise posture.

Je ne pus m'empêcher de réfléchir à voix haute sur la marche à suivre :

« Soit elle s'est tordu la cheville en allant pisser, soit elle s'est fait mordre par un serpent. Et dans ce cas… vaut mieux pas m'approcher. Ou alors… elle est tombée sur un malandrin… »

Je regardai autour de moi : nulle aide à espérer.

« Bon, ben, le mieux est d'aller chercher du secours. Et puis elle a qu'à se débrouiller ! Je l'ai toujours aimée rasoir, celle-là ! »

Sur l'instant, cette idée me parut même excellente et je faillis me précipiter sur mon vélo, mais il faut croire que les lames n'étaient pas aussi affûtées que je l'imaginais, car je ne pus me résoudre à abandonner ma tante à son triste sort.

Je posai mon vélo à terre et me dirigeai d'un pas prudent vers l'endroit d'où semblaient provenir les plaintes poussées par Tatie Cynthia.

Je me glissai en silence à travers les branches de jeunes arbustes et atteignis la lisière d'une clairière balayée par une marée de hautes fougères. Je frissonnai de dégoût en imaginant les tiques qui devaient grouiller sur ces aimables végétaux, guettant avec gourmandise de se jeter sur ma tendre peau d'adolescent afin de m'inscrire à leur menu. Pouah !

Un nouveau cri, plus prononcé cette fois, attisa mon courage et je commençai à me faufiler à travers les fougères, écartant avec précaution les longues feuilles souples afin d'éviter leurs abominables hôtes. Un autre cri perçant me fit croire que ma tante était à l'agonie. En me penchant, je crus apercevoir une forme confuse à travers le voile mouvant des fougères que je déplaçais.

Comme je m'approchais un peu plus, le cœur battant, courbé en deux pour échapper à tout regard, je m'aperçus qu'il s'agissait en fait de deux personnes bien distinctes. Horreur ! L'agresseur de Tatie Cynthia était toujours là, certainement en train d'achever sa victime, aux cris étouffés que celle-ci parvenait encore à pousser.

J'étais au pied du mur : je n'avais plus le temps d'aller quérir du secours. Il fallait que j'agisse... même au péril de ma vie ! Je priai pour que mon arrivée fasse fuir le malandrin ; dans le cas contraire, je pourrais toujours tenter de m'échapper en appelant à l'aide. Avec un peu de chance, il perdrait du temps à achever ma tante avant de se lancer à mes trousses... Quoi qu'il en soit, j'aurais accompli mon devoir : on ne pourrait rien me reprocher par la suite.

J'écartai un ultime bouquet de fougères, prêt à signifier ma présence à l'agresseur, quand le spectacle que j'entrevis l'espace d'une seconde me dissuada pour de bon de me comporter en héros.

Ah ! mes amis, ce n'était pas un tableau printanier ! Oh non ! Imaginez le choc que j'éprouvai quand je vis ma tante toute nue à quatre pattes, en compagnie de notre notaire, Me Gérard Lafarge, pour ne pas le nommer, collé contre son cul en tenue d'Adam, dans une position explicite. Ils étaient tous deux en train de faire gaillardement « pan-pan » (ou « crac-crac », si vous préférez) au milieu de leurs vêtements éparpillés au gré de leurs ébats.

Certes, j'avais visionné des films pornos à la télévision, mais je dois avouer que vivre en direct de telles situations – même en tant que simple spectateur – était beaucoup plus impressionnant. Ignorant que j'étais à l'époque ! Je n'avais su reconnaître que les cris poussés par ma tante n'étaient que les manifestations bruyantes d'un coït en cours d'accomplissement. Un coït mené de main de maître (c'était le cas de le dire), à voir notre notaire s'activer avec souplesse et entrain derrière sa partenaire.

Tant qu'à être sur place, je décidai de regagner l'épaisseur protectrice des fougères pour mieux observer le spectacle. Je savais qu'il n'était guère convenable d'agir ainsi, mais l'émotion provoquée par l'écho de leurs ébats méritait bien quelque compensation. De ma vie, je ne pourrais oublier le corps de ma tante : une parfaite symphonie de courbes épanouies et sensuelles. Pas un os saillant pour venir troubler l'harmonie de ces formes. Un régal pour les yeux !

On comprendra que ce suave spectacle ait influencé à jamais mes goûts quant à la gent féminine. Qu'on ne vienne surtout pas me parler de ces mannequins d'un mètre quatre-vingts pour cinquante kilos ! Ces défilés de cintres vivants sur lesquels on pend de luxueux bouts d'étoffe m'ont toujours agacé au plus haut point. Comment oset-on ériger ces créatures diaphanes en modèles de beauté ?… Révoltez-vous, femmes du commun ! Sonnez rondeurs, résonnez cellulite ! Mais je m'égare…

On l'aura compris, je me régalais en contemplant Tatie Cynthia dans ses « œuvres ». La bouche ouverte et les yeux clos, elle se mit à feuler des propos que je n'aurais jamais pu imaginer dans sa bouche :

« Oh ouiii ! Prends-moi ! Bouscule-moi ! Ne me ménage pas ! Je veux être ta chose ! »

Vaste programme qui se termina par un curieux :

« Ouiiii ! Fais-moi baver l'escargot ! »

La grande bourgeoise pincée se roulait dans la fange et le stupre. Incroyable. C'était comme imaginer une sommité culturelle, politique ou médiatique – beautés papier glacé style Miss France – en train de pousser sur le pot pour libérer des intestins récalcitrants. Impossible à imaginer, n'est-ce pas ?

J'éprouvai soudain une rage froide envers ma tante. Non seulement cette garce traitait Tonton Gus comme un chien, mais en plus, elle le faisait cocu ! En pensant à mon oncle, j'eus alors mauvaise conscience d'assister aux ébats érotiques de son épouse et je décidai de battre en retraite. Je fis même exprès de remuer les branches des arbustes en m'en allant, espérant ainsi déranger leur honteuse fornication. Pensez donc ! Les cris de ma tante redoublèrent d'intensité.

« C'est pas possible, marmonnai-je en regagnant mon vélo, pour gueuler comme ça, elle doit être totalement frustrée sur le plan sexuel ! »

Physiquement parlant, Tonton Gus était pourtant dans une très honnête moyenne... Ou alors, peut-être avait-il des problèmes d'érection ? Ce n'était pas un foudre de guerre, mais de là à le croire impuissant… Il est vrai que, comme le veut le dicton – et c'était tout à la décharge de mon cher oncle : *Chien battu ne lève pas la queue.* Et quand on connaissait le caractère tyrannique de son épouse...

Témoin solitaire et muet (j'avais décidé de taire ce que j'avais vu : il y avait assez de tension dans la famille en ce moment) des choses de la vie, j'enfourchai sans plus m'attarder mon vélo et repartis en direction de la maison.

Le déjeuner fut l'un des plus agréables de ces derniers jours, car tout le monde était de bonne humeur. Les femmes, parce que ces messieurs avaient fait les courses et ramené de succulentes tartelettes aux fraises pour le dessert, et les hommes parce qu'ils avaient fait un crochet par Pau afin de louer un détecteur de métaux chez un distributeur spécialisé.

Arrivés en retard pour manger (il fallait s'en douter), ils avaient brandi l'engin devant les yeux étonnés des dames afin de donner une raison à leur retard. Ce n'était évidemment pas la raison principale, qui était la visite rendue à M. Murou.

Mais cette fois ils avaient eu la prudence de ne pas « abuser » de son hospitalité.

Mon père, ingénieur en chef, avait aussitôt commenté le maniement et les performances du détecteur qui, vu de loin, aurait pu passer pour une débroussailleuse portable. Un boîtier électronique garni de deux boutons de réglage ainsi que d'un témoin sonore se chargeait de repérer tous les métaux jusqu'à une profondeur maximale de trente centimètres pour une pièce de monnaie.

Grâce au mode de discrimination, il était possible d'ignorer des métaux inintéressants comme le fer ou le papier argent tout en détectant des métaux nobles tels l'or ou l'argent.

Ce boîtier, duquel jaillissait un signal aigu dès qu'une cible était repérée, était fixé sur une longue tige terminée par la tête de détection proprement dite et qui ressemblait furieusement à une antenne parabolique. Mon père avait d'ailleurs précisé que cette tête était étanche et qu'elle pouvait, par conséquent, fonctionner sous l'eau. On n'arrête pas le progrès.

L'ingénieur avait clôturé ses explications en proposant aux femmes de cacher une pièce de monnaie aux alentours de l'entrée de la maison. Caroline avait évidemment exigé de dissimuler elle-même la pièce de un franc que Tonton Michel avait sortie de sa poche. Arrivé sur place, il n'avait pas fallu plus de deux minutes à mon père, en balançant l'appareil de gauche à droite (l'analogie avec la débroussailleuse était apparue encore plus évidente), pour la repérer sous les regards ravis et admiratifs du reste de la famille. La technologie, en venant à notre aide, ravivait nos espoirs.

Tonton Émile avait d'ailleurs déclaré d'un air satisfait, en manipulant à son tour le détecteur :

« Si on trouve rien avec ce joujou, c'est qu'alors on trouvera jamais rien !

— Bien dit, avait entamé mon père en se mettant à table, les divers appétits aiguisés. On va passer l'après-midi à consulter le manuel d'utilisation et à effectuer des tests en blanc... Des volontaires vont dissimuler divers objets métalliques dans le parc, et nous autres, on va s'exercer à les retrouver sans en oublier un seul et puis... »

L'arrivée de Tatie Cynthia dans la cuisine interrompit sa phrase.

« Excusez-moi pour mon retard mais j'ai voulu prendre une douche avant de manger, lança-t-elle en s'approchant de notre groupe. L'exercice physique, il n'y a rien de tel pour vous détendre. »

Elle manquait pas d'aplomb, la Tatie ! Je notai au passage sa robe courte et légère, à fines bretelles et au décolleté généreux qui mettait en valeur des seins qui ne l'étaient pas moins (j'avais pu le vérifier tantôt). Les tenues de ma tante raccourcissaient au fil des semaines. Il est vrai que le genre d'activité physique qu'elle pratiquait exigeait un certain dépouillement vestimentaire... Chaque discipline a ses contraintes.

« Je vous ai vu trafiquer dans le parc, continua-t-elle... Ça avance, vos recherches ?...

— On sait pas si ça avance, répondit mon père, mais maintenant que nous sommes équipés d'un détecteur de métaux, ça commence à se débloquer... Pas vrai, les gars ? » lança-t-il à ses frères.

Les « gars » approuvèrent d'un seul bloc, à l'exception de Tonton Michel qui vint jouer les rabat-joie :

« Je me demande si nous ne sommes pas en train de nous éparpiller : on ferait mieux d'en finir avec la maison. En plus, je ne crois pas que cet appareil, pour aussi performant qu'il semble, soit capable de repérer un bijou de cette taille. Moi, la technologie, je m'en méfie…

— Faut toujours qu'il critique le progrès, celui-là ! grogna Tonton Émile. La turquoise est sertie dans une monture métallique, tu l'as bien vu sur la photo, non ?… Quel que soit le métal utilisé, notre appareil sera capable de le détecter puisqu'il réagit à quelques grammes de métal !

— Ouais, peut-être, maugréa Tonton Michel. En attendant, ça bouleverse nos plans... Sans compter l'échelle que j'ai réparée pour rien…

— Inutile de vous chamailler, intervint Tonton Gus avec diplomatie. De toute façon, on ne dispose que d'un détecteur, alors comme on ne pourra pas l'utiliser tous ensemble, je veux bien me charger d'explorer le grenier grâce à ton échelle, précisa-t-il à l'adresse de Tonton Michel. En compagnie de quiconque voudra m'aider...

— Je suis volontaire ! » m'écriai-je avec enthousiasme.

La question étant réglée, on expédia le repas pour pouvoir se mettre à l'œuvre au plus vite. En sortant de table, mon père, soucieux de ménager les différentes susceptibilités, proposa à Tonton Émile d'utiliser le détecteur pendant que Tonton Michel guiderait les recherches.

Mon père, lui, se chargerait de la basse besogne en creusant la terre à l'aide d'une pioche dès qu'une cible serait signalée par le bip sonore. Sa proposition recueillit tous les suffrages.

Fait remarquable, les hommes décidèrent d'un commun accord de s'occuper de la vaisselle afin de permettre à leurs épouses – et surtout à Caroline qui trépignait déjà d'impatience – d'enfouir une vingtaine de pièces de monnaie au hasard de la propriété. Comme nous devions rester confinés à l'intérieur de la maison, Tonton Gus et moi-même fûmes exemptés de cette corvée.

Je ne pus donc que me féliciter pour l'initiative que je venais de prendre. Le temps que mon oncle aille chercher l'échelle et la cale contre le mur, à proximité de la trappe ouvrant sur le grenier, je récoltai quelques restes de notre repas et les laissai au pied du tilleul, en offrande à Joyeux. Je ne pus apercevoir le farouche animal dissimulé dans le feuillage ; depuis sa mésaventure avec le

Crapouillot, il m'était devenu beaucoup plus difficile de l'approcher, mais je savais qu'en ce moment, il devait m'observer et qu'il allait se précipiter sur la nourriture dès que je me serais éloigné. Je lui lançai néanmoins un salut amical de la main avant de partir rejoindre Tonton Gus.

Mon oncle venait juste d'achever de positionner l'échelle de façon à ce que l'on puisse soulever la trappe tout en prenant appui contre le mur.

« Bon, souffla-t-il en me voyant arriver, je crois que ça va tenir... Michel a fait du bon boulot. L'échelle semble stable. »

Il considéra la trappe et grimaça :

« J'espère simplement que la trappe n'est pas coincée... enfin, on verra. »

Puis il grimpa prudemment à l'échelle et, arrivé en haut, inspecta rapidement le panneau de bois qui interdisait le passage. Contre toute attente, il souleva sans aucun effort la trappe qu'il fit basculer sur le côté.

« Pas de problème, dit-il d'un ton joyeux. J'y vais et ensuite tu me rejoins. »

Il monta quelques barreaux de plus, glissa ses bras et son torse à travers l'ouverture et, d'une vigoureuse traction, se glissa à l'intérieur du grenier. Ses jambes disparurent également, happées par la gueule obscure qui s'ouvrait au-dessus de moi. Je l'entendis faire quelques pas sur le plancher qui gémissait, puis il revint vers l'ouverture et j'entrevis le spectre de sa tête se dessiner dans l'obscurité.

« O. K., tu peux venir ! me lança-t-il. À part de la poussière, des toiles d'araignées et une grosse malle, il n'y a rien d'intéressant. Enfin, monte toujours, on en tirera peut-être quelque chose…

— Est-ce qu'on a besoin de lampes électriques ? demandai-je. (Je m'inquiétais un peu de la présence des araignées.)

— Pas la peine, répondit-il, les chiens-assis apportent suffisamment de lumière. T'as pas peur au moins ?… »

Je le rassurai énergiquement. Ce Tonton Gus, il posait de ces questions !

Comme l'avait annoncé mon oncle, le grenier ne renfermait qu'une simple malle en bois, trônant en son centre.

Tout autour flottaient les dentelles poussiéreuses des toiles d'araignées, abritant dans d'intimes replis leurs propriétaires, figées dans un sommeil trompeur. Nous nous approchâmes de la malle tout en prenant garde de ne pas nous accrocher aux filets soyeux tendus par ces gardiennes sournoises et velues, puis nous agenouillâmes afin d'inspecter le système de fermeture.

« Parfait, déclara Tonton Gus après un moment de silence, il n'y a pas de clé.

— Génial ! m'exclamai-je. Je sais pas pourquoi, mais quelque chose me dit que nous avons des chances de découvrir la pierre là-dedans !...

Cette malle isolée, placée bien en évidence dans un grenier vide, ça semble encourageant, tu crois pas ?...

— Je ne veux pas te décevoir, rétorqua mon oncle, mais ça fait des années que personne n'a touché à cette malle. Tiens, regarde… » Et il passa la main sur le dessus de la malle, puis me tendit ensuite ses doigts couverts de poussière.

« T'as raison, soupirai-je. Enfin, maintenant qu'on est là, on jette un œil… »

Sans plus tarder, mon oncle saisit le couvercle et tenta une première fois de le soulever. Il ne céda pas d'un pouce. S'aidant des deux mains lors d'un second essai, Tonton Gus tira de toutes ses forces jusqu'à ce que le couvercle s'ouvre soudain dans un grincement de charnières rouillées. Mon père ou Tonton Émile auraient ouvert cette malle en claquant des doigts, mais, quoi qu'il en soit, le résultat était atteint.

Tonton Gus souffla sur les paumes endolories de ses mains en maugréant :

« D'un peu plus et je m'arrachais toute la peau !

— Bravo, Tonton, t'es le plus fort ! » m'écriai-je.

Je n'en pensais pas un mot, mais tout effort mérite récompense. Une couverture défraîchie recouvrait l'intérieur de la malle ; mon oncle la retira avec circonspection, de peur de répandre autour de nous un nuage de poussière ou de réveiller rats, souris, insectes divers ou autres locataires indésirables.

Il la posa sur le plancher et nous découvrîmes une pile hétéroclite et désordonnée de journaux, de magazines et de photos jaunies. Beaucoup d'exemplaires de la revue à sensations *Détective* (qui sait si elle n'avait pas inspiré Tata Lucie quant à l'élaboration de sa vengeance ?), mais encore plus de *Point de vue – Images du monde* sur les couvertures desquelles s'étalait avec satisfaction l'aristocratie mondiale.

Ce gratin a toujours aimé s'offrir en spectacle à la roture : *reality show* au pays des têtes couronnées. Une roture avide de suivre les péripéties mondaines de ce beau monde : fiançailles, mariages, séparations (on divorce très peu chez ces gens-là), chiasse des nouveau-nés, maladies des anciens (attention, ils sont malades, certes, mais ils restent dignes et exemplaires dans leurs épreuves) et décès (tant attendus par les lecteurs).

Tandis que je commençais à vider la malle, entassant journaux d'actualités régionales et magazines sur le plancher, Tonton Gus rassemblait les photos éparpillées.

J'aperçus des vues de la maison, du temps de sa splendeur (le mot est peut-être un peu fort, plutôt du temps où elle présentait encore figure honorable). Maïté apparut également à plusieurs reprises : devant la porte de la maison ; dans la cuisine en train de préparer à manger ; au milieu de la volaille près du poulailler ; avec Joyeux dormant sur ses genoux (ce devait être avant qu'elle ne le fasse basculer dans le monde des castrats) et même, sur une photo, on la vit en compagnie du Crapouillot en personne, en train de boire un verre à la table de la cuisine.

Nous retrouvâmes sous une revue une série de portraits de Joyeux (identiques à ceux qui ornaient le buffet de la cuisine, le jour de notre arrivée et que nous avions balancés à la poubelle), ainsi que l'appareil qui avait servi à prendre ces photographies. C'était un antique Kodak au format 126 avec lequel on devait avancer manuellement la pellicule. En comparaison, le compact 24 x 36 acheté moins de trois cents francs pour l'anniversaire de Caroline était un monstre (ma cousine aussi, d'ailleurs) de technologie.

Mises à part une ou deux autres apparitions de Gégène, Maïté et le chat furent les seuls à figurer sur les photos. Bizarrement, je n'avais vu aucune photo de notre tante. Soit que Tata Lucie ait détesté son image, soit qu'elle ait refusé que Maïté se serve de l'appareil (ce qui était compréhensible, connaissant la « méticulosité » de Mademoiselle Passy-Coucet). Mais, soudain, Tonton Gus poussa une exclamation de surprise et exhiba une photographie noir et blanc, sale et fanée, d'un format supérieur aux précédentes.

« Ô mon Dieu, regarde ! » soupira mon oncle en me la tendant.

Elle représentait la maison de Tonton Michel, à Prats de Mollo dans les Pyrénées-Orientales. Je reconnus sans peine mon père et ses trois frères – pour les avoir déjà vus sur des albums de famille –, alors âgés d'une dizaine d'années, posant devant la terrasse en compagnie d'une belle jeune femme au visage sévère.

Grande, brune, très mince, elle se tenait devant les garçons, les bras croisés, fixant crânement le photographe. Elle avait le regard d'une femme qui n'était pas habituée à baisser les yeux.

« C'est Tatie Lucie, dit simplement Tonton Gus.

— Qu'elle était belle ! » m'exclamai-je avec stupéfaction.

J'étais vraiment surpris, car comment aurais-je pu reconnaître en ce svelte et farouche personnage la mamie aux joues rondes et aux traits débonnaires dont j'avais vu le portrait chez le notaire ? Cette personne était d'ailleurs plus conforme à l'idée que je me faisais de la véritable Tata Lucie.

« Oh ! oui, elle était belle, opina doucement de la tête mon oncle. J'avais oublié à quel point elle l'était… et fière, et inflexible... Il me semble que je la redécouvre. À l'époque où a été prise cette photo – je ne m'en souvenais même plus, je crois que c'était juste avant qu'elle ne quitte la propriété –, notre tante devait approcher la trentaine. Mes frères et moi la considérions comme une adulte, pire, comme une vieille fille... alors que quand je la revois maintenant, elle me semble si jeune, si fraîche...

— Une vieille fille ? m'étonnai-je. Faut pas exagérer ! Tu viens de me dire qu'elle avait pas trente ans…

— Eh oui, soupira-t-il, mais à cette époque, rares étaient les jeunes femmes de trente ans à n'être pas encore mariées. Nous la considérions alors comme LA vieille fille de la maison.

— C'est bizarre qu'elle se soit jamais mariée, dis-je en observant attentivement la photo de Tata Lucie. Elle devait pourtant pas manquer d'amoureux.

— C'est qu'elle avait son caractère ! répondit mon oncle en souriant. Tu en as eu quelques preuves jusqu'à présent, non ? Son franc-parler et son tempérament indépendant ont fini par éloigner ses éventuels prétendants. Il faut dire qu'elle était d'un naturel assez borné (une tare familiale, sans doute, pensai-je)… Malheur à qui venait la contrarier. »

Je brûlais d'en apprendre davantage sur cette forte personnalité qui, bien après sa mort, faisait encore parler d'elle :

« Et elle était comment avec vous ? Gentille ? Autoritaire ?... Et est-ce que vous l'aimiez ? Oh ! parle-moi d'elle, Tonton, je t'en prie, demandai-je avec impatience. Et puis d'abord comment se fait-il qu'elle ait habité chez son frère ? Votre père, donc ?...

— Je viens de te le dire, elle n'était pas mariée. Aussi, en toute logique, elle vivait dans la maison familiale. De plus, ce n'était pas encore la maison de son frère, mais celle de ses parents. C'est d'ailleurs à l'occasion de la succession, quand notre père a hérité de toutes les terres en vertu du droit d'aînesse, que notre tante, n'acceptant pas cet arrangement, est partie de la propriété pour ne plus jamais y revenir. Et, en plus de quarante ans, elle n'avait pas dû digérer la chose... Il n'y a qu'à voir la lettre qu'elle a laissée chez le notaire. Ceci dit, on peut la comprendre...

« Mais, pour répondre à ta première question, je peux t'assurer qu'avec nous, elle se montrait adorable... beaucoup plus conciliante qu'avec le reste de son entourage. Évidemment, il valait mieux éviter de la pousser à bout, car sinon on avait vite fait de se recevoir une taloche. Le premier souvenir que j'aie d'elle, ajouta-t-il en souriant, est celui des crêpes fondantes et parfumées qu'elle préparait tous les dimanches et que mes frères et moi dévorions en rentrant de la messe. Parce qu'en plus (et il se mit à rire), elle refusait comme elle disait « d'aller tirer la langue au curé » ! Je te raconte pas le scandale... Pour l'époque et à la campagne ! Une femme qui refusait d'aller à la messe et qui se moquait ouvertement des institutions religieuses ! C'était d'ailleurs l'un des nombreux sujets de discorde qui l'opposaient à notre père qui, lui, était très strict sur de nombreux plans. Pour lui, une femme devait garder sa place et tenir sa langue.

Point. Tu comprendras qu'avec Tata Lucie, hein ?... Pauvre Tatie, je crois qu'aucun d'entre nous ne l'a jamais comprise. Nous étions trop jeunes et trop éloignés de ses préoccupations... et de ses souffrances. »

Nous entendîmes soudain les cris de joie poussés par ma petite « souffrance » personnelle. Elle devait applaudir les exploits de mon père et de ses frères, certainement passés maîtres dans l'art de la détection.

« Bon, allez, on finit de fouiller tout ça, dit mon oncle en désignant les journaux restant à l'intérieur de la malle, puis on remet tout en place et on va rejoindre les autres ; pas la peine de s'éterniser. »

Il posa la photo de Tatie Lucie sur le plancher, bien en évidence.

« Tu vas la garder ? demandai-je.

— Oui, cela me fera un souvenir... et puis, j'aurai toujours quelque chose à ramener, répondit-il en se forçant à sourire. Nostalgie : quand tu nous tiens... Vois-tu, Jo, la nostalgie est le plus subtil des sentiments : il vacille sans cesse entre le rire et les larmes, entre le chaud et le froid... »

Puis il se tut, les yeux figés dans le vide, laissant – comme il le faisait parfois – ses pensées en suspens.

« Oh ! Tonton, dis-je avec admiration, si tu savais comme j'aime t'entendre parler... Pour sûr, t'es un vrai philosophe !

— Merci, mon cher Jo, répondit-il en riant, mais les mots qui sortent de ma bouche sont d'autant plus beaux que les oreilles qui les écoutent sont admirables. »

Nous continuâmes ainsi à pérorer et à plaisanter tout en continuant à vider la malle.

« Tu sais, Jo, déclara à un moment donné mon oncle, rien de tel que quelques clichés pour prendre conscience du long cancer de la vieillesse. Je ne sais plus qui a dit : "La vieillesse est un naufrage." J'approuve totalement cette citation, mais je la compléterais en disant que certains des passagers du bateau ont une bouée de sauvetage. Cela n'empêche pas la noyade – car une bouée finit toujours par se dégonfler –, mais cela adoucit l'existence de ceux que l'on jette à l'eau.

— Une bouée ! Quelle bouée ? demandai-je.

— L'amour, l'argent, une bonne santé. Ce qui est sûr, c'est que personne n'a demandé à monter sur le bateau ni à effectuer la croisière. On voyage parfois en première classe, mais le plus souvent en troisième. On traverse des tempêtes ou bien une mer d'huile. Puis, un jour, on se retrouve à l'eau sans avoir appris ni l'intérêt ni la destination du Voyage. Et il n'y a pas moyen de réclamer. Le Grand Armateur – peu importe son nom et sa nature exacte – n'assure pas le service après-vente.

(Celle-là, il me l'avait déjà sortie.)

« Qu'est-ce que tu en penses, toi, Jo ? me lança-t-il en me considérant avec gravité.

— Sûr qu'on a toujours des emmerdes avec le service après-vente ! » répondis-je sans imagination.

De toute façon, point de vue dialectique, personne n'arrivait à la cheville de mon oncle. Il m'épatait, Tonton Gus, mais il m'épatait, vous pouvez pas savoir !

12

Deux jours avant J. C. (Jour de la Catastrophe). Il ne nous restait plus que quarante-huit heures pour retrouver cette « pute borgne de turquoise » !

Le juron favori de mon père revenait souvent dans sa bouche ainsi que d'autres, tout aussi significatifs de la tension nerveuse qui habitait ma famille.

Nous n'avions rien découvert d'intéressant au grenier, mise à part cette ancienne photographie que Tonton Gus comptait garder en souvenir. De leur côté, mon père et mes oncles avaient également échoué dans leur entreprise de prospection, et pourtant ils avaient promené le « bijou technologique » sur chaque centimètre carré de la propriété. Tonton Émile avait d'ailleurs à plusieurs reprises frôlé la crise cardiaque quand le signal sonore émis par le détecteur avait retenti au gré des divers objets métalliques disséminés dans le domaine.

Tout le monde se ruait alors avec pelles et pioches pour déterrer... soit une antique pièce de monnaie en fer-blanc toute gondolée, soit un boulon ou encore une vis... La plupart du temps, on ne reconnaissait pas les divers éléments exhumés, car ils étaient rongés par la rouille.

Et pourtant chaque bip sonore déclenchait une nouvelle ruée et une nouvelle vague d'espoir et d'allégresse... vite remplacées par la rage et la frustration. Le manège de mon père et de mes oncles me fit penser à ces chats récalcitrants à qui l'on fait miroiter une ration de croquettes supplémentaires – en agitant la gamelle sous leur nez – pour pouvoir les saisir facilement ou les inciter à regagner leurs pénates. Le stratagème fonctionne à chaque coup : la gourmandise l'emportant toujours sur la raison.

Quoi qu'il en soit, une fois que la propriété fut passée au peigne fin, il ne resta plus qu'à sonder la maison. Tout y passa : sols, murs, planchers, carrelages, cheminée, meubles (enfin, ceux qui n'étaient pas encore démontés)… jusqu'à la charpente du toit. Les hommes avaient coupé le système de discrimination dont l'utilisation avait été jugée trop risquée : personne ne connaissait le métal dans lequel la turquoise était sertie ni celui de la boîte susceptible de la contenir. Les nerfs des utilisateurs avaient été mis à rude épreuve, car l'appareil réagissait donc très souvent à l'écho des nombreux objets métalliques rencontrés.

La belle armée dont j'avais tant vanté les mérites était en déroute et avait perdu toute son efficacité. L'anarchie régnait maintenant en maître ; les chefs – pardon, le chef n'était plus écouté. Chacun n'en faisait qu'à sa tête : Tonton Émile voulait défoncer à la masse les murs de la maison, mon père et Tonton Gus désiraient finir de passer la maison au détecteur (avant de la passer au broyeur), quant à Tonton Michel, après avoir vécu un « flash prémonitoire » lors d'une séance de méditation, il recommandait fermement de démolir les murets entourant le domaine.

Du coup, ils agissaient en désordre et souvent en dépit du bon sens. Comme Tonton Émile qui avait commencé à casser les murs d'une des chambres avant même que ses frères n'aient eu la possibilité de la sonder à l'aide du détecteur.

Quant à l'intendance, il y a longtemps qu'elle rechignait à assumer ses fonctions. La guerre entre Tatie Cynthia et ses belles-sœurs était franchement ouverte depuis que ma mère et Tatie Nathalie, un matin, avaient laissé la vaisselle de la veille devant la caravane en lançant à travers la porte :

« Cynthia, quand vous daignerez vous lever, la vaisselle vous attend ! On en a assez de faire les bonniches ! À bon entendeur, salut ! »

Pour ça, Tatie Cynthia avait compris la leçon : c'était maintenant Tonton Gus qui se chargeait de la vaisselle.

Les troupes sentaient le vent de la défaite et chacun se préparait à abandonner le terrain en essayant d'emporter ce qui était récupérable. C'est-à-dire pas grand-chose : quelques meubles et ustensiles de cuisine. Légalement, nous ne pouvions rien prendre, car la propriété ne nous appartenait pas, mais il est connu que le pillage est monnaie courante dans toutes les armées.

Les femmes avaient décidé de se payer en nature avec les fruits qu'offrait le verger – en majorité des prunes et des abricots. Des fruits rachitiques, en comparaison de ceux que l'on trouvait dans les rayons des grandes surfaces, mais aux qualités gustatives incomparables. Il faut dire qu'ils avaient uniquement poussé à l'aide de Dieu et non celle de KB ou Bayer. Vu leur apparence, un commerçant n'aurait jamais pu les vendre. Comme disait Tonton Gus : « Nous sommes bien dans la civilisation de l'image, du paraître, du bidon, des beautés artificielles dont on fait des idoles de papier avant d'en faire des stars de la pellicule. »

En ce début d'août, les femmes étaient donc en train de remplir de fruits les paniers en osier que Tatie Agnès avait spécialement tressés pour l'occasion. Sans pitié, elles arrachaient aux arbres leurs promesses de vie qui venaient s'accumuler en nappes lourdes et parfumées au fond des paniers.

Quand je parle des femmes, je ne parle évidemment pas de Tatie Cynthia et de Valérie qui, pour ne pas déroger à leurs habitudes, avaient préféré les joies de la baignade à celles de la cueillette. Et puis, d'après ce que j'avais pu constater, Tatie Cynthia marquait une nette préférence pour les fruits secs : les noix en particulier.

L'humeur des messieurs était tellement exécrable que je m'étais porté volontaire pour aider les cueilleuses. Mon petit démon attitré était malheureusement de la partie et s'ingéniait à dévorer les fruits que je récoltais un à un. Je tentai de la dissuader de m'importuner en la mettant en garde contre l'indigestion qui la guettait et je crus un moment avoir réussi à la convaincre (folle illusion), car elle s'éloigna pour revenir aussitôt avec un panier vide qu'elle me tendit avec un geste d'impatience.

« Tiens, dit-elle, maintenant, c'est ton panier ; je prends celui-là !... »

Et elle m'arracha celui que je tenais dans les mains et qui était déjà à moitié rempli.

« Prends-le si ça te fait plaisir, répondis-je d'un ton conciliant (il ne faut pas énerver les insectes qui tournent autour de vous), mais fais attention, je crois qu'il est un peu lourd pour toi.

— Mais qu'il est bête, soupira-t-elle. C'est pas pour le porter, c'est pour le montrer à maman ! »

Et elle partit en courant rejoindre sa mère et ce en renversant la plupart des fruits que j'avais tant peiné à rassembler.

« Maman, maman ! cria-t-elle. Regarde tout ce que j'ai ramassé ! Et Jojo, son panier est vide !... C'est un fainéant, c'est un fainéant !... »

Des bravos et des baisers sonores saluèrent comme de bien entendu son exploit. Pour ne pas prêter le flanc aux accusations dont je venais d'être victime, je me remis à la tâche avec ardeur.

Ces pauvres arbres devaient certainement sacrifier leurs dernières forces pour nourrir des fruits qui portaient en eux l'avenir de l'espèce. À voir leur maigre végétation et leurs troncs crevassés, je sentis qu'ils devaient vivre leurs ultimes saisons d'espoirs.

Quelques noyaux avaient fini par germer au pied des fruitiers, mais la débroussailleuse et la férocité du soleil avaient eu raison de ces ébauches.

Je sursautai soudain : l'insupportable abeille dont je croyais m'être débarrassé était revenue en silence pour me pincer les fesses... Que dis-je, une abeille ?... Une guêpe !... Un frelon !

« Allez, fainéant, au boulot ! lança-t-elle en riant. Si tu ne travailles pas, je le dirai aux autres !

— C'est mal de cafter, répliquai-je sur un ton agacé ; et puis moi, je pourrais leur expliquer que tu es une vilaine fille qui ne pense qu'à faire des bêtises et à dire des méchancetés.

— Eh bien, fais-le, qu'est-ce que t'attends ? répondit-elle avec malice. De toute façon, on me dira rien parce que je suis une jolie petite fille et toi un vilain paresseux tout mou ! Et toc ! »

Le « vilain paresseux tout mou » eut soudain envie de la prendre et de l'accrocher par la culotte à la branche la plus élevée du prunier dont je m'occupais. Et ce fruit-là, j'étais pas prêt de le cueillir : il allait mûrir un bon moment en pleine canicule !

« Écoute, Caroline, articulai-je en reprenant mon sang-froid, va ramasser les prunes que tu as laissées tomber en amenant le panier à ta mère... Si tu ne respectes pas mon travail, respecte au moins les dons que nous offre Dame Nature. Tu l'aimes la nature, non ? C'est joli, la nature… (J'espérais la prendre par les sentiments.) Les oiseaux, les arbres, les fleurs... il faut respecter tout cela. »

J'aurais certainement réussi à la raisonner si je n'avais ajouté par inadvertance :

« Et puis, avec toutes les prunes que tu auras récupérées, je suis sûr que Tatie Agnès te préparera une tarte comme elle en a le secret… »

Mais quel imbécile ! Autant chercher à la convaincre en lui faisant miroiter la dégustation d'une cuillerée d'huile de foie de morue... qui aurait certainement paru délectable par rapport à la tarte merdico-macrobio de Tatie Agnès !

« Ah non, alors ! s'exclama-t-elle en grimaçant. Dans ces conditions, tes prunes, t'as qu'à te les ramasser ! Et puis, j'aime pas les tartes aux prunes... surtout faites avec ces fruits... Ils sont ridés comme une peau de couille ! »

Malgré ma contrariété, je faillis éclater de rire devant cette singulière expression. Cette gamine m'étonnait toujours.

« On ne dit pas de gros mots quand on est une jeune fille bien éduquée, répliquai-je en m'efforçant d'adopter une attitude sévère. Tu n'as pas honte ?... Et si ton père t'entendait dire des horreurs pareilles ?...

— C'est lui qui me les a apprises ! répondit-elle en riant aux éclats. Alors tu vois, je me moque de tes menaces comme je me moque de tes arbres pourris ! Ils sont tellement vieux qu'ils ont presque plus de feuilles ! On dirait qu'ils perdent leurs cheveux... Comme Tonton Michel ! »

J'allais lui répondre quand… la Lumière de la Compréhension vint inonder mon esprit pour la seconde fois. Sous le feu de cette nouvelle révélation, je me jetai sur ma cousine pour lui crier à la face tout en la secouant par les bras :

« Qu'est-ce que tu viens de dire ? Répète ce que tu viens de dire !... »

Se méprenant sur mes intentions, la Peste commença à hurler tout en se débattant :

« Lâche-moi ! Lâche-moi ou je le dis à maman ! Si tu me tapes, je le dis à maman ! »

Je fis alors quelque chose que je n'aurais jamais cru possible : je la pris dans mes bras et l'embrassai avec fougue sur chacune de ses joues tout en riant de bonheur.

« Oh ! Caroline, Oh ! Caroline, tu es merveilleuse, tu es... »

Un vigoureux coup de poing dans ma figure mit fin à mes louanges.

Comme je la lâchais pour porter la main à mon nez endolori, elle en profita pour s'éloigner en vitesse. Alertées par tous ces hurlements, ma mère et mes tantes accoururent aussitôt. Craignant une riposte de ma part, Caroline se réfugia auprès de Tatie Nathalie en criant :

« Il m'a tapée ! Et en plus, il a voulu me faire manger ses sales prunes !

— Tu ne peux donc pas la laisser en paix ! bougonna ma mère à mon encontre. Tu penses pas qu'on est tous assez énervés ?...

— Et toi, ajouta Tatie Nathalie à l'adresse de sa fille, arrête d'embêter ton cousin quand il travaille !

— Ne la gronde surtout pas, Tatie ! m'exclamai-je, ivre de joie (il fallait vraiment que je sois content pour prendre ainsi la défense de la Peste). Car, si je me trompe pas, Caroline, bien malgré elle (précisai-je tout de même), vient de m'apporter la clef de la dernière énigme !

— Co-comment ? hoqueta ma mère en venant près de s'étrangler d'émotion.

— Je répète que je crois avoir découvert la solution de la dernière énigme ! Mais, avant tout, lançai-je à mes tantes, allez chercher les hommes !... Que la famille soit au complet ! »

... et que mon triomphe soit total.

Évidemment, j'aurais pu faire languir mon entourage en prenant quelque chemin tortueux pour distiller mes explications, mais, vu les visages anxieux et fiévreux qui m'entouraient, je préférai emprunter le chemin le plus court.

Dès que les hommes, encore haletants d'avoir couru jusqu'au verger, eurent repris leur souffle, j'entamai avec fougue et sans plus tarder :

« Je crois que la pierre est cachée dans un arbre ! Je sais pas lequel, mais de toute façon il doit être assez ancien, donc assez abîmé pour présenter des fissures dans l'écorce. *Quoi qu'il fasse, mon protecteur perdra ses cheveux* se traduit par : "Quoi qu'il fasse, celui qui abrite la pierre perdra sa végétation"... Et en automne, précisai-je pour les esprits lents, tous les arbres – du moins ceux à feuilles caduques – perdent leur feuillage... Leur feuillage... leurs cheveux ! Tout le monde a compris l'image ? » lançai-je à la cantonade.

Pour ça, ils avaient compris ! Branle-bas de combat général ! L'armée se réorganisa en un instant. Tous les visages convergèrent vers mon père qui s'écria :

« Pas un instant à perdre ! Aux arbres !... Aux arbres !

— Taïaut ! taïaut ! répondit en chœur Tonton Émile.

— Je cours chercher le détecteur ! dit Tonton Michel. Il pourra toujours nous être utile. »

À mon grand désarroi, nul ne songea un instant à me féliciter. Il est vrai que nous avions essuyé tellement d'échecs. Les félicitations viendraient plus tard, si je ne m'étais pas trompé dans mes déductions.

« Par quel arbre on commence ? demanda Tonton Émile en examinant avec convoitise le verger.

— Attendez un peu, intervint Tatie Agnès alors que toute la famille se ruait autour des arbres. Rien ne prouve qu'il s'agisse d'un arbre fruitier ; il y a aussi tous les arbustes de la propriété ainsi que le bosquet près de la rivière. Le choix est vaste et il faudrait...

— Le choix n'est pas si vaste que ça, la coupa Tonton Gus ; les arbustes du parc ne sont pas assez gros pour offrir une quelconque cachette. On pourra toujours le vérifier, mais je ne crois pas me tromper. Puisqu'il faut commencer quelque part, autant nous intéresser au verger.

— Bien parlé, approuva mon père. Allez zou, trancha-t-il, on s'occupe du verger en premier. On examine les arbres un à un... à la loupe, s'il le faut. On commence par celui-là », ordonna-t-il en désignant un prunier en face de lui.

Tout le monde se dirigea vers l'arbre choisi par mon père : certainement le plus grand du verger. C'était un vénérable ancêtre, tordu et à l'aspect acariâtre, à l'écorce craquelée et suintant la gomme en de nombreux endroits. Deux branches charpentières avaient cédé et causé une blessure qui, à voir la plaie gangrenée s'enfonçant dans le cœur du bois, ne s'était jamais cicatrisée. Elle était assez importante pour que mon père puisse presque y passer un bras. Ce qu'il fit non sans que ma mère ne le mette en garde contre la présence d'éventuels nids de guêpes et de frelons.

Violant l'intimité de ce pauvre prunier, mon père ramena de pleines poignées de feuilles et de bois pourris (ce faisant, il me fit penser à un vétérinaire en train d'aider une vache à mettre bas). Il continua à extirper divers débris végétaux jusqu'à ce que son bras ne puisse progresser davantage.

« Rien à faire, bougonna-t-il en retirant son bras, je peux pas aller plus loin ! S'il y a quelque chose là-dedans, va falloir éventrer l'arbre pour pouvoir l'atteindre !

— Pas de problème, commenta Tonton Émile, je vais chercher une hache ! »

Le temps que mon père examine la façon dont il fallait procéder, son frère revenait avec l'outil. Tonton Émile voulut se charger lui-même de l'opération. Il nous intima l'ordre de nous écarter, puis il brandit la hache au-dessus de sa tête et s'apprêtait à fendre le tronc du prunier à l'endroit que lui avait désigné mon père quand un hurlement retentit derrière nous :

« Mais tu es fou ou quoi ? Qu'est-ce que tu veux faire ?… »

Surpris, Tonton Émile abaissa sa hache et considéra avec colère Tonton Michel qui venait juste de nous rejoindre avec le détecteur de métaux à la main.

« D'après toi, ricana Tonton Émile, qu'est-ce

que je peux bien faire ? Planter des géraniums ?… Allez, laisse-moi travailler ! »

Comme il brandissait à nouveau la hache, Tonton Michel, d'un bond, se plaça entre l'outil et le prunier.

« Moi vivant, personne ne touchera à ce prunier ni à aucun de ceux qui nous entourent ! protesta-t-il, le visage crispé par l'indignation. Il doit certainement y avoir un autre moyen d'arriver à nos fins... On n'est pas des brutes, tout de même ! »

Aucun d'entre nous ne prenait plaisir à abattre ces arbres, mais l'heure n'était plus aux états d'âme. Tonton Gus résuma le mieux le sentiment général en déclarant :

« Écoute, Michel, je comprends... nous comprenons tes scrupules, mais le temps nous est compté. Nécessité fait loi... même si celle-ci te semble douloureuse. Et puis, avec un peu de chance, nous n'aurons que cet arbre à sacrifier... Essaye de comprendre.

— Nooon ! rugit Tonton Michel en se collant contre le prunier pour le protéger de son corps. Si vous voulez l'abattre, faudra d'abord me fendre le crâne ! Tu m'entends, espèce de jean-foutre (l'insulte s'adressait au bûcheron) ? Faudra que tu me fendes le crâne ! »

Les traits du « jean-foutre » se convulsèrent sous l'effet de la colère. Il leva sa hache plus haut en guise d'avertissement et rugit à son tour :

« Toi, l'écolo de mes deux, commence pas à me faire chier ou je te fends de la tête aux pieds !

— Tu me fais pas peur avec ta hache ! lui cracha son frère à la figure. Espèce de primate !… Retourne dans ta jungle !

— C'est ça et toi retourne chez toi épouiller tes chinchillas ! »

Choquées par ces outrages verbaux, les dames poussèrent des cris d'indignation et mon père dut s'interposer entre les deux belligérants pour faire taire ce tumulte :

« Ça suffit maintenant ! explosa-t-il en arrachant la hache des mains de Tonton Émile. Non mais, t'es fou ou quoi ? Tu veux blesser quelqu'un avec ça ?... Quant à toi (il s'adressa à Tonton Michel), sois un peu raisonnable, voyons ! Comment tu veux accéder au cœur de l'arbre sans le fendre ?…

— Sois raisonnable, répéta Tatie Agnès. Je partage ton émotion, mais pense au fait qu'avec l'argent qu'on va toucher, nous pourrons reboiser tous nos coteaux. L'équilibre naturel sera rétabli !

— Non, non et non ! vociféra le déséquilibré... Nous devons préserver ce patrimoine végétal ! Ces fruitiers sont peut-être les derniers de leur espèce !... C'est une question de principe ! »

Tonton Émile qui, visiblement, ne partageait pas les mêmes « principes », répondit en s'égosillant :

« Et toi, si tu continues à nous emmerder, je prédis la disparition prochaine de TON espèce ! Aaaah ! je sens que je vais ouvrir la boîte à miques ! lança-t-il à la cantonade. Ça va être la grande matacasseillade !... La grande MATACASSEILLADE ! »

Et le « matacasseilleur en chef » aurait certainement mis ses menaces à exécution si mon père ne s'était interposé une seconde fois :

« Ça suffit, tous les deux ! hurla-t-il. On dirait deux chiens en train de se disputer un bout d'os ! Je vais faire une proposition et ce sera la majorité qui tranchera, d'accord ? » Il n'attendit pas l'assentiment de la famille pour poursuivre : « On va d'abord fouiller les cavités qui nous sont accessibles. Ce sont les plus nombreuses, donc, logiquement, c'est dans celles-là que nous avons le plus de chances de découvrir la turquoise. Ensuite, et seulement en cas d'échec, nous nous résoudrons – la mort dans l'âme, mentit-il admirablement – à malmener ces fruitiers. On peut pas être plus conciliant, non ?… »

Tout son entourage approuva le projet du « conciliateur » : même Tonton Michel qui dut y voir l'occasion de ne pas perdre la face tout en s'évitant les foudres du « grand matacasseilleur ». Et puis la réflexion de sa femme avait dû cheminer dans son esprit. Avec l'argent qu'ils allaient toucher, peut-être comptait-il replanter des hectares de verger et se lancer ainsi dans la production fruitière ? Pour une raison inconnue – la chaleur sans doute, nous avait-il avoué peu de jours auparavant –, les chinchillas femelles avaient dévoré la progéniture issue de leurs dernières amours. Cet odieux acte de cannibalisme devait avoir fortement choqué mon oncle, car lors d'une récente visite de M. Murou, il avait évoqué un éventuel abandon de cet élevage.

Il avait dû réfléchir à tout cela, car, entérinant la proposition de mon père, il ramassa le détecteur qu'il avait laissé tomber pour se porter bravement à l'aide du prunier et déclara :

« Je m'excuse... je… je me suis peut-être énervé un peu vite... Après tout, ces arbres ont fait leur temps. »

Il esquissa un sourire et ajouta :

« Place aux jeunes. Et puis, comme tu l'as dit, Bernard, on n'aura sans doute pas besoin de les abîmer. Je m'excuse, répéta-t-il cette fois à l'adresse de Tonton Émile.

— Bravo, le félicita mon père en souriant. Et toi, Émile ?…

— Oui… oui, moi aussi, je m'excuse, répondit ce dernier en bougonnant. Tout ça, c'est la faute à cette putain de chaleur qui vous prend la tête ! Moi je vous le dis, elle me prend la tête ! »

Et c'était pas fini.

Nous étions restés une bonne heure à examiner scrupuleusement les divers arbres fruitiers. Tournant autour d'eux tels des électrons autour de leur noyau, nous avions laissé à mon père la responsabilité de fouiller les fentes béantes des troncs.

Malheureusement, il n'avait rien retiré de ses fouilles à part quelques écorchures et autres échardes aux mains et aux avant-bras.

Quant à Tonton Michel, il avait eu beau promener le détecteur sur toute la charpente des arbres, aucun son ne s'était fait entendre. « Ce qui ne signifie rien, avait commenté Tonton Gus, car la pierre pouvait être placée à l'intérieur d'un objet non métallique ou bien directement enfoncée à l'intérieur du bois. »

Cet échec n'avait fait que raviver la nervosité ambiante. De dépit, Tonton Émile avait flanqué un coup de poing sur le boîtier électronique du détecteur qui, pour l'occasion, avait daigné émettre un bip strident. Un signal que l'on n'avait pu couper qu'en enlevant les piles de l'appareil. Par chance, nous n'avions plus besoin de ses services.

Mon père était en train de revisiter le catalogue de ses jurons préférés ; quant à Tonton Émile, il lorgnait de plus en plus souvent sur la hache que je portais depuis la dispute qui l'avait opposé à Tonton Michel. Les femmes, Tonton Gus et moi-même gardions le silence, conscients de la gravité du moment.

Il était temps de passer aux solutions « extrêmes ». Mon père en prit l'initiative en m'arrachant la hache des mains (il avait envie d'en découdre) ; puis notre groupe rejoignit le prunier qui était à l'origine de la querelle entre les deux frères. Cette fois, Tonton Michel, serrant les mâchoires, n'émit pas la moindre protestation (il valait mieux pour lui, d'ailleurs).

Le paternel était en train de calculer le meilleur angle d'attaque pour entamer le tronc quand Tonton Gus émit une réserve qui vint semer le trouble dans les esprits :

« Attends un peu, Bernard... je pense à quelque chose. Imagine que la brutalité de l'impact projette la pierre loin de nous ; il n'est pas évident qu'entre le mouvement de la hache et les copeaux de bois, nous puissions l'apercevoir. Mais il y a pire, soupira-t-il. Tu pourrais briser le bijou avec le tranchant de l'outil et, dans ce cas, nous ne pourrions plus revendiquer l'héritage. N'oubliez pas que, le jour où nous remettrons le bijou à Maître Lafarge, un huissier de Pau doit venir pour l'authentifier. Si la pierre est détruite ou difficilement identifiable... adieu l'héritage !

— Ah non, alors ! » répondit en écho un chœur de protestations véhémentes.

Ce concert de protestations enfla jusqu'à ce que mon père reprenne la parole :

« Gustave a raison, maugréa-t-il. On peut pas prendre ce risque... Pas après ce mois de galère, ce serait trop con ! »

Il se tourna vers Tonton Michel et lui jeta :

« T'es content, toi, hein ? On va pas les abîmer, tes arbres ! »

Son frère eut alors beau jeu de regretter que l'on ne puisse agir selon le plan initial.

« Enfin, continua mon père, rien ne sert de se lamenter. Comment on pourrait procéder ?… »

Tonton Émile, décidément adepte des solutions radicales, proposa de débiter le tronc avec une tronçonneuse afin de travailler plus facilement. Proposition aussitôt rejetée, car susceptible elle aussi d'endommager la turquoise. Tatie Agnès, plus romantique, envisagea de brûler l'arbre, puis de recueillir et de tamiser les cendres pour retrouver l'objet de tous les désirs.

« C'est ça, ronchonna mon père, s'il faut foutre le feu à tout le verger, le temps qu'on ait rassemblé les cendres, nous serons en train de fêter la Noël ! »

On dit que le talent vient souvent avec le succès et je le crois, car ce fut moi – certainement galvanisé par mes précédentes réussites – qui trouvai la solution :

« Pour pouvoir continuer à fouiller les plaies des arbres, il faudrait de petites mains… comme celles de Caroline. »

Pute borgne ! Je tenais ma revanche ! Je le sus dès l'instant où tous les regards convergèrent vers ma cousine et qu'elle esquissa une grimace de répulsion.

« Non, je veux pas ! protesta-t-elle. Y a plein de bestioles dans ces trous... Je vais me faire piquer ! Il a qu'à le faire, lui ! s'emporta-t-elle en pointant vers moi un doigt coléreux.

— Allons, sois raisonnable, intervint son père en s'approchant d'elle pour la prendre par la main.

Tu vois bien que Joseph est trop grand. Et puis, papa est là pour te protéger... Tu sais bien qu'avec papa, il peut rien t'arriver ! »

J'espérais bien le contraire.

« Non, Jojo est pas trop grand ! Il est pas trop grand ! hurla-t-elle en pleurant quand son père la conduisit (la traîna !) devant le tronc du prunier. Je veux pas ! Je veux pas ! »

Ah ! que ces hurlements étaient doux à mes oreilles. Chacun à leur tour, les membres de ma famille tentèrent de la raisonner et de la convaincre en la flattant sur son courage et en lui promettant maints cadeaux et sucreries, mais l'infernale enfant protesta et pleura de plus belle.

J'attendais avec impatience qu'elle commette l'irréparable et c'est ce qu'elle fit. Alors que son père lui faisait des bisous sur les mains – des mains porteuses de tous les espoirs –, la Peste décocha un violent coup de pied dans un mollet de Tonton Émile en hurlant :

« Nooon ! je veux pas, t'as compris ? Lâche-moi !... Gros con ! »

À voir s'empourprer le visage de son père, je sus qu'elle venait de dépasser les bornes. Tonton Émile pardonnait toujours (à tort) l'insolence et les caprices de sa fille, mais la dispute avec son frère et la tension nerveuse des dernières heures avaient épuisé son (maigre) capital de patience.

« Ah ! mais ça suffit, maintenant ! se mit-il à gronder en la secouant. C'est pas une façon de parler à son père ! Tu vas me faire le plaisir de m'obéir, sinon je t'envoie en colonie de vacances pour le restant du mois d'août ! Fini toutes les gâteries ! Au pain sec et à l'eau ! Et en plus, tu devras partager tes jouets avec des garnements qui penseront qu'à te les voler ! Ça t'apprendra peut-être à devenir plus aimable ! »

Le mois d'août n'y suffirait pas.

Mais il dut toucher la corde sensible de cette enfant égoïste et trop gâtée, car elle se jeta soudain dans ses bras en pleurnichant :

« Non, Papounet, s'il te plaît, pas la colonie de vacances ! Je veux rester à la maison avec mes jouets pour moi toute seule ! »

Elle adressa alors à son père un regard de gentille petite fille repentante et ajouta :

« Si je suis sage, je pourrai aller chez Tonton Michel et Tatie Agnès pour voir les chinchillas et Prosper le bouc ?…

— Si tu obéis à ton papa, répondit Tonton Émile en l'embrassant fougueusement, je suis même certain que Tonton Michel te laissera t'occuper de ses animaux…

— C'est juré ! assura Tonton Michel.

— On sera tous ravis de te recevoir ! » ajouta Tatie Agnès en l'embrassant à son tour.

Tous, tous... c'était vite dit. Parce qu'on avait pas demandé leur avis aux chinchillas et au bouc. Pauvres bêtes !

Je sais que je me répète, mais il n'y a décidément pas de justice en ce bas monde, car non seulement Caroline fut adulée comme jamais je ne l'avais été au sommet de ma gloire, mais en plus elle échappa aux piqûres des insectes qui devaient pourtant grouiller à l'intérieur des plaies ouvertes des arbres.

Chaque fois qu'elle aventurait – non sans répugnance – ses doigts dans les minces fissures, un concert de félicitations ravies venait couronner ce « haut fait de bravoure ». Portée par l'allégresse générale, elle eut tôt fait de sonder « le prunier de la discorde ». Et c'est d'un pas décidé et guilleret qu'elle se dirigea sans qu'on l'y ait encouragée vers le fruitier le plus proche.

C'est qu'elle commençait même à y prendre du plaisir ! Tout en tirant la langue, elle passa ses doigts à travers une vilaine blessure fendant l'écorce sur quelques centimètres et commença à fourrager à l'intérieur.

Toute la famille était suspendue au moindre de ses gestes. Même moi. L'enjeu était trop important pour que je ressente encore l'aiguillon de la jalousie (j'avais quand même tendance à oublier qu'elle n'était qu'une enfant... il faut dire aussi que la « petite chérie » m'en faisait baver).

Caroline s'immobilisa soudain, fronça les sourcils et s'écria avec joie :

« Je sens quelque chose de dur au bout de mes doigts !

— Ô mon Dieu ! Ô mon Dieu !

— On y est !

— Est-ce que tu peux l'attraper ?

— Pute borgne ! »

Je ne pourrais rendre ces exclamations à celles et ceux qui les avaient poussées, car la confusion était totale. Tout le monde se pressa autour de Caroline pour tenter d'apercevoir quelque chose, tant et si bien que mon père dut intervenir pour calmer les plus excités.

« Mais écartez-vous ! tonna-t-il. Vous voyez bien que vous gênez la petite ! Laissez-la continuer ! »

On n'eut pas besoin de l'en prier, car elle plongea vigoureusement sa main à l'intérieur du tronc crevassé.

« J'y suis presque, souffla-t-elle, je touche avec deux doigts, maintenant... C'est lisse comme du plastique...

— Du plastique ! s'écria joyeusement Tonton Gus. C'est pour ça que le détecteur n'a pas réagi ! »

Son commentaire fut soudain interrompu par le cri victorieux que poussa Caroline : « Je l'ai ! Je l'ai ! »

Elle dégagea alors son bras, centimètre par centimètre, le ramenant précautionneusement. Enfin, d'un dernier geste, elle sortit sa main et brandit fièrement sous nos yeux émerveillés un gros tube plastique que nous reconnûmes aussitôt :

« Un tube de cachets d'aspirine ! s'exclama Tonton Michel.

— Il fallait y penser, déclara en souriant Tonton

Gus. C'est un étui facile à dissimuler, imputrescible et étanche. Une nouvelle fois, force nous est d'admettre que Tata Lucie était un personnage ingénieux.

— Ouais, ben, ingénieuse ou pas, on a fini par la niquer ! rugit Tonton Émile d'un air de triomphe. Allez, ma chérie, dit-il à sa fille, sois gentille, donne à papa... »

Depuis qu'elle avait extrait le tube du prunier, Caroline le promenait sous nos regards réjouis, mais surtout... impatients. Évidemment, trop contente de monopoliser l'attention générale, elle refusa d'obéir à son père.

« Donne à papa, donne à papa ! implora Tonton Émile avec son sourire le plus enjôleur. Ce que tu as fait est formidable, ma chérie, mais maintenant il faut que tu donnes le tube à papa... »

« Donapapa » éprouva nos nerfs encore quelques instants avant de lancer d'une voix impérieuse :

« Je l'ai trouvé alors c'est moi qui l'ouvre !

— D'accord, approuva son père en continuant de lui sourire, c'est toi qui l'ouvres, mon petit ange.

— Tu l'ouvres, mais tout de suite », ajouta nerveusement mon père que cette comédie commençait à exaspérer... Et il n'était pas le seul.

Satisfaite, le « petit ange », encouragée par ses admirateurs, prit le tube d'aspirine d'une main et de l'autre, força sur le bouchon qu'elle retira sans trop de difficulté. L'heure du jugement venait de sonner.

Nous étions tous pétrifiés, car nous savions que nous n'aurions pas droit à une autre chance : mais cette fois, nous étions convaincus que les millions de Tata Lucie étaient à notre portée. Enfin, enfin, les fantômes de nos espoirs allaient commencer à prendre chair.

Pour Caroline, bien sûr, il ne s'agissait que d'un jeu. Une merveilleuse chasse au trésor dont elle était pour l'instant l'héroïne. Elle plongea avec avidité son regard à l'intérieur du tube, l'examina un instant (nous étions en apnée prolongée ; certains au bord de la syncope), puis elle releva la tête et maugréa :

« Mais y a rien là-dedans ! »

Son père bondit sur elle et lui arracha le tube des mains :

« Qu'est-ce que tu racontes ? balbutia-t-il. Enfin, voyons, c'est pas possible !

— Qu'est-ce qu'il y a ? Qu'est-ce qui se passe ? » lança mon père d'une voix blanche en se précipitant à son tour.

Figées sur place, les femmes gardèrent le silence. Tonton Gus et moi-même échangeâmes un regard entendu : nous avions compris.

« Que Dieu nous vienne en aide », parvint à articuler Tonton Émile après avoir jeté un œil à l'intérieur du tube d'aspirine.

Mais Dieu devait être occupé autre part parce qu'à cet instant, mon oncle, en tapotant le fond du tube, fit glisser dans la paume de sa main une feuille de papier enroulée sur elle-même. Il n'était pas sorcier de deviner que cette feuille sonnait la fin de notre quête.

Tonton Émile la déplia en tremblant et lut d'une voix altérée par l'émotion les derniers mots que Tatie Lucie nous adresserait jamais :

« Je peux être partout
et je vous emmerde tous ! »

Épilogue

Nous quittâmes Moncaubet le 2 août dans l'après-midi, résignés pour les plus philosophes, anéantis pour les autres – c'est-à-dire la majorité d'entre nous.

Le matin, Tonton Émile était parti à Pau ramener le détecteur de métaux ; Tatie Cynthia avait exigé qu'il la laisse à la gare afin qu'elle puisse prendre le train et rentrer au plus vite à Nice. Folle de rage après notre ultime échec, elle avait déclaré qu'il était hors de question qu'elle fasse le voyage du retour en voiture.

Elle s'en était allée non sans nous avoir traités « d'incapables et d'imbéciles » ; on comprendra que tout le monde ait été enchanté et soulagé de la voir déguerpir. Surtout le pauvre Tonton Gus qui, depuis le funeste dénouement de notre affaire, n'offrait même plus aux yeux de sa femme les rares qualités qu'elle lui prêtait encore : celles d'un héritier potentiel.

Elle était donc partie, froide, hautaine, méprisante. Bon débarras. Seul Me Lafarge allait certainement la regretter quelque temps, mais nul doute que ce dragueur invétéré finirait très vite par lui trouver une remplaçante : point de vue succession… il s'y connaissait.

Chacun avait néanmoins emporté son lot de consolation : Tonton Gus, sa photo de famille ; Tonton Michel, quelques beaux arbustes qu'il avait pris soin de rabattre et de mettre en pots afin de faciliter leur transplantation ; les femmes, leurs confitures qu'elles s'étaient empressées de terminer. Mon père et Tonton Émile avaient casé quelques chaises à l'intérieur du coffre de leurs voitures.

Comme avait soupiré Tonton Émile :

« C'est toujours ça de gagné... on pourra s'asseoir dessus. »

Ce à quoi avait répondu le paternel en grognant :

« L'héritage aussi, on peut s'asseoir dessus ! »

Enfin, la tente de Tonton Michel fut démontée et entassée dans le coffre de la 4L en compagnie des peaux de mouton et des arbustes (sûr que ceux-ci ne supporteraient pas le voyage). Les ustensiles ménagers furent rassemblés, nettoyés à la va-vite et rangés dans un des compartiments de la caravane. Tonton Gus enleva les parpaings qui la calaient, et nous assistâmes tous ensemble et sans mot dire à la cérémonie de l'attelage.

Une fois ces préparatifs achevés, nous décidâmes de partir sans plus attendre... soulagés, quelque part, de quitter cet endroit. Je puis dire qu'au moment de prendre la route, nous avions tous la gorge nouée par le regret, la colère et l'amertume. Dans la voiture, ma mère éclata en sanglots et j'appris par la suite que ses belles-sœurs en avaient fait de même de leur côté.

La vengeance de Tatie Lucie était décidément bien cruelle, mais, tout bien réfléchi…, pas plus cruelle que l'attitude de sa famille envers notre tante sa vie durant. Nous enragions d'autant plus que nous étions persuadés que la pierre se cachait dans les environs et que nous l'avions sûrement frôlée à plusieurs reprises. Mais il était trop tard : nous ne disposions plus d'assez de temps. Le dernier message de notre tante était clair : la turquoise pouvait être dissimulée n'importe où et elle nous emmerdait tous (la pierre ou notre tante ?... les deux de toute façon !).

Pour espérer réussir, il nous aurait fallu défaire pierre après pierre le muret clôturant le domaine, débiter les arbres du bosquet, retourner tout le terrain sur au moins un mètre de profondeur et enfin démolir la maison pièce par pièce. Autant de travaux impossibles à réaliser en un seul mois. Résumant ce que nous pensions tous, Tonton Émile soupira en désignant le domaine d'une main :

« Putain, mais à qui ça va aller tout ça, hein ?... À qui ça va aller ? Si personne retrouve ce foutu bijou, l'héritage finira dans les caisses de l'État... Si c'est pas malheureux ! Quand je pense qu'on s'est crevés pour rien et que… » Il s'interrompit, les lèvres tremblantes et les yeux rougis.

« Allez, on y va, lança alors mon père... C'est pas la peine de se torturer davantage. Maintenant, cette histoire, c'est du passé... Faut essayer d'oublier.

— Essayer d'oublier qu'on s'est fait baiser, merde alors ! tonna Tonton Émile. Moi, je l'ai amère !... »

Il n'était pas le seul. Maigre consolation.

Mon père, plus affecté qu'il ne voulait le laisser paraître, se contenta de répondre d'une voix lasse :

« Je passe devant, on se dira au revoir avant de prendre l'autoroute. »

Le connaissant, il devait être mortifié par cette défaite. Lui qui avait si valeureusement conduit les troupes lors de la bataille. Quoi qu'il en soit, personne ne semblait lui en tenir rigueur : l'ennemi était trop machiavélique !

« Moi, je prends direction Toulouse, observa Tonton Michel. On n'aura qu'à se dire adieu à l'entrée de la ville. Et puis roulez doucement, ajouta-t-il, parce que j'ai le moteur de la 4L qui a tendance à chauffer... C'est un véhicule économique, mais qu'il faut savoir ménager. »

Mon père approuva sobrement d'un hochement de tête ces propos qui, en d'autres circonstances, auraient soulevé quelque réflexion ironique :

« C'est d'accord. Mais on s'arrêtera au McDo pour manger. Celui situé à l'entrée de la ville. »

Fini les repas gastronomiques à La Coupole : la soldatesque avait échoué et devait donc se contenter du rata quotidien.

« Génial ! s'écria soudain la Peste. Dis, papa, fit-elle en se tournant vers Tonton Émile, tu me payeras un coca ? » Il promit. « Chouette ! commenta-t-elle, ravie... Oh, papa, j'espère qu'on va pouvoir revenir ici l'an prochain parce que j'ai passé de super-vacances !... Si on pouvait s'amuser comme ça tous les ans ! »

Et elle se jeta sur son père pour l'embrasser d'un air ravi.

Personne ne répondit. Charmante enfant.

Je n'aurais jamais cru pouvoir éprouver autant de tristesse en quittant la propriété de notre tante. Tellement d'intenses souvenirs seraient à jamais liés à cette vieille maison : les balades à vélo avec ma cousine Valérie, les joutes verbales des messieurs, la formidable partie de « chasse au trésor » qui nous avait fait vibrer tout ce mois de juillet. Évidemment, j'avais dû endurer la chaleur, les travaux soutenus, les sautes d'humeur de mon entourage, la présence et les « taquineries » de la Peste, mais, bon, beaucoup de souvenirs ne se savourent que froids. Je suivis la maison des yeux jusqu'à ce qu'elle disparaisse au premier tournant. Tchao ! Mes parents, pour leur part, ne lui accordèrent pas un seul regard. Pauvre baraque, nous l'abandonnions dans un tel état que la personne qui retrouverait la turquoise n'en tirerait pas grand-chose en la revendant. Il est vrai que celui ou celle qui réussirait là où nous venions d'échouer aurait droit à une rondelette compensation ! Mais ne revenons pas sur ce sujet douloureux... Nous ne laissions donc que ruines derrière nous... et nous n'étions que la première vague de chercheurs à s'acharner sur le domaine de notre tante, car, sur la petite route rejoignant la départementale, nous aperçûmes plusieurs voitures garées sur le côté et quelques « innocents » promeneurs – certains déjà équipés de pioches et de pelles – en train de se diriger vers la propriété. Tous détournèrent la tête à notre passage.

« Tiens ! fulmina mon père en passant devant eux. Les charognards vont se mettre au boulot ! À peine aura-t-on disparu de leur vue qu'ils vont se ruer sur leur proie ! Je me demande comment ils sont au courant de cette affaire… Parce qu'on me fera pas croire qu'ils se promènent avec ces outils pour le plaisir ! »

Il rumina quelques instants en silence et ajouta :

« Sans doute une indiscrétion de Monsieur Murou... ou de sa femme. Dans les campagnes, tout se sait : les gens savent pas tenir leur langue, lança-t-il à l'adresse de ma mère. À moins qu'il ne s'agisse d'une indélicatesse de notre cher notaire ! Quoi qu'il advienne, celui-là, il tirera toujours quelque chose de cette histoire (il avait d'ailleurs commencé avec Tatie Cynthia)… Au moins en empochant les frais de succession ! Encore un beau charognard ! »

Nous partîmes ainsi comme des voleurs, sans même avoir salué M. Murou.

À mon grand regret, je ne revins jamais dans le Vic-Bilh, ni ne revis la maison de Tata Lucie... Heureusement d'ailleurs, car j'aurais certainement eu de la peine. Nous apprîmes par la suite qu'elle avait été complètement ravagée par une légion de prospecteurs acharnés. Mais un que je revis une dernière fois avec plaisir fut Joyeux, le chat de notre tante. Alors que notre véhicule, précédant la Toyota de Tonton Gus, la R25 diesel de Tonton Émile et la « poubelle » de Tonton Michel, passait devant le cimetière de Moncaubet, j'aperçus sa silhouette féline perchée en haut du mur de pierre que nous longions. Je m'empressai de baisser la vitre de ma portière pour lui lancer un amical et mélancolique : « Au revoir, Joyeux !… Au revoir, mon chat ! »

Il se figea, surpris, et je crus un instant l'entendre miauler. M'avait-il, à son tour, lancé un au revoir ? Possible... du moins je l'espérai. Puis, d'un bond furtif, il sauta à l'intérieur du cimetière, sûrement pour rejoindre – comme il le faisait de plus en plus fréquemment – le seul être auquel il ait témoigné de l'affection.

« Salut, Joyeux, salut, voyou, murmurai-je en nous éloignant du cimetière... T'enverras le bonjour à Maïté et à Gégène ! »

Cinq mois plus tard, M. Murou, qui avait conservé les coordonnées de mon père afin de lui faire livrer un échantillon de la production à venir de son cousin viticulteur madiranais, nous téléphonait pour nous apprendre une nouvelle stupéfiante : LA nouvelle que nous redoutions tous, la mort dans l'âme. Le maire de Moncaubet nous raconta d'une voix surexcitée l'évènement qui venait d'ébranler la région : on venait de retrouver la turquoise ! Et le « on » n'était autre… que le sieur Crapouillot !

Mon père dut s'asseoir avant de pouvoir entendre les explications de M. Murou. Alors qu'une légion de chercheurs avait transformé le domaine de notre tante en un vaste chantier depuis notre départ et sans aucun résultat, entama le maire, Eugène Criquot avait trouvé la pierre sans même l'avoir cherchée.

Par un froid matin d'hiver, alors qu'il nettoyait les allées du cimetière, il avait découvert Joyeux, mort de froid (ou de vieillesse, ou de chagrin... on ne saurait jamais) sur la tombe de son ancienne maîtresse. En ramassant le chat pour aller l'enterrer, il avait senti un objet dur autour du cou de l'animal. La mythique turquoise était sertie dans une monture attachée à un collier de cuir que l'épaisseur du pelage dissimulait parfaitement.

Celui qui pouvait être partout et qui nous emmerdait tous ! n'était autre que Joyeux. C'était tellement évident… qu'aucun d'entre nous n'y avait pensé ! Du coup, Gégène devint l'employé municipal le plus riche du département et certainement de France. Tant mieux pour lui : aux innocents les mains pleines. Et sa richesse était à présent au moins égale à son « innocence »... Que oui !

Le choc fut rude pour ma famille, on peut s'en douter. Se faire damer le pion par l'idiot du village était quelque chose d'assez difficile à admettre. Tonton Gus, fidèle à lui-même, sut trouver les mots pour apaiser notre amertume :

« Il vaut mieux, déclara-t-il, que cet argent aille à un pauvre diable plutôt qu'à une personne aisée ou bien encore à l'État ! »

C'était une façon de voir les choses. Et ma foi sûrement la meilleure.

Suite à ces évènements, il n'y eut pas une réunion de famille sans que fut évoquée « l'affaire de l'héritage » ou « cet été-là ». Pour ça, on n'était pas prêts de l'oublier, la Tata Lucie ! Elle qui avait saccagé pendant un mois le cours paisible de nos existences ainsi d'ailleurs que celle de ce pauvre M. Criquot qui, dix-huit mois après avoir hérité, mourut… d'une belle cirrhose. Il avait, paraît-il, arrosé ses millions plus que de mesure. Enfin, lui, au moins, il en avait profité.

Certains membres de ma famille – Tonton Émile, en particulier – ne purent jamais « digérer » la perte de cette fortune. D'autres, tels mon père et Tonton Gus, finirent par se résigner et arrivèrent même un jour à rire de ces mésaventures.

En ce qui concerne ma mère et mes tantes, elles se plongeaient dans un mutisme mortifié dès que l'on abordait le sujet. Celles-là non plus n'avaient pas fini de porter leur deuil ! Tonton Michel, lui aussi, aurait préféré une fin plus heureuse à toute cette histoire, car sa situation économique alla en se dégradant. Faute de revenus suffisants, il dut abandonner l'élevage des chinchillas.

Il dut également se séparer de Prosper, son bouc qui, avec l'âge, jouait au punching-ball avec tous les véhicules passant à proximité... surtout depuis que mon père avait écrasé par « inadvertance » une seconde de ses papattes.

Mon oncle finit par se recycler dans le gavage des oies et dans la production de foies gras. Nous fûmes d'ailleurs tous invités à un Noël pour goûter les foies gras « bio » que venait de cuisiner Tatie Agnès. Bien sûr, mon père et Tonton Émile avaient rivalisé d'astuces pour ne pas y aller...

Bien leur en prit, car une gastroentérite terrible accabla tous les convives. Gastro mise sur le compte de l'épidémie qui se répandait en France à cette même époque. Une chance pour Tatie Agnès.

Désespérant de le voir un jour trouver du travail, le paternel finit par embaucher mon frère Yves dans son garage. Autant dire que, depuis, le frangin vivait en enfer.

Valérie, ma délicieuse cousine, garda un souvenir de Stéphane, son amoureux de l'époque. Un souvenir du genre qui braille et fait sur lui à tout bout de champ ! Je passerai sur le scandale provoqué par sa grossesse. Mais Valérie, malgré les mises en garde de sa famille et surtout de sa mère, décida de garder l'enfant.

Quand il se réveille, l'instinct de nidification, chez certaines femmes, peut balayer des années de militantisme féministe. Tonton Gus respecta la décision de sa fille, mais rendit visite à Stéphane afin qu'il assume ses responsabilités. Ce que fit le jeune papa en s'engageant dans l'armée afin, dit-il, « de prendre du recul sur la situation ».

Il en prit tellement qu'on ne le revit jamais plus.

Tonton Gus ayant défendu la position de sa fille dans cette « douloureuse » affaire, Tatie Cynthia profita de l'occasion pour demander le divorce. Elle l'obtint. C'est ce qui pouvait lui arriver de mieux... À mon oncle, évidemment.

En grandissant, Caroline conserva ce caractère si « particulier », si « affirmé » qui faisait son charme quand elle était enfant. Un caractère qui, à l'adolescence, mit à rude épreuve les nerfs déjà fragilisés de Tonton Émile. Le délicieux petit monstre menait maintenant ses parents à la baguette. Et ils n'avaient pas fini de souffrir... hé ! hé ! hé ! À chacun son tour ! Tonton Gus m'avait dit un jour que chaque être qui rêve fait naître une étoile. Une étoile qui guide et protège de sa lumière la personne qui l'a engendrée. La mienne a dû pâtir à l'accouchement, car, jusqu'à présent, mes projets sentimentaux et professionnels n'ont pas été à la hauteur de mes espérances. Mais sans doute avais-je mis la barre un peu haut. Enfin, bon... chacun son chemin.

Il m'est souvent arrivé de repenser à toute cette histoire, avec autant de regret que de nostalgie. Et je me suis alors demandé si mon père n'avait pas raison :

« Quelque part, Tata Lucie était certainement une vieille garce ! »

FIN

Chez le même éditeur

L'école des maris

Wendy Holden

Le mariage de Sophie était parfait. Ou presque... Car, depuis quelque temps, tout va de travers. Son mari Mark travaille comme un fou dans une maison d'édition. Sophie reste seule à la maison à s'occuper de leur enfant, et sa carrière est devenue quasiment inexistante.

Poussée par sa mère, elle finit par demander le divorce. Mark refuse tout net. Il veut absolument reconquérir Sophie et s'inscrit dans une mystérieuse « Ecole des maris » fondée par une thérapeute américaine.

Ces cours intensifs, au contenu des plus surprenants, suffiront-ils à sauver son mariage ? Rien n'est moins sûr. D'autant qu'un beau et célibataire millionnaire vient d'entrer dans la vie de Sophie...

« Diablement drôle » (Elle)
« Hilarant ! » (Cosmopolitan)

ISBN : 978-2-8246-0177-9

Chez le même éditeur

Les Lettres du mercredi

Jason Wright

L'histoire de Jack et de Laurel débute avec une lettre écrite pendant la nuit de leur mariage : « Je te fais une promesse : je t'écrirai chaque semaine de notre vie... »

Et Jack tient sa promesse : pendant 39 ans, tous les mercredis, il écrit à sa femme. Après le décès du couple, ces lettres d'amour sont découvertes par leurs trois enfants, des adultes aux vies parfois compliquées.

Alors qu'ils commencent à lire les centaines de missives, ils découvrent un incroyable secret de famille. Un secret qui va les conduire à faire face à une vérité qui pourrait bouleverser leurs vies. Avec, à la clé, un formidable message d'amour.

Le best-seller qui a ému des millions de lecteurs.

ISBN : 978-2-35288-856-7